이로니,
이디시

이로니,
이디시

명지현 소설

문학동네

차례

목표는 머리끄덩이

면도날은 난감하다. 기선제압용으로 면도날을 씹으라는데 구할 수가 있어야지. 요새는 거의 전동식 아냐? 수동식도 날이 부착되어 있잖아? 아이들은 즉시 대답을 하지 않는다. 껌을 길게 잡아늘였다가 혀로 돌돌 말아 감더니 딱딱 씹으며 설명을 해준다.

"아, 그러니까 면도날은 '선빵'의 ABC라는 거지, 꼭 그걸 하라는 게 아니죠. 언니가 갖고 있는 모든 게 무기가 된다니까요. 머리핀, 빗, 하이힐 굽, 헤어스프레이, 핸드백에 짱돌 넣고 내리쳐도 되고요, 너클 끼고 원 펀치는 너무 센가? 두툼한 오버나이트 생리대를 입에 쑤셔넣으면 바로 기절하는 애도 있다고요."

시건방진 말투다. 모든 게 무기가 된다는 걸 누가 모르나. 무조건 세게 나가는 것도 좋지만 현실성이 있어야지. 얘들이 정말. 슬슬 피자 두 판 값이 아까워진다.

실전 연습은 알전구를 채택했다. 너구리처럼 눈가에 시커먼 화장을 한 아이들은 시범을 보이겠다며 닁큼 슈퍼로 달려가 알전구를 사온다. 신문지 위에 전구를 놓고 발로 밟자 퍽 하며 폭발을 한다. 순식간에 하얀 가루가 일어난다. 전구 유리를 잘게 부스러뜨린다. 파삭, 파삭, 파삭. 내 속에서도 저런 소리가 났다. 저런 소리를 내며 나는 부스러져버렸다. 둘의 야합을 알아차린 순간 무참하게 으스러져버렸다. 무엇을 해도 원상복구는 힘들다. 힘들 것이다. 그렇지만 가만히 앉아서 당할 내가 아니다.

"어금니에 넣고 눈 딱 감고 씹어봐요. 해보면 다 돼요."

너구리 소녀는 껌을 딱딱 씹으며 오목하게 휘어진 유리 조각을 준다. 생각보다 날카롭지는 않아도 막상 입에 넣으려니 망설여진다. 유리를 씹는 건 둘째 치고 상대의 얼굴에 씹은 유리를 뱉어 바로 문질러야 한다니 그 또한 보통 일이 아니다. 주춤거리자니 골이 딩딩 울린다. 간신히 억누르고 있던 숙취가 바짝 일어서는 것 같다. 혀에 비닐랩을 씌우고 시작해야 하는 것 아닌가. 치아 사이에 끼면 어쩌나. 혀를 베면 그것들의 죄를 따져 물을 수가 없을 것이다. 어버버버 하며 어눌한 발음이 나오면 김새는 거다.

"네가 먼저 해."

피자를 한 판도 아닌 두 판씩이나 거덜낸 날라리 스승에게 시범을 요구한다. 잠깐 멀뚱거리다가 눈가가 약간 더 시커먼 여자애가 입에서 껌을 뱉어 내게 준다. 엉겁결에 남이 씹던 껌을 손가락 위에 올려놓게 되었다. 치아 자국이 살짝 남아 있는 동그란 덩어리다. 너구리 소녀는 뻐기는 표정으로 유리 조각을 입에 넣고 오독오독 씹는다. 사탕 조각을 씹는 것처럼 아무렇지 않은 태도를 보니 정말 별것 아닌 모양이다.

"혀가 닿지 않게 하라고요. 요렇게. 요렇게. 아야!"

깜짝 놀라 휴지부터 꺼냈다. 너구리 소녀는 우거지상을 한 채 선홍색 조각들을 휴지에 대고 뱉는다. 침을 퉤퉤 뱉을 때마다 하얀 휴지가 분홍빛 얼룩으로 물든다. 많이 아파? 병원에 갈래? 걱정을 해주어도 침만 뱉다가 냅다 소리를 지른다. 빨리 껌이나 줘요! 서슬이 퍼렇다. 이러다가 옴팡 뒤집어쓰는 거 아닌가, 불안해진다. 허둥지둥하다보니 손가락에 올려놨던 껌이 손바닥에 불꽃 모양으로 엉겨붙었다.

우리 셋은 놀이터의 양지바른 벤치에 나란히 앉았다. 아이들은 아이스크림을 빨아 먹느라 아무 말이 없다. 시원한 아이스크림 봉지를 손바닥에 문지를수록 달라붙은 껌은 끈적끈적 지저분한 꼴이 되었다. 모래를 발라도 말끔해지질 않는다. 학원 골목에서 '삥'이나 뜯는 날라리들이지만 아직은 애들이다. 입안이 어떠냐고 묻자, 별것 아니라며 입을 아— 벌려 혀를 드러내 보였다.

혀에도 사람처럼 표정이 있다는 걸 처음 알았다. 건강하고 쾌활한 선홍빛의 혀가 방정맞게 꿈틀거렸다. 유리 조각이 박혔거나 심각하게 벤 자국은 보이지 않았다.

지금의 내게는 너구리 소녀들이 실연 클리닉의 상담원이다. '공격은 최선의 방어'라는 말만 새김질하면서 되도록 가장 무식한 방법을 전수받는다. 무엇에 대고 호소를 할 수 있을까. 달리 도와줄 사람은 없고 법으로는 안 되는 부분이다. 이제 겨우 사십팔 시간 남았다. 월요일이면 둘이 돌아온다.

"언니가 담배 좀 사다주면 좋겠는데. 우린 얼굴이 동안이라 안 판대요."

"동안이 아니라 미성년자잖아. 이제 겨우 고2라면서?"

"어머, 이 언니 매너 꽝이네. 고2라뇨? 우릴 노땅 취급이야. 담뱃불 혀에 대고 끄는 거 보여주려고요. 그게 가장 최근에 마스터한 건데."

둘은 시커멓게 번진 아이라인을 덧칠하고 주홍색 립글로스도 입술에 듬뿍 칠한다. 그럼 몇살이냐고 묻자 튀김 먹고 난 것처럼 번들거리는 입술로 종알거린다.

"고1이에요, 고1. 인생은 고2부터 내리막길이라는데 우린 아직 창창하거든요. 그치?"

둘은 나란히 팔짱을 끼고 고개를 끄덕인다. 그래, 잘났다. 고1. 내가 그 나이 때는 뭐 했더라? 뭔가 암울했던 기억만 난다. 엄마가 어처구니없는 사고로 돌아가신 뒤로는 늘 어둡고 축축한 나날이었다. 그래도 공부는 열심히 했다. 법대에 가서 판사가 되려고 안간힘을 쓰던, 정의감에 불타 가끔 오버를 하던 나의 고1 시절. 버스 안에서 소매치기를 당했다고 고래고래 소리를 질러 경찰서로 버스를 끌고 갔던 적도 있다. 내 가방을 찢은 범인을 그렇게 잡았다. 소지품 검사로 찾아낸 증거물은 내 이름이 수놓인 손걸레와 다른 승객의 빨간 지갑이었다. 구멍 난 아버지 속옷을 얼기설기 꿰매 교실 유리창 닦는 걸레로 만든 것인데 범인은 그걸 지갑으로 착각했던 모양이었다. 그때부터 멍청한 놈들만 만났다.

밸런타인데이 초콜릿을 선사하기 시작한 것도 고1 때부터였다. 상대는 독서실 총무였다. 그놈도 받아먹을 건 확실하게 받아처먹고는 나를 무시하고 내동댕이쳤었다. 맞다, 남자 보는 눈은 줄곧 형편없었다. 눈알은 이마 밑에 나란히, 정상적으로 잘 붙어 있는데도 남자 보는 눈만은 발바닥 밑에 붙었다. 그러니까 늘 바닥으로 기는 지렁이 같은 놈들만 눈에 들어왔던 것이다.

곰곰이 생각할수록 지렁이들한테 미안해질 정도의 후진 인간들만 좋다고 따라다녔다. 정에 굶주려서 그런 거라고 나 스스로 결론을 내릴 만큼 주로 내가 먼저 좋아했고 사력을 다해 헌신하고 헌신짝이 되었다. 주마등처럼 스쳐 지나가는 온갖 머저리 병신 같은 놈들을 떠올리자 슬그머니 전투의지가 상실된다. 이

건 운명이 아닌가. 빌어먹을 팔자다.

"그 아이라이너 이리 줘봐. 나도 너구리 화장 좀 해보자. 눈가를 시커멓게 칠하니까 무섭더라. 아까 껌 내놓으라고 소리 뺙지를 때, 네 표정이 장난 아니었어."

"언니, 직장 다닌다며? 너구리 화장이 뭐야. 스모키 아이라인이지."

은근슬쩍 반말을 하며 헬로키티 거울을 내준다. 거울에 비친 내 얼굴은 퉁퉁 부어 지속적인 통곡의 나날을 비참하게 증명하고 있다. 쪽팔리다. 너구리 소녀들 피부에 비하면 매우 심각한 지경이 아닌가. 잡티 범벅에 두둘두둘한 것이 말린 가지보다도 못하다.

"언니 뒤통수 때린 그 개념 없는 호구 남친은 어쩔 거예요? 사실 여자 쪽보다는 남자새끼들을 먼저 손봐야 해."

"말 함부로 하지 마. 너희들이 이 새끼, 저 새끼 하면 안 되는 나이 서른 넘은 새끼라고." 너구리 소녀는 내 손에서 아이라이너를 빼앗아 손수 그려주면서 "아직 남친 편드는 거 보니까, 이 언니 아직 맘 정리 안 했네"하며 혀를 끌끌 찬다.

애들은 저희들 마음대로 내 눈에 실컷 칠을 하더니 어머 분위기 있다! 저승사자 같아! 하며 좋아한다. 그러곤 그런 눈매에 어울리는 '버럭 성질부리기' '송곳처럼 야리기' '물컵이나 발길질로 기선제압을 하는 방법'에 대해 특강을 해준다. 내 친구들이 말하는 대응법에 비하면 훨씬 원초적이고 야성미가 이글거린다.

'사 년이나 사귀었으면 지겨울 때도 됐다' '그건 바람이 아니라 새로운 상대를 만난 거야. 네가 조강지처도 아니잖아' '그 남자 직업도, 비전도 없는데 그만 끝내'. 내 친구들의 이성적인 처방에 비해 너구리 소녀들은 대번에 욕부터 시작했다. '세상에 둘도 없는 잡년! 남의 애인 빼앗는 년이 제일 더러워!' '양다리는 무조건 사형이야! 사형!' 내가 가장 듣고 싶은 말이었다.

"뭐니뭐니 해도 머리채 잡는 게 최곤데."

"머리, 뭐?"

"여기를 이렇게 확 잡아서 몇 번 휘두르면 게임 끝이라고요."

너구리 소녀는 옆에 있는 아이의 머리카락을 움켜쥐고 마구 휘두른다. 시범 치고는 감정이 실려 있는 듯 살벌하다. 옆 아이가 아아 비명을 지른다.

그래, 전구를 씹어 뱉는 것보다 훨씬 쉽겠다. 그렇구나, 머리카락! 그 계집애의 긴 머리카락이 늘 거슬렸다. 목이 짧아 짧은 커트를 고수하는 내게, 윤기 나는 긴 머리카락은 나의 열등감을 자극했었다. 상열이는 미인의 조건이란 하얀 얼굴과 긴 생머리라고 주장한다. 그 계집애는 치렁치렁 긴 머리카락에 엄청난 돈을 투자한다. 정기적으로 트리트먼트를 하고 머리통에서 부탄가스 터진 것처럼 가늘게 꼬불거리는 흑인 파마를 했다가

끄트머리만 염색을 하는 등 죄 없는 머리카락을 못살게 괴롭히
는 나쁜 계집애다.

그래! 머리끄덩이! 나는 그 계집애의 머리채 대신 가방을 움
켜쥐고 벌떡 일어난다. 어디 가느냐는 물음에 담배를 사다주겠
다고 얼렁뚱땅 대답해버린다. 환호하는 애들을 두고 공터를 빠
져나와 곧장 집으로 향한다. 이번만은 나의 우아한 지성을 내동
댕이치고 아주 저질적으로, 세게 나가리라 결심했다. 며칠 동안
몸으로 들이부은 소주는 휘발유가 되었고, 너구리 소녀들이 거
기에 불을 댕겨준 셈이다. 내 몸이 활활 타오르고 있다. 간만에
파워워킹으로 골목을 획획 날아간다. 목표는 정했다. 정했어. 무
조건 갈아마셔버릴 테다.

동생 방에 붙은 마이크 타이슨의 브로마이드를 보며 근력운동
을 한다. 저 날카로운 눈매와 우락부락한 근육. 멋지다, 철권 사
나이! 아령을 양손에 쥐고 상하운동 두 세트와 수평운동 두 세
트를 연이어 하자 목덜미에 송골송골 땀이 맺힌다. 틈틈이 타이
슨의 표정을 흉내내본다. 아령을 손에 쥔 건 올봄 동창회 이후
로 처음이다. 노래방에서 마이크를 빼앗기지 않으려고 팔뚝 힘
을 키웠었다.

내가 선정한 곡이 청승을 떨며 흘러나오자 친구들은 내게 야
유를 보냈다. '어울리지 않아! 저런 노래! 하이힐과 레이스 달린

블라우스, 너하고는 절대로 어울리지 않아. 너 어쩌다가 그렇게 변했니?' 단체로 비난을 해도 나는 의연했다. 분수 넘치는 고음 처리로 '삑사리'를 내면서도, 여럿이 달려들어 마이크를 빼앗아도 나는 끝내 발라드만 고수했었다.

겨드랑이 밑으로 차가운 땀방울이 또그르르 굴러내린다. 양손을 앞으로 모아 상하운동을 다시 시작한다. 열 번씩 두 번. 하나, 둘, 셋, 넷…… 콧김이 뜨겁다. 팔뚝은 누구 못지않게 튼실하다. 다만 지방으로 축 늘어진 살을 죄다 근육으로 바꾸고 싶다. 팔 힘을 길러 머리끄덩이를 단숨에 잡아 휘두를 것이다. 단숨에!

이틀 동안 꼬박 컴퓨터 앞에 앉아 미친 듯이 검색을 했었다. 손끝이 차게 식어 자판을 칠 때마다 오타가 만발했다. 상열이의 주민등록번호를 치고 카드번호를 치는 동안 몇 번이나 내 뺨을 때려가며 정신을 차려야 했다. 카드회사에 문의를 하고 여행사에서 청천벽력 같은 얘기를 들을 때도 다 거짓말 같았다. 설마, 설마…… 나를 놀려주려고 짠 것 같았다. 그러나 내 남자의 메일을 열어본 순간 모든 것을 알게 되었다. 그렇게 달콤하고 끈적끈적한 세레나데가 오가고 있을 줄이야.

'네 머리카락에 흐르는 윤기, 그윽한 샴푸 냄새가 내 가슴에 스며들어 나를 한 남자로 완성시켜줘……' 유치함의 극치! 지랄 염병! 내 입에서 현란한 육두문자가 퍼레이드로 튀어나왔다.

그런 메일을 보낼 거면 나랑 공유한 비밀번호부터 바꿀 것이지.

후배 계집애가 사는 다세대 연립주택이 하필이면 내 애인의 자취방과 맞붙어 있다는 사실을 알고부터 불안했다. 신기하고 반갑다며 둘이 하이파이브를 할 때 내 얼굴은 살짝 일그러졌었다. 여럿이서 술을 먹고 놀다가 둘만 대리기사를 불러 그 계집애의 소형차를 타고 사라졌을 때도 느낌이 좋지 않았다.

그의 휴대전화에 찍혀 있던 그애의 전화번호와 묘한 내용의 문자메시지를 발견하곤 미친 듯 닦달을 했지만 그는 별것 아니라며 신경질만 부렸다. 매주 주말이면 김치나 반찬을 가져다주었는데 바쁘니까 오지 말라고 극구 만류하던 것이 두어 달 전부터다. 그때부터였을 것이다. 그즈음부터 그 계집애도 내게 연락을 딱 끊어버렸다.

둘이 떠난 여행지 정보를 뭐 하러 그렇게 살뜰하게 찾아보았을까. 이국의 풍광이 담긴 컴퓨터 모니터를 뚫어져라 보며 나는 다른 것을 떠올리고 있었다. 그의 고향집, 손님방 들창에서 내다봤던 나지막한 앞산이 겹쳐 보였다. 쏟아지는 눈물 때문에 눈이 시렸지만 그곳, 산허리에 감겨 있던 뿌연 안개와 초록빛의 아름다운 교감이 선하게 떠올랐다. 몹시 아까웠다. 그것이 내 산인데, 밤이면 반딧불이가 반짝거리고 풀 태우는 냄새가 진동을 하는 곱디고운 들녘은 바로 내 것이었는데. 그이 어머니의 온화한 음성이 귀에 쟁쟁 울렸다. 행실도 좋지 않은 날라리 계집애가 그 모든 걸 차지할 거라 생각하자 억장이 무너지는 것 같았다.

'그냥 놀러가는 건데 뭘 그리 신경을 써. 그래도 이렇게 입으니까 너 진짜 여자 같다.' 상열이는 내 차림새를 보며 깜짝 놀라는 시늉을 했다. 그이 부모님과의 첫 대면이라 꽤나 긴장이 되었다. 예비 시아버지의 생신잔치라, 고속버스를 타기 전 마트에 들러 제일 크고 화려한 과일 바구니를 골랐다. 집에 도착해서야 그런 것 사지 말라고 말렸던 이유를 알 것 같았다. 그의 집 마룻바닥에 굴러다니는 온갖 과일들이 더 크고 먹음직스러웠다. 주변이 온통 과수원이라고 말이나 해줄 것이지.

그런 진수성찬은 난생처음이었다. 화려한 잡채조차 상 끄트머리에 밀려날 정도로 빽적지근하게 차린 상을 받아, 입으로 들어가는지 코로 들어가는지 모르게 희한한 요리들을 꾸역꾸역 먹어야만 했다. '더 먹어라, 더 먹어. 몸이 가시처럼 말랐다.' 어르신들은 내 입에 깔때기를 꽂아 들이부어줄 기세였다. 활짝 열린 대문으로 동네 사람들이 끊임없이 들어왔다. 안절부절못하는 내게 처음 보는 어르신들마다 덕담을 해주었다.

모여 노는 일이 잦은 듯 마당과 붙은 거실 한복판에는 노래방 기기가 떡 버티고 있었다. 명절 때도 오가는 친척 하나 없이, 제사도 생략에, 늘 썰렁하고 고적한 우리 집과는 전혀 다른 분위기였다. 북적거리는 사람들이 뿜어내는 활기와 왁자지껄함이 몹시 뿌듯하고 정겨웠다. 술상이 몇 차례나 새로 들어가고, 순번대로 노래를 하는 것을 보며 나는 그 집의 며느리가 된 것 같은 기분에 취했다.

그이 어머니가 나를 밖으로 불러냈다. 짚 태우는 냄새가 마당에 가득했다. 장독대를 구경하고 처음 들어보는 꽃 이름을 그 자리에서 배웠다.

"우리가 이렇게 살아도 돈이 없는 건 아냐. 신도시로 복속되고 받은 토지보상금이 있으니까 재 취직 못 한다고 걱정 마라. 저놈이 허투루 쓸까봐 무조건 공무원 시험부터 보라고 한 거야. 혼례 치르기 전에 아파트는 소박한 걸로 하나 해줄게."

내가 도망이라도 갈까봐 내 손을 꼭 그러쥔 채 듣기 좋은 소리만 해주었다. 공무원 시험만 붙으면 바로 혼사를 치르자고 했다. 나는 재산 얘기 같은 건 관심도 없었다. 그이 어머니의 모든 말은 하나로 통일되어 들렸다. '그 동안 많이 외로웠지? 이젠 걱정 마. 엄마가 여깄어.' 무슨 말을 해도 내 귀에는 그렇게 들렸다. 그 어머니와 바싹 붙어앉아 있자니 이런 맛에 시집을 가는구나, 싶었다. 엄마, 엄마. 발음만 해도 가슴이 미어지는 엄마라는 존재. 오랜만에 맡아보는 엄마 냄새, 그리웠던 엄마의 따스한 온기가 사방에 가득했다. 알게 모르게 내게 붙어 있던 온갖 걱정 근심이 단번에 사라지는 것 같았다.

사람들이 노래를 청하자 나는 평소처럼 탁자 위에 올라가 춤을 추거나 마구 망가지는 짓은 하지 않았다. 내 속에서 본능처럼 이는 '앗싸앗싸, 쿵작쿵작'을 누르고 지상 최대로 얌전한 발라드를 선곡해 약간 떨리는 목소리로 노래를 불렀다. 나로선 그런 선곡이 난생처음이었다. 나 자신이 가증스럽게 느껴질 정도였다. 어른들 술잔을 채우던 상열이가 소름 돋는다는 시늉을 하며 고개를 저어도 나는 미역귀 같은 레이스가 잔뜩 달린 블라우스와 검정 스커트에 걸맞은 반듯한 자세로 일관했다. 노래를 마치자 포화와 같은 칭찬이 쏟아졌다.

어른들이 손님방을 내줄 때에 주책없이 같이 자겠다고 상열이가 나섰다. 이미 온갖 체위를 속속들이 마스터한 관계여도 나는 부끄러운 척하며 펄쩍 뛰었다. 잠자리가 바뀌자 고단해도 잠이 오질 않았다. 들창으로 푸르스름한 달빛이 들어오고 서늘한 산 공기가 방으로 스며들었다. 까슬까슬한 이불깃은 쾌적하게 내 몸에 닿았다. 툇마루에서 그와 그의 어머니가 두런두런 나누는 목소리가 들렸다.

"저만하면 빠지지 않는 규수다. 저애를 놔두고 앞설 때 눈이 제대로 감겼겠나. 볼수록 내 가슴이 아파."

"뭐가?"

"돌아가셨다면서. 쟤 어머니 말이야. 좋은 데 다니면서 맛있는 거 많이 먹여. 몸이 가시처럼 말랐더라."

"나보다 더 잘 먹어, 얼마나 많이 먹는데. 힘도 장사야."

기어이 폭로를 하는 그의 목소리를 들으며 희미한 질투가 일었다. 응석을 부리는 목소리였다. 악전고투가 생활화된 나와 달리 늘 천하태평인 그의 성격이 어떻게 형성되었는지 알 것 같았다. 아무리 노력을 해도 안 되는 게 있다는 걸 일찌감치 알아차린 나와 달리 그는 순진할 정도로 세상을 모른다. 저렇게 든든한 응원 부대가 있기 때문인가.

그이 어머니 때문인지 그 밤, 엄마 생각이 많이 났다. 어이없는 사고로 돌아가신 것도 억울한데 보상금은커녕 가해자 취급을 받았다. 엄마가 왜 남의 차를 운전했겠는가. 해를 넘겨 항소에 항소를 거듭할 때 아버지의 입에서 유전무죄 무전유죄라는 말이 나왔다. 경찰이고 공무원이고 다 한통속이라며 치를 떨던 외가 식구들 모두 결국은 손을 털었다. 모두 어색한 관계가 되고 말았다. 밤새 이런저런 생각을 하느라 뒤척뒤척, 잠이 좀체 오지를 않았다.

돌아오는 고속버스 안에서는 입을 딱 벌리고 침까지 흘려가며 밀린 잠을 자느라 정신이 없어도, 그이 어머니가 차비 하라고 준 지폐 일곱 장은 손에 꼭 쥐고 있었다. 지폐는 처음부터 돌돌 말린 채 매우 따스했고 약간의 물기로 축축했었다. 인사를 전하고 집을 빠져나온 한참 뒤, 그이 어머니가 멀리까지 뛰어나와 내게만 따로 건네준 것이었다. 내가 잘 먹었던 반찬도 바리바리 싸주었는데 그것보다는 지폐에 서려 있던 온기가 묘하게 마음에 사무쳤다. 그가 삼만오천원씩 '반땡'하자고 징징거렸지만 어림

없었다. 그 돈은 아직 내 서랍 깊숙한 곳에 넣어두었다. 돌돌 말린 채, 일곱 장 그대로.

 동생에게는 결전의 날이 다가왔음을 암시했고 내 직속 상사에게도 혹시 불미스러운 일로 내가 유치장에 들어가게 되면 반드시 휴가 처리 해줄 것을 읍소했다. 더불어 내일은 피치 못하게 조퇴를 해야 할 사정임을 알렸다. 직속 상사인 팀장은 몹시 귀찮다는 표정으로 립스틱을 쓱쓱 바르며 말했다.

 "웬만하면 삭이고 살아. 뭔지는 몰라도 지난번처럼 일 저지르지 말고."

 "지난번, 뭐요?"

 "괜히 쑤석거리다가 말 거면 아예 시작도 하지 마."

 아하, 지난번 그 일. 그건 문제 제기에 불과했던 일이다. 그저 다른 과의 성희롱 피해자를 조금 거들었을 뿐이다. 그 뻔뻔스러운 부장 놈을 제대로 응징했어야 하는데 피해자 측이 흐지부지해버리자 더 진행할 명분이 없었다. 그때 끝장을 보지 못한 게 두고두고 후회가 되었다. 모욕이란 받는 순간 되받아치지 않으면 주변의 공기까지 탁하게 물들인다. 모두가 오염된 공기를 마시게 된다. 피해자를 돕자고 나섰던 동료들과 나만 덤터기를 쓰고 말았다.

 지난번과 이번은 사안이 매우 다르다고 설명을 하자 팀장은 이렇게 말했다.

"인생은 말이야, 멀리 봐야 해. 무조건 엎드리고 꿇으라는 게 아니라 뒷일을 예측하고, 뭐가 이득이 되겠는지를 살펴보라고. 네가 기획한 일들, 추진력은 좋은데 뒤를 생각하지 않는 면이 있어. 그래서 채택되지 않은 게 많았잖아?"

갓 바른 립스틱이 제대로 붉었다. 그 입술에서 흘러나온 조언도 명료하게 붉었다. 나 혼자 멍해진 사이, 팀장은 노트북에 머리를 박고 신들린 듯 자판을 치기 시작했다. 자판이 피아노 건반이었다면 대단히 화려하고 빠른 음조가 흘러나왔을 것이다. 팀원 하나 정도는 유급휴가를 줄 만큼 관대한 상황이 아니라는 걸 몸으로 보여주고 있었다.

내 자리로 돌아와 손톱부터 바싹 깎았다. 손톱이 뾰족하면 주먹을 쥐었을 때 내 손바닥에 생채기가 난다. 손가락을 내놓는 골프장갑을 끼고 주먹을 두들겨본다. 내가 이렇게 전의를 다지고 있는 동안 상열이, 이 병신은 여행에서 돌아왔다는 문자메시지를 보냈다. '친구들하고 낚시도 하고 즐거웠어. 다음에는 꼭 자기랑 갈게!' 육갑을 떨고 있네.

양다리 퇴치법과 삼자대면에 관한 상세 매뉴얼을 모니터에서 캡처했다. 세상엔 한눈파는 애인 때문에 고통받는 인간이 왜 이리 많은 건가. 구구절절 피눈물 나는 사연을 읽으며 동료애를 느꼈다고나 할까. 절로 이가 갈렸다. 멀쩡한 마누라 내버려두고

24

오입질에 미친 놈들에게는 해답이 없다. 범국가적인 응징 프로젝트를 만들어 대책을 세워야 한다. 자꾸 봐주다보면 버릇이 되고 습관이 되어 점점 더 뻔뻔해진다. 분노에 치를 떨며 프린트 버튼을 누른다. 치그작, 치그작 인쇄되는 소리를 들으며 전화기를 손에 든다. 대뜸 일 번. 찬란한 단축번호 일 번이 아깝다. 전화기 너머로 내가 선사한 컬러링 〈사랑은 영원히〉가 눈치도 없이 흘러나온다.

"왜 이렇게 전화를 늦게 받아?"

"으응, 몇시야?"

자다 일어난 목소리다. 어지간히 피곤하겠지. 밤마다 그 계집 애랑 뒹굴었을 테니. 욕이 왈칵 튀어나오려 해 이를 악물고 참는다. 최대한 밝고 명랑한 목소리로, 제주도는 어땠어? 사진은 찍었느냐고 묻는다.

"별것 없었어. 깜빡 잊고 디카를 놔두고 갔어."

증거인멸이로구나. 돈이 부족해서 제주도 특산물을 하나도 사오지 못했다는 구질구질한 변명을 들으며 프린트된 인쇄물을 집어든다. 판에 박힌 거짓말을 듣자 전투의지가 샘솟는다. 내일 낮에 점심을 먹자고 제안을 했다. 그 계집애도 불렀다고 하자 화들짝 놀란다.

"걔는 왜? 우리 둘만 만나자."

무엇이 두려운 게냐? 흠, 인쇄된 종이를 훑어가며 주목할 만한 부분에 형광펜으로 덧칠을 한다. 가급적 일몰 전에 거사를 치르라고 한다. 일몰 후 폭행 사건은 가중처벌이 된다는 사실. 그런데 전화기 너머의 상열이가 주제넘게 반항을 한다. 그간 밀린 공부를 이제부터 해야 한다고, 나가 놀 시간이 없다기에 딱 한마디 해주고 전화를 끊었다.

"꽃단장하고 나와, 홍콩 보내줄게."

어제저녁, 그가 줬던 선물들을 정리해서 종이가방에 담았다. 짠돌이답게 시시하고 자질구레한 물건뿐이었다. 휴대전화용 액세서리가 제일 많다. 짝퉁 명품 머리띠와 비닐백, 해적판 시디, 중국제 장갑, 싸구려, 죄다 싸구려들. 그와는 완전히 끝낼 생각이다. 그런데도 그것들을 구입했던 날들이, 매순간 속삭였던 밀어가 하나도 빠짐없이 생각이 났다. 참으로 허망하지만 내게는 그 물건들이 그와 함께 보낸 시간 그 자체였다.

처음에는 뮤지컬 관람과 교외 나들이로 주말을 장식했지만 만남이 누적되자 오래된 연인들이 택하는 직코스만을 애용하게 되었다. 만나자마자 바로 여관, 여관. 여관비를 만들려고 컵라면으로 때우고 식후 커피도 길거리 자판기로 해결하면서 온갖 후미진 골목의 여러 종류의 여관을 섭렵했다. 처음에는 모텔이었다가 다음에는 여관이 되고 궁하면 여인숙을 갔다. 싸구려 대실의 한계란, 기분을 내다보면 '시간 다 되었다'는 프런트의 재촉전화를 받는다는 점이다.

처음 여관에 간 날, 프런트 비슷하게 생긴 쪽유리창 앞에서 여관비를 나더러 내라고 했다. 첫날, 첫 경험이었는데 한층 고조된 기분이 싹 식어버렸다. 친구들에게 그 얘기를 하자 '당장 때려치워! 그것만큼은 남자가 내는 거잖아'. 여관비 부담에 대한 원칙을 다각도로 조사한 결과, 반드시 남자가 내란 법은 없었다. '모텔비가 왜 남자만의 책임입니까? 쌍방이 즐기는 건데. 매매춘이 아니라면 여유 있는 쪽에서 부담하는 겁니다. 그럼 즐거운 성생활을 누리시길~' 전국의 백수 남성들이 들고일어나 동종 업종의 상열이를 옹호하며 댓글을 달아준 셈이다. 그래도 뭔가 개운치가 않았다.

내가 현금으로 계산을 할 때면 현금영수증을 자신의 앞으로 해달라고 조르기도 했다. 새로 구입한 책을 읽을 때면 손을 깨끗이 씻고 조심조심 페이지를 넘기는 모습은 나름 배울 점이라고 생각했으나, 다 읽은 책을 서점에 가서 환불받는다는 사실을 알고는 할 말을 잃었다. 그랬던 인간이 꽘 여행비를 제 카드로 부담한 것이다. 천하의 짠돌이가.

우아하게 작별을 고하고 바로 끝내고 싶었다. 조용히 수면 아래로 가라앉고 싶었다. 그런데 하루에도 몇 번씩 마음이 바뀌었다. 나를 이렇게 헌신짝 취급하고 만수무강을 하시면 정말 곤란하지. 상열이가 아무리 별볼일 없어도 그렇지, 감히 내 것에 손을 대다니! 그놈의 계집애! 소매치기범이 가져간 것이 고작 구명 난 아버지 속옷으로 만든 걸레일지라도 훔쳤기 때문에 도둑놈인 거다.

오늘 당장은 야근을 하며 일에 파고들 것이다. 팀장이 던져준 파일을 보니 멀리 보라던 그녀의 말이 떠오른다. 뒷일을 생각하라고? 내일의 일은 내일의 내가 잘 해결할 것이다. 내일 이후로 내가 얻을 것과 내가 잃을 것은 무엇인지 헤아려본다. 더 잃을 건 없고 얻는 것 또한 없다. 그럼에도 나의 목표만은 또렷하게 남는다.

"그런데, 너, 눈이 왜 그런 거냐?"

"시끄러!"

너구리 눈매를 과시하며 힘껏 째려본다.

"판다곰 같아. 누가 화장을 이렇게 하랬어. 야, 눈 비비지 마. 더 번지잖아."

그가 내 눈매를 손으로 닦아준다. 그의 손이 내 얼굴에 스스럼없이 닿자 마음이 싱숭생숭해진다. 그래도 봐줄 수는 없다. 마음 약해지면 안 된다.

"끝내자. 우리 끝내."

결정적인 비수를 던졌다. 서릿발 같은 나의 선언에 주변이 일시에, 하얗게 얼어붙기를 바랐으나 오늘따라 종로 한복판은 북새통이다. 선명한 구호가 적힌 피켓들 때문에 시야가 어지럽다.

시위를 하러 나온 사람들은 대열을 이뤄 소리를 지르기 시작했다. 물러가라! 물러가라! 덕분에 내가 공들여 뱉은 말이 허공으로 흩어져버렸다. 상열이가 고개를 외로 꼬며 묻는다. 뭐? 뭐라고 했어? 비밀번호도 못 바꾸는 머저리라 말귀도 못 알아듣는다.

시끄러운 골목을 빠져나와 한산한 장소를 찾아나선다. 조용한 곳은 다 숨어버려 보이지 않는다. 집회에 참석하러 나온 사람들 때문에 길이 좁아졌다.

"저런다고 뭐가 바뀌나?"

상열이는 바닥에 침을 퉤 뱉는다.

"넌 남들 욕할 자격 없어."

"뭐, 뭐라고? 안 들려!"

또 말귀를 못 알아듣는다. 주변을 에워싼 전경차가 물샐틈없이 빽빽하게 늘어서 있다. 까만 콩 같은 전경 무리도 시위 군중에 못지않게 많다. 흑과 백의 돌이 맞서 있는 오목판이 떠오른다. 흑과 백은 엎치락뒤치락 승부를 나누지만 애초부터 서로가 지는 게임이다. 승자는 저 멀리 따로 있다. 나도 오늘 지러 나왔다. 처음부터 패자였고 무엇을 해도 이길 수는 없다. 사람들을 헤치고 지나가며 내가 설정한 시나리오를 머릿속으로 재검토한다.

삼자대면의 경우가 1번이라면 상열과 내가 마주칠 경우는 2번이고, 그 계집애와 나만 만날 경우는 3번이라고 정했다. 지금은 시시한 2번이다. 나는 줄곧 3번의 상황을 상상하며 전율에

휩싸였었다. 그 계집애의 머리를 빡빡 밀어버리고 싶었다. 너구리 소녀들이 머리채를 움켜잡아 있는 힘껏 잡아당기라고 했다. 밀어던지면 나동그라질 테니 자근자근 밟으라고 했다.

그런데 이놈의 계집애를 만날 수가 있어야지, 당최. 수신거부를 해놨는지 아무리 전화를 해도 받지를 않는다. 솟구쳐오른 나의 분노는 도착할 주소지를 찾지 못해 허공에서 두리번거리는 중이다. 벌써 눈치를 채고 잠수를 한 건가. 그 계집애의 직장과 집을 알고 있는 한, 나의 치밀한 계획은 무산된 것이 아니다. 다만 오늘이 아닐 뿐, 목표는 반드시 이루고야 말 것이다. 인간에 대한 배신감과 무너져버린 내 자존심이 그로 인해 치유될 리는 없지만 '이대로 질 수 없다'라는 생각만을 붙들고 서툰 독기를 품는다.

카페로 들어가자는 걸 거절했다. 공간이 좁으면 나에게 유리하다. 그러나 바싹 붙어앉았다가는 나도 모르게 넘어갈 수도 있다. 내 속에 나의 적이 들어 있다. 조금이라도 방심하면 스스로 무너져버린다. 아무 일 없는 양 그가 내 앞에 있으니 이것으로 그만인 것 같은 착각이 든다. 아까도 만나자마자 버릇처럼 살을 섞고 싶은 욕구가 근질거렸다. 그를 끌어안고 뒹굴면서 외로웠던 지난 며칠간을 보상받고, 그의 살냄새를 맡으며 가슴 아픈 일은 모조리 잊어버리고 싶었다.

"남의 메일함은 왜 뒤져. 정보통신법도 모르냐."

둘 사이에 오고간 편지들을 죄다 프린트해서 들이댔다. 실실 웃으며 말하는 걸 보니 아직도 정신을 못 차렸구나.

"잘도 나불거렸더라?"

"편지는 그냥 편지지 뭐."

말 같지도 않은 소리를 하며 상열이는 바닥에 쪼그리고 앉아 담배에 불을 붙인다. 목덜미가 그을리다 못해 살 껍질이 때처럼 벗겨지고 있다. 백수 주제에 꽴 여행을 다녀온 티를 내다니. 한참을 퍼부어댔다. 그래도 분이 풀리지 않는다. 이제 우리 사이는 끝이라고 선언을 했다.

"하여간 미안해. 우린 결혼할 사이잖아. 그러니까 네가 봐줘야지."

누구 맘대로 결혼이라는 단어를 입에 올려. 그간 받았던, 자질구레한 물건을 담은 종이가방을 획 던져준다. 그걸 보자 그의 안색이 바뀐다. 몇 대 패주려고 했지만 그건 생략하겠으니 주제 파악하고 꺼져달라고 했다. 예상과 달리 그다지 매달리는 기색을 보이지 않아 은근히 초조하기는 하다.

"어차피 걔는 헤픈 앤데. 그런 애 신경쓰지 마."

"너는 안 헤프냐?"

"남자하고 여자가 같아? 걔가 작정하고 꼬리를 쳤다고."

지구의 자전과 공전이 일시에 멈추는 것 같다. 고작 남자 하나 때문에 십 년 선후배지간이 파국을 맞았는데, 뭐라고? 남 탓

하는 놈이 세상에서 제일 쩨쩨하다. 이런 인간이 공부를 해서 공무원이 되면 우리나라가 위험하다. 이런 놈들이 뇌물을 받아먹고 비리를 저지르고도 반성을 모른다. 나의 우아한 지성을 지키려고 이놈의 응징을 잠시 미뤄두었으나 국가의 장래를 위해 나설 수밖에. 남자하고 여자는 다르다고? 핸드백에서 골프장갑을 꺼내 하나씩 천천히 손에 낀다.

"너는 나를 못 믿어?"

"내가 믿는 건 이거야!"

있는 힘을 다해 머리통을 갈겼다. 손등의 뼈가 쪼개질 것처럼 아프다. 태권도 사범이 기왓장 격파 시범을 할 때처럼 온 힘을 실어 쪼그려앉은 그의 머리통을 다시 내리갈겼다. "야, 너 뭐 하는 거야?" 이놈이 성질을 부리며 총알처럼 튕겨 일어난다. 나보다 한참이나 크다. 역시 머리끄덩이는 무리인가. "너 이리와." 상열이가 내 팔목을 확 낚아챈다. 이렇게 나오면 당해낼 재간이 없다. 화를 내며 팔목을 잡아끌고 여관으로 직행하면 그만이라는 사고방식, 여태 그랬다. 그런 식으로 무마해버린 일이 너무 많았다. 제가 저지른 잘못이 클수록 걸음이 빨랐고 나를 거칠게 다뤘다. 늘 못 이기는 척 끌려다녔지만 이번만은 용서가 안 된다.

"넌 정말 나쁜 놈이야!"

다시 한번 냅다 갈겼다. 이번엔 사타구니 사이를 걷어찼다. 샌들 밖으로 튀어나온 발끝에 물컹한 느낌이 들었다. 상열이는 바닥에 쓰러져 데굴데굴 구른다. 아, 좀 심했나. 기어이 일을 저질렀다. 그이 어머니도 이제 내게서 돌아설 것이다. 세상의 어머니들은 다 자기 자식 편이다. 자기 자식을 해하는 타인을 편들어 줄 어머니는 없다. 따스한 온기를 품었던 만원권 지폐 일곱 장이 표창이 되어 내 가슴에 박힌다. 나의 발라드를 칭찬했던 그 동네 사람들도 이젠 적이 되었다. 그곳, 앞산의 초록빛과 산허리에 감겼던 안개, 곱디고운 들녘의 반딧불이도 내게서 등을 돌린다. 모두 돌아앉았다. 전에는 내 것이었는데 이젠 아니다.

그것들을 얻으려고 나를 버릴 수는 없다. 사소한 부정이라도 제때 박멸하지 않으면 주변으로 퍼지게 된다. 그것이 세상을 오염시키고 정의를 갉아먹는다. 바닥에서 뒹굴면서 비명을 지르는 그를 오가는 사람들이 쳐다본다. 대놓고 비웃는 사람도 있다. 나 역시 쪽팔림을 감수하고 그의 머리통을 잡아끈다. 그의 머리채를 양손으로 낚아채 끌어올린다.

물러가라! 물러가라! 군중의 함성이 저 너머에서 우렁차게 들린다. 수천 명의 내가 함성을 지르고 있다. 내 콧김도 뜨겁다. 아차, 하는 순간 상열이가 나를 거세게 밀친다. 처참하게 바닥으로 나동그라진다. 가래침 같은 욕을 내뱉고는 상열이가 도망을 간다. 어디 한번 해보자는 거냐? 나는 미쳐버렸다. 처음부터 나는 패자였다. 더 잃을 것이 없어 두려움도 없다. 인파를 헤쳐가며 상열이의 뒤를 쫓는다.

소도 때려잡을 기운이 무섭게 용솟음친다. 뒷일은 생각지 않는다. 나를 함부로 대했던 수많은 인간들, 세상의 모든 불합리와 부조리, 외롭고 어두웠던 나날 모두를 이놈의 몸뚱이에 구겨넣고 힘껏 밟을 것이다. 비겁한 애인을 뒤쫓는 수천 명의 내가 있어 이 순간만은 외롭지 않다. 물러가라! 물러가라! 군중의 함성 속으로 곧장 들어간다. 처절한 복수는 이제부터 시작이다.

이로니, 이디시

"방울새가 날아간다, 후드드득! 아니 되오, 정녕 소녀를 버리고 가시려오?" 넉살 좋게 주고받는 목소리가 문틈으로 새어나온다. 아씨들이 이야기책을 번갈아 읽는 동안 나는 문간에 붙어앉아 바느질을 한다. 저고리에 동정을 달면서 열린 대문을 틈틈이 살핀다. 인력거꾼이 올 시간인데 교동 사모님이 툇마루에 길게 누웠다.

사모님은 아씨들의 낭독이 끝나기를 기다리며 부채질만 했다. 그러다 슬슬 목침을 베고 누웠다. 이야기 속의 소녀가 남정네에게 순결을 바치는 대목에 이르자 "성경이나 볼 것이지 왜 저리 음란한 책만 읽누" 혀를 끌끌 차면서도 상기된 얼굴로 귀를 쫑긋 세웠다. 이야기가 점점 복잡해지자 눈을 감은 사모님의 손에서 부채가 툭 떨어졌다.

"아아, 바람 앞의 촛불인가." 큰아씨의 낭랑한 목소리에 이어 사모님이 푸우, 콧바람을 길게 내쉰다. 바람 앞의 촛불이 그 콧김에 꺼질 것 같아 웃음이 절로 난다. 툇마루로 기어들어온 햇살이 점점 안으로 파고든다. 느른한 한낮이 사모님의 규칙적인 숨소리에 더욱 노곤해진다. 발치에 둔 재봉가위는 따끈하게 달궈졌다. 모로 겹쳐진 사모님의 버선발에 환한 빛이 머문다.

바늘귀에 흰색 실을 꿰어넣으며 대문을 힐끔거린다. 교동 사모님 덕분에 아씨들의 외출은 소리없이 무산되었다. 내색하지 않으려 해도 조마조마한 마음에 바늘땀이 올곧지 못하다. 인력거꾼이 눈치도 없이 안마당으로 들어와 "가세!" 하고 외친다면 어쩔 것인가. 사모님은 아씨들이 외출을 할 때마다 돈을 허투루 쓴다고 질색을 한다. 많지는 않아도 교회의 보조금을 무시할 수는 없다. 바깥 구경이 하고 싶어 안달이 난 아씨들과 남의 이목을 신경쓰는 사모님 사이에 내가 끼어 있다. 인력거꾼을 불러온 나만 꾸지람을 듣게 되는 것이다.

"소녀는 기꺼이 죽음을 작심하였으나, 차차 만화방창하고 춘풍이 무르녹아 꽃웃음이 매혹하는 이때……" 매듭지은 실을 이로 끊어내며, 버림받은 소녀가 과연 자결을 할 것인지 귀를 기울인다. 아씨들은 책에 적혀 있는 대로만 읽지 않는다. 그때그때 기분에 따라 슬쩍 건너뛰거나 있지도 않은 인물을 집어넣어 아주 다른 이야기로 만들어버린다. 지금처럼 불청객이 와 있으면 일부러 낯 뜨거운 내용을 집어넣는다.

읽는 속도가 느려지고 킥킥대는 웃음소리가 추임새로 들어가면 책은 이미 내려놓았다는 걸 알게 된다. 나이 든 사내의 목소리는 굵고 투박하게, 앙탈을 떠는 계집은 간드러지게 흉내를 잘 낸다. 시중의 인기 있는 만담가들 못지않다. 아씨들이 지어낸 이야기에는 내가 알려준 것이 적잖이 들었다. 땡땡거리는 전차를 직접 타본 듯이 말하거나 인력거꾼 총각과 거인 김부귀까지 적재적소에 등장시켜 아주 그럴듯하게 이야기를 만들어낸다. 어쨌거나 아씨들의 목소리를 통해 부풀려진 이야기는 매번 뒤가 궁금해 감질이 난다. 대수롭지 않은 내용도 듣다보면 애간장이 타들어간다.

"그래서 소녀는 시집을 갔나?"

사모님이 부스스 일어나 가라앉은 음성으로 말한다. 얼굴과 목소리에 덜 깬 잠이 덕지덕지 붙었다. 나는 반짇고리를 정돈하며 이야기 속의 소녀가 방황을 하는 중이라고 알려주었다. 사모님은 흐트러진 머리를 매만지다가 개켜놓은 빨래를 끌어당긴다. 어설프게 개놓은 아씨들의 저고리를 펼쳐 인두질을 하듯 매운 손매로 착착 개나간다. 사모님만의 숙달된 손놀림이다. 소매가 네 개로 붙은 아씨들만의 특별한 옷은 아무리 공을 들여도 깔끔하게 정돈되질 않는다.

"그래, 지전이 얼마나 급하면 그리 귀한 걸 냉큼 팔아먹었누."

사모님은 집주인이 선사한 일본식 히나 인형을 궁금해했다. 보여줄 수가 없어 전당포에 맡겼다고 둘러댔다. 아씨들이 인형의 몸통을 재봉가위로 잘라버렸다는 말은 차마 할 수가 없었다.

"인형 모양이 아씨들을 조롱하는 것 같다고, 꼴도 보기 싫으니 어서 치우라고 하셔서요."

기모노를 입은 몸통에 인형 머리가 둘 붙어 있더라고 설명을 하자 사모님은 망할 것들이라며 한바탕 욕을 한 다음 인형 값은 얼마나 받았는지 넌지시 묻는다. 전당포에 간 적이 없으니 대답이 궁색해진다. 우물거리며 아씨들 방문을 쳐다보자 사모님은 대번에 눈치를 챈다. 귀 밝은 아씨들 방문 앞에서 금전 얘기를 할 수는 없다.

"그나저나 없이 사는 것도 이제 끝이다. 말복 지나고 평양서 선교사님들이 오신단다. 아씨들 모시고 갈라꼬."

"어디로요? 평양이요?"

"가면 양부모 있는 나라로 가겠지, 그저께 아침 목사님이 그카데."

아씨들의 방에 대고 소식을 전하는 내 목소리가 절로 커진다. 들으셨어요? 아씨들, 희소식입니다! 안 듣는 척하면서도 다 들었는지 아씨들의 타박하는 목소리도 크다. "아이, 시끄러, 방정 좀 떨지 마." "과연 언제 오려나, 우리 환갑잔치 할 때나 도착하겠네." "선교사들은 모두 게걸음으로 걷는다지." 아씨들의 활기찬 대꾸에 교동 사모님은 아이쿠, 요번엔 진짜 오신단다, 하며 실없이 웃는다.

사모님은 장독대로 나가 항아리 뚜껑을 연다. 가시가 생긴 된장은 걷어내서 국밥집 장사치들에게 팔아넘기라고 잔소리를 하다가 결국 혀를 끌끌 차며 구더기가 버글거리는 된장에 손을 넣는다. 사모님은 아씨들이 가버리고 나면 이 항아리는 내가 써야겠다, 하며 미리 점찍어놓는다.

"아씨들은 그렇다 치고, 니 있을 곳을 살금살금 알아봐야겠다. 마음 단디 묵으라. 어데로 가도 여만큼 편할 리는 없다."

갈 곳도 없고 오라는 곳도 당연히 없다. 그럼에도 근심이 생기지 않는다. 당장은 실감도 나지 않는다. 믿기지 않기 때문인지도 모르겠다. 온다던 사람들은 여태, 아무도 오지 않았다. 아씨들의 양부모는 이내 돌아오겠다는 편지뿐이다. 늘 애틋한 편지와 신기한 물건들을 소포로 보내온다. 아씨들을 찾아왔던 선교사들은 다정하게 굴다가 예정된 날짜가 되면 요란한 작별의 인사를 하고 휑하니 가버렸다. 늘 그랬다.

바가지로 물을 끼얹자 시커먼 된장과 고물거리는 구더기들이 흙바닥으로 쏟아진다. 사모님의 고무신이 그것들을 여지없이 밟아 죽인다. 손등이 따끔거려 하늘을 보니 빗방울이 톡톡 떨어진다. 여우가 시집을 가려나? 해는 떠 있는데 비가 내리다니. 그래도 다행이다. 궂은 날은 인력거꾼이 바빠 아씨들을 태울 틈이 없다. 슬슬 떨어지는 비를 피해 처마 밑으로 들어간다. 아씨들 방문에서 수런거리는 목소리가 새어나온다. 까르르 웃어대며 소곤소곤 얘기를 나눈다. 문짝 고리만 봐도 안에서 넘실거리는 설렘과 흥분이 훤히 보인다. 아씨들은 선교사들 소식이 기쁜 것이다. 기쁘겠지. 양부모가 있는 땅으로 가고 싶을 것이다. 그런 희망도 없다면 심신의 고통을 어찌 이길까.

이로니! 이디시! 아씨들이 인형을 부르고 있다.

참으로 독특한 억양이다. 이로니는 비교적 정확하게 알아듣겠지만 이디시는 '디'를 발음하며 망치로 때리는 것처럼 힘을 준다. 그렇게 이름을 부른 다음에는 벽돌처럼 딱딱한 외국말을 쏟아낸다. 양부모에게서 배운 말은 저희끼리만 사용한다. 노상 책을 끼고 살아서인지 아는 게 많은 아씨들이다. 명민한 머리를 타고나 하나를 들으면 열을 안다. 독학으로 익힌 일본어는 집주인인 오시마 부인과 농담을 나눌 정도이다.

날은 쾌청하고 담장 밑으로 배롱나무 분홍빛 꽃이 흐드러졌다. 두부장수가 떨렁거리며 종소리를 울리며 지나간다. 오늘 아침 이부자리를 정리하다보니 요 위에 메밀껍질이 드문드문 떨어져 있었다. 잘 때면 인형들을 이불 속으로 끌어들이는 모양이다. 꿰맨 것이 허술해 인형 속에 든 메밀껍질이 솔솔 흘러나온다.

이불을 마당으로 들고 나가 털고 방바닥을 빗자루로 쓰느라 일이 많았다.

"이로니, 지금 밥 먹기 싫으면 먹지 마. 이디시 때문에 억지로 먹을 필요 없어. 이제부터는 함께하지 않아도 돼. 따로 해. 혼자해."

"아, 우리도 그렇게 되었으면 좋겠다. 얘들은 수술을 해주길 잘했어."

두 인형을 나란히 앉혀놓고 두 아씨가 얘기를 나눈다. 인형에게 하는 외국말은 예전의 양어머니를 흉내내는 것 같다. 오늘따라 아씨들이 고분고분 다정하다. 오늘처럼 의견이 일치할 때가 가끔은 있다. 지속적인 건 아니다. 아씨들의 성격은 참으로 딴판이다. 둘은 평소, 한 입에서 나오는 한 목소리 같다가도 툭탁툭탁 말싸움을 할 때면 보색처럼 판이하다. 큰아씨는 즐거운 재담꾼이지만 가끔은 지나치다. 작은아씨는 대접에 담긴 물처럼 고요하다가도 이치를 가려 따지기 시작하면 당해낼 사람이 없다. 때로 치명적이기까지 하다. 솟구치는 감정이 폭발해 "너를 뜯어내고 싶어"라고 울부짖을 때면 둘 다 몹시 가엾다. 그렇게 지독한 소리를 내뱉는 순간에도 둘의 몸은 옷 한 벌 안에 한데 들어가 있다.

집주인인 오시마 부부가 아씨들에게 인형을 선사했다. 격식을 차리기 좋아하는 주인집 부부는 일본 명절이나 기념이 될 만한 날에는 사람을 시켜 음식이나 간단한 장식을 보내곤 했다. 답례로 아씨들이 지은 하이쿠를 들고 가자 오시마 부인은 호들갑을 떨며 말귀도 못 알아듣는 내게 일본말로 자꾸만 물어댔다. 나는 아씨들이 시킨 대로 "소 됐으네, 소 됐으네" 하며 고개를 주억거렸다. 소처럼 음매 하고 울지 않은 게 천만다행이었다. 한동안 잠잠하더니 이번에는 일본식 히나 인형을 선사한 것이다.

붉은 비단으로 감싼 상자에서 인형을 꺼내자, 음, 아씨들의 입에서 대답 같은 신음이 튀어나왔다. 왜 이런 인형을 보냈는지 알겠다는 의미였다.

자색 기모노를 입은 인형은 몸통 하나에 머리가 두 개 달려 있었다. 아기처럼 통통한 하얀 볼에, 눈썹에 맞춰 반듯하게 자른 머리카락은 사람의 것처럼 새카맣고 윤기가 흘렀다. 아씨들은 인형을 만지며, "조선에는 왜 이런 게 없을까. 서양에도 화려한 인형이 많은데 말이야." 큰아씨는 인형 밑에 깔린 종이를 꺼내 들고는 피식 웃었다. 세로로 써내려간 일본 글씨를 소리내어 읽었다.

"이토록 아름다운 전통복장이…… 그대들에게 잘 어울릴 것이라 생각합니다. 우리더러 기모노를 입고 오리처럼 궁둥이를 흔들라는 말이야?"

"그 밑에 내선일체라고 적혀 있어. 누가 일본이고 누가 조선이라는 거야?"

아씨들은 너는 내지인이야, 아냐 내가 반도인이라니까, 하며 철없이 킥킥거렸는데 나는 그 인형의 괴이한 생김이 싫어 소금이라도 뿌리고 싶었다.

인형을 만든 사람은 아씨들의 몸을 그렇게 상상했던 모양이다. 몸통 하나에 머리가 둘이라고 얻어들었겠지. 아씨들은 인형과 비슷하고도 다르다. 아씨들은 옆구리가 들러붙은 채로 태어난 쌍둥이일 뿐이다. 물론 노상 붙어 있으니 몸이 하나로 보이기도 한다. 나도 그런 줄 알았다. 어깨나 다리는 각자지만 몸통이 붙었기에 함께 움직이고 함께 일어선다.

둘이 불쑥 일어나 동시에 움직일 때면 내 속에서 소리없는 비명이 터져나오곤 했다. 괴물이다. 괴물. 물론 둘이 붙어 편한 것도 없지는 않다. 오순도순 서로의 머리를 감기고 서로의 얼굴에 분을 발라주며 거울로 살피지도 않는다. 자신의 얼굴을 상대의 얼굴로 판단하는 것이다. 잠자리는 고통 그 자체라 보통사람들처럼 몸을 뒤챌 수가 없다. 그래서 노상 등이 결려 끙끙거린다. 여름이면 맞붙은 옆구리에 땀띠가 돋아 근질근질한지 서로가 벅벅 긁어대다가 짜증을 내기 일쑤다. 그럴 때면 내가 근처 한의원에 가서 통사정을 한다. 물론 의원들이 해줄 노릇은 한계가 있다. 침을 맞고 뜸을 뜨고 한약을 먹어도 붙은 몸을 떼어낼 수는 없다.

괴이하게 생긴 인형은 며칠간 반닫이 위에 가만히 앉아 있었다. 그것을 물끄러미 보던 작은아씨는 내게 가위를 가져오라 하였다.

"따로따로 살라고 하자. 우리도 답답해서 미치겠는데 애들까지 이 꼴로 견디게 할 수야 없잖니?"

인형의 두 머리 사이로 가윗날이 쑤시고 들어갔다. 앙증맞은 기모노 자락은 싹둑 잘라졌지만 볼록하고 팽팽한 몸통은 쉽지가 않았다. "섬뜩해!" 큰아씨가 인상을 찌푸리자 가윗날이 머뭇거렸다. "어쩌지?" "우리 몸을 수술한다고 생각해봐." 큰아씨의 말에 작은아씨는 차마 몸통을 쑤셔댈 수 없어 몇 번이고 들이대다가 결국 가위를 내려놓았다. 인형들의 자색 기모노만 보기 싫게 잘렸다. 너무나 아까웠다. 찢긴 기모노를 자세히 보자 자색 인조견의 대죽 무늬가 제법 고상했다.

사흘 뒤에는 큰아씨가 용기를 냈다.

"너희들에게 내게 없는 자유를 주마. 아프지 않게 수술해줄게."

말은 부드러웠지만 손길은 무참했다. 가윗날이 인형의 허연 몸통에 잔인하게 쑤시고 들어갔다. 둘은 어쩔 수 없이 쥐를 때려잡는 것처럼 미간을 잔뜩 찌푸리고 인형을 싹둑싹둑 잘랐다. 뜯어진 봉제선 사이로 누르스름한 파고솜이 튀어나왔다. 큰아씨가 눈을 감고 인형의 양쪽을 잡아당겼다. 몸통을 부풀리느라 집어넣은 솜과 메밀껍질이 방바닥으로 우수수 쏟아졌다. 마치 사람의 내장 같았다.

인형은 순식간에 두 동강이가 나버렸다. 다리 하나, 팔 하나
씩만 나눠 갖고는 속엣것이 다 튀어나온 흉한 꼴이 되었다. 아
름다운 두 개의 인형이 될 줄 알았던 아씨들은 실망했다. 괜한
짓을 했다고 서로를 비난하다가 오시마 부인을 욕하고, 가위를
가져다준 나까지 책망했다. 두 조각이 난 인형은 마치 화가 난
것처럼 메밀껍질을 자꾸만 쏟아냈다. 쓸어도, 쓸어도 끝이 없었
다.

그대로 버리기가 아까워 터진 부분만 꿰매주었다. 몸체에서
빠져나온 솜과 메밀껍질을 다 집어넣을 수는 없었다. 워낙 단단
하게 만들어진 것이라 속엣것을 도로 집어넣으면 시접을 시칠
수가 없었다. 어쨌든 얼기설기 꿰매자 두 개의 인형은 안정이
되었다. 팔다리가 하나씩에 반쪼가리 옷을 걸친 추레한 몰골이
어도 요기 서린 두 얼굴은 반듯하고 무결해 보였다. 아씨들은
가위를 휘둘렀던 죄책감을 잊고 인형들을 다시 반닫이 위에 올
려두었다. 기껏 잘라놓고는 하나인 것처럼 두 인형을 꼭 붙여놓
았다.

"인형에게 새 옷을 지어줄까요?"

반쪽이 된 기모노를 벗기고 싶었다. 쓰다 남은 인조견 헝겊붙
이를 쭉쭉 잘라내는데 큰아씨가 내 말이 잘못되었다며 타박을
한다.

"인형이 뭐야. 되도록 이름을 불러야지. 고만이 너는 김부귀 더러 거인이라 하더라? 마치 우리더러 '붙은 것들'이라 부르는 것 같아 귀에 거슬려."

붙은 것들이 아니기는 하나? 그리 나쁜 말도 아닌걸. 둘이 붙은 게 나쁘다고만은 생각지 않는다. 그렇게 떠오르는 속생각을 안으로 감추며 두 개의 인형을 만지작거렸다. 작은아씨는 공책을 무릎에 받치고 글자를 적는 중이었고 큰아씨는 부채질로 모기를 쫓아내며 내 말상대가 되어주었다. 열린 들창 너머 휘영청 달빛만 혼자 서늘하고 공기는 끈끈하다. 옆집 담벼락에 붙은 박꽃은 하얀 점들을 흩뿌린 것 같다.

"이름은 약속이고 신호이고 가면이며, 농담이고, 은유면서, 거울이지. 그리고 존재의 이로니야. 이로니."

인형을 헝겊 위에 얹어놓고 본을 뜬다. 잘 만들 자신이 없어 교동 사모님이 간절했으나 인형을 빼줄 수는 없는 노릇. 재미삼아 만들자고 마음을 먹자 가위질이 순순해진다.

"이로니는 뜻이 있나요? 외국말도 이름에 뜻이 있어요?"

내 이름이 고만이라 하면 사람들은 대번에 딸 고만이네, 딸내미가 위로 몇인데, 하고 물었다. 그것이 내 이름에 딸린 고유한 뜻이다. 한자 이름은 서로 질세라 장황한 의미를 뽐내는데 서양 이름이라고 그런 게 없을까.

"그분들이 나를 그렇게 불렀지. 이로니. 나는 그 말이 장난꾸

러기라는 뜻인 줄 알았어. 사전을 찾아보니 아니더라. 나는 어찌해서 이씨 성을 살려 우리의 이름을 만들었나 생각해봤어. 처음부터 조선에서 살게 할 생각으로 성씨를 지켜준 거야. 그게 아니라면 이로니, 이디시라고 할 이유가 없었지. 본국으로 가실 적에 우리가 볼거리를 잃고는 있었지만 데려가려면 데려갈 수도 있었다더라. 처음부터 그럴 마음이 없었던 거지. 그래서 어머니의 편지를 받으면 마음이 아파."

큰아씨가 서글픈 속내를 비치자 나도 울적해져서 입이 붙어버렸다. 일전에 아씨들이 읽어준 이야기도 은근히 슬펐다. 아씨들의 마음 안쪽이 들여다보였다. 이야기 속의 버림받은 소녀는 자결을 하지 않고 복수도 하지 않았다. 단지 자신을 버린 사람들을 차례대로 만나는 것으로 끝을 맺었다. 아씨들도 그런 마음이 있었을 것이다. 만나보고 싶은 마음이. 열린 들창 너머로 개구리 울음이 소란하다. 아, 천지에 우는 것들투성이다. 다들 소리없이 울고 소리내서 울고.

큰아씨가 생각에 빠져 몸을 옆으로 틀자 작은아씨가 아아, 인상을 쓰면서 딸려나간다. 가만히 좀 있어! 작은아씨가 소리를 질러도 큰아씨는 상관하지 않고 내내 멍한 표정이다. 제 몸 하나를 뜻대로 움직일 수 없는 아씨들이다. 오늘처럼 더운 날이면 상대의 체온 때문에 고통이 배가된다. 둘의 기분을 풀어줄 방도는 없을까. 아씨들이 좋아하는 거인 김부귀 얘기를 해줄까. 조용히 궁리를 하며 인형을 내려놓는다. 아니, 이디시 인형을 내려놓는다.

"그런데 이로니는 무슨 뜻인가요?"

조용히 글자만 써내려가던 작은아씨가 무심하게 대답을 한다. 눈과 손은 공책에 붙여 둔 채 입술만 달싹거린다.

"농담이야."

내가 고개를 갸우뚱하자 작은아씨는 피식 웃는다.

"농담은 농담인데 사전적 의미를 포함해서 애 하는 짓하고 비슷한 걸 말하지. 동희는 정신 나간 짓 많이 하잖아."

큰아씨는 여전히 멍한 표정으로 몽상에 빠져 있다. 저러다가 혼자 비실비실 웃는 건 예사다. 저런 뒤에는 반드시 뭔가를 하겠다고 나서곤 한다. 새로운 이야기를 해주거나 그림을 그리거나, 뭔가를 찢고 부수고 꿰매고. 그러면 작은아씨뿐 아니라 나까지 힘들다. 농담치고는 매우 엉뚱한 농담인 것이다.

컴컴한 다락 안이 물바다가 되었다. 지난 며칠 동안 내린 비가 열린 들창 사이로 새어들어왔나보다. 밤새 함석지붕을 두들기던 빗소리는 펑펑, 장독을 돌로 치는 것처럼 몹시 소란스러웠다. 다락에는 책이 많아 걱정이다. 아씨들이 애지중지하는 책들이 수북이 쌓였다. 걸레로 흥건한 물기를 훔쳐내고 양동이에 물을 짜낸 다음 다시 걸레질을 하고…… 도무지 언제 끝날지 모르겠다.

교동 사모님이 집 안을 단출하게 정리하라고 했다. 언제 떠날지는 몰라도 아씨들이 가져갈 옷가지와 남겨둘 세간을 적당히 분리해놓으라고 했다. 양부모와 함께 살던 정목의 사택에서 이곳 보문동으로 이사를 나올 때도 어지간히 세간을 줄였다고 했다. 그런데도 소소한 세간이 이렇게나 많다.

"책이 다 망가졌어?"

다락 밑에서 아씨가 묻는다. 목소리만 들어서는 둘 중에 누군지를 알 수 없다.

"반은 멀쩡해요. 젖은 건 말려야죠."

"덮은 채로 말리면 책이 붙어. 수건으로 물기를 닦아서 그늘에서 말려야 해. 햇볕에 내놓으면 종이가 누렇게 되고 글자가 흐려져서 못써."

꼬장꼬장하게 따지는 건 작은아씨다. 시키는 대로 하지 않았다가는 불호령이 떨어진다. 종년 혼내기 전문가다.

"책이 젖었으면 그냥 귀신이 아니라 물귀신이 되었구나. 거긴 물귀신 천지니까 조심해. 잡아먹힐라."

저렇게 장난스럽게 말하는 이는 큰아씨다.

언젠가부터 책은 귀신의 소리라고 농담삼아 떠들게 되었다. 내가 글을 배우지 못한 건 '책 속에 든 건 죄다 귀신들이 떠드는 말'이라고 주장하는 우리 어머니 때문이다. 아씨들은 그 얘기를 듣고 의외로 고개를 끄덕였다. "허생전의 허생도 귀신이 되었고 그걸 쓴 연암도 이미 귀신이야. 언젠간 이광수도 귀신이 되겠지. 귀신이 된 자들의 말이 책 속에 남아 있으니 네 어미가 옳구나. 사람은 죽어도 책은 죽지 않으니 귀신의 것이라 해야지." 무슨 말인지 아리송하지만 식자가 든 멋들어진 말이 아닌가. 아씨들이 옥구슬 굴러가는 음성으로 당차게 내뱉으면 무슨 말이든 근사하게 들렸다. 가끔은 내게 던지는 욕지거리도 이야기책 속의 음성처럼 들려 기분이 나쁘지 않다.

다락 밑으로 아씨들의 등이 보인다. 비스듬하게 붙은 몸이 위로 가 있어 작은아씨보다 큰아씨가 조금 더 커 보인다. 그래서 큰아씨다. 자리에 앉을 때 방석을 괴어 수평을 맞추는 이유는 엇갈려 붙은 옆구리 때문이다. 작은아씨는 큰아씨, 작은아씨라고 하면 언니 동생이 된 것 같다고 불만이 많다. 다소곳이 머리를 붙이고 두런두런 속삭이고 있다. 어쩐지 세상에 둘만 남은 것처럼 외로워 보인다. 둘은 사이가 좋을수록 가련해 보이고 성미를 부리며 툭탁거릴 때는 완전하게 독립된 두 사람으로 보인다.

아씨들이 해주의 이씨 집안 사람이라는 사실을 교동 사모님에게서 들어 알고 있다. 아씨들이 얄밉거나 측은하거나 자신의 노고를 알아주지 않아 섭섭할 때면 사모님이 목소리를 낮추어 소곤소곤 전해주는 이야기가 있다.

"흙구덩이 밖으로 포대기가 보였다지. 애기 둘이 요래 붙어 있는데 희한하게 울지도 않더란다. 생년월일하고 출생지를 적은 편지는 넣어두고, 도대체 와 아그들을 묻어버렸을꼬. 남의 집 대문 앞에나 놓을 것이지. 고추가 달렸나 포대기를 벗겨보고는 사람들이 놀라 뒤로 자빠졌지. 기함을 했을 거라."

아가들의 옴폭 들어간 눈가에는 붉은 흙이 소복했다고 한다. 흙범벅이 된 이불과 구별되지 않을 정도로 아기들은 젖은 흙투성이였는데 속싸개에 수놓인 목숨 수(壽)자의 바늘땀만은 정갈하고 촘촘했다. 젖을 물려주던 목사관의 유모는 어린것들의 기형적인 몸보다 속싸개에 정성껏 새긴 수(繡) 때문에 가슴이 아렸다고 한다. 그 어미는 왜 그리 독한 마음을 먹었을까, 괴물을 낳았다고 얼마나 자책했을까, 나날이 묵직해지는 쌍둥이를 품에 안을 때면 그 어미 생각에 마음마저 묵직해지더라고 했다.

해주에서 평양을 거쳐 경성에 정착하는 동안 아씨들은 여러 집을 전전했다. 새로운 사람을 만날 때마다 새로운 이름을 얻었다. 지금은 창씨개명까지 해야 하는 처지라 이름은 더 늘어날 판이다. 아씨들은 별칭처럼 불리던 이로니, 이디시라는 이름을 제일 마음에 들어한다. 그와 유사한 발음으로 조선식 이름이 이동희, 이덕신인 것은 우연이 아닌 것 같다.

젖은 책더미 사이에 작은아씨의 이디시 공책이 끼어 있다. 다행히 하나도 젖지 않았다. 독일에서는 남의 험담이나 신세한탄을 글로 적어 마음을 정화하는 비법이 있다고 한다. 그것이 이디시라고 했다. 아씨들의 양어머니가 가르쳐준 것이 분명했다. 언젠가 불쏘시개를 하라고 아궁이 앞에 휙 던져놓은 공책을 행여 탈세라 내가 고이고이 간직해두었다. 저녁상을 올리려고 물으면 "덕신이가 이디시하고 있으니 조금 기다려. 나도 시장하지 않구나"라는 답이 들렸다. 방 안을 들여다보자 작은아씨는 뭔가를 끼적이고 있었고 큰아씨는 멍하니 생각에 빠져 있었다. 다른 나라의 꼬부랑글씨의 내용을 알 수 없지만 우리 언문으로 적혀 있던 내용은 읽어보았다. 단순한 일기가 아니었다.

작은아씨가 부채로 가리고 이디시를 할 때면 큰아씨는 딴청을 피우며 슬금슬금 눈동자를 굴렸다. 큰아씨가 몰래 공책을 읽어보려고 하면 작은아씨는 발칵 성을 냈다. 그래도 결국에는 다 읽게 되는 것이다. 공책을 베개 속에 넣거나 방석 대신으로 깔고 앉는 철통방어를 해도 작은아씨가 잠이 든 동안 큰아씨는 몰래 다 읽어버렸다. 모른 척을 하면 탄로가 나지 않을 텐데 대놓고 폭로를 하기 때문에 곧잘 사단이 일어나곤 했다. 참을성 없는 큰아씨 성미도 문제지만 나무랄 수만은 없지 않은가. 작은아씨의 공책을 읽게 되면, 부처라도 화를 낼 내용뿐이다. 나조차 공책을 읽다가 기가 막혀 엉덩방아를 찧은 적이 여러 번이었다. 매사가 불평불만. 시시콜콜한 험담의 기록. 내가 이 집에 처음 들어온 날 얼마나 어수룩하고 멍청한 짓을 했는지까지 아주 소상하게 적혀 있었다. "눈을 끔뻑거리며 우둔하게 좌우를 살피고, 눈이 마주치면 소스라치게 놀란다. 종년치고는 발이 작다. 멍청한데다 음흉하기까지 하다. 부엌에서 일을 할 때면 방귀를 크게 뀌고 시치미를 뚝 뗀다."

가장 자주 등장하는 큰아씨에 대한 글은 세세하기가 돋보기로 땀구멍을 들여다보는 것 같았다. "저애 귀에서 냄새가 난다. 곱게 지적을 해줬으나, 화를 내며 얼굴을 저리 치우라고 한다. 붙었는데 어찌 치울 수가 있나. 툭하면 몽상에 빠져 멍해진다. 골똘하게 생각을 하다가 피식 웃는다. 괜히 운다. 요상한 목소리로 주절주절 혼잣말을 한다. 머리가 돌았다. 본인은 재미난 이야기를 꾸며내느라 그렇다고 변명을 하지만 명백히 미친 거다. 몸통이 아닌 머리로 연결이 되었더라면 같이 미칠 뻔했다. 어째서 나는 이런 아이와 붙어 있는가. 어째서 나는. 내 몸은 왜."

대체 왜 이런 것을 쓰고 있을까. 그 이유를 전혀 모르지는 않는다. 작은아씨는 공책에 대고 속풀이를 하는 것이다. 끝도 없는 속풀이, 한풀이.

내가 띄엄띄엄 글자를 읽기 시작하던 어느 날, 작은아씨는 연필과 갱지를 내 앞에 내주었다. 필기도구만 보면 글을 익히느라 아씨들에게 혼쭐이 났던 생각에 겁부터 더럭 났다. 사양을 하는 내게 아씨들은 이렇게 말했다.

"너도 글을 적어봐. 속상하다고 아궁이 앞에서 눈물 짤짤 흘리지 말고 속 시원하게 종이에 써보라고. 마음에 들지 않는 게

있으면 다 풀어내. 어찌 보면 세상에 있는 모든 책은 다 이디시
란다. 분해서 써내려간 것이지. 이렇게 쓰는 건 속을 풀어내는
굿 같은 거란다."

아씨들도 알았을까. 서러운 내 인생을. 종살이가 서글퍼 밤에
는 버릇처럼 베갯잇을 적셨고 아궁이 앞에서는 눈물을 찍어내다
가 연기 때문이라고 변명을 했다. 신세타령을 할 곳이 없어 혼
자서 많이 울었다. 날이 맑은 날 이불홑청으로 눈물을 닦다가
들키기도 했다. 적잖이 부끄러웠다. 더군다나 굿 얘기가 아씨 입
에서 나오자 얼굴이 뜨듯해졌다.

굿이라는 말만 들어도 신당의 향냄새가 맡아진다. 어머니는
수년 동안 점쟁이 여복 노릇을 했지만 만사 신통치가 않았다.
그럼에도 나까지 신내림을 받을 수 있다고 호들갑을 떨었다. 어
릴 적부터 친척집으로 내돌려진 건 그런 이유 때문이었다. 지난
한 더부살이는 나이가 차면서 고된 종살이가 되었다. 무당 딸이
라는 나의 천한 근본은 교동 사모님만이 안다. 예수를 믿으면
사탄을 막을 수 있다고 나를 전도한 것이다. 예전의 일들을 생
각하자 목이 메었다. 툇마루에 앉아 마늘을 까면서 아씨들에게
내 얘기를 슬금슬금 털어놓았다. 반지르르한 마늘을 쏙쏙 까면
서 내 껍데기도 하나씩 벗어던졌다.

아씨들은 한숨을 쉬다가 배를 잡고 웃었고, 어이없다는 듯 고
개를 도리질하다가 눈물을 찍어내기도 하며 내 얘기를 살뜰하게

들어주었다. 하룻밤으로는 부족해 연 닷새 동안 눈물 콧물을 쏟으며 신세타령을 늘어놓았다. 빨래터에 가질 않아 묵은 빨래에서는 쉰내가 진동을 했고 망석에 늘어놓은 무말랭이는 비를 맞고 썩어버렸다. 그래도 멈출 수가 없었다. 지금 생각해도 믿기지가 않는다. 마치 작두를 탄 것처럼, 폭포처럼, 용암처럼 속엣말이 마구 쏟아져나왔다. 반은 미친 듯이 굴었다. 눈물이 마르자 이야기도 말라버렸다. 이제야 속이 후련하다고 하자 작은아씨가 한참만에 입을 뗐다.

"우리가 너의 공책이 되어주었구나."

동관 병문으로 들어서 보신각을 지나자 인력거는 비로소 속도를 늦췄다. 인력거꾼 총각의 얼굴이 홍시처럼 달아올랐다. 기를 쓰고 쫓아 달리던 내 발바닥은 불이 붙은 듯 화끈거렸다. 몸을 숙여 토하는 것 같은 자세로 한참 동안 숨만 몰아쉬었다. 땡땡땡 소리와 함께 전차가 슬슬 가로질러 지나자 아씨들이 동시에 고개를 쭉 뺐다. 나무로 된 전차의 몸체가 삐걱거리는 신음을 내며 지나가자 청명한 하늘 위로 그물처럼 걸린 전선들이 가볍게 일렁거렸다.

간혹 교복을 입은 여학생이 지나가면 우리 셋의 눈이 그리로 모아졌다. 못생긴 처녀라면 몰라도 어여쁜 얼굴에 교복까지 단정하게 입고 있으면 아씨들의 입술이 쌜쭉해졌다. 쇠수레가 달

그락거리며 지나가는 길을 시커먼 자동차가 경적을 울리며 앞질렀다. 매캐한 연기를 만끽하며 큰아씨가 감탄을 했다. "저것 좀 봐, 저게 바로 사륜 자동차야."

아씨들은 말끔한 번화가보다 시끌벅적한 배우개시장의 너저분하고 복잡한 골목길을 더 좋아한다. 시장 안은 기름 냄새와 해물 비린내가 뒤섞여 힘찬 기운이 부글거리고 장사치들이 호객하는 소리에 귀청이 떨어질 것 같았다. 톱장이가 통나무 써는 건 주마간산 격으로 슬슬 지나가면서 보았고, 국숫집 앞에 인력거를 세우고 국수를 빨래처럼 널어 건조시키는 것도 대충 훑어봤지만 소쿠리 파는 아낙이 흥에 겨워 부르는 창가는 마지막 소절까지 다 듣고 말았다.

나는 아씨들의 눈이 머물러 있는 가게로 들어가 장사치와 흥정을 했다. 아씨들의 눈신호에 따라 길거리 좌판의 딱지책을 구입하고, 따끈한 콩버무리도 샀다. 총각도 시장에 온 김에 미역꾸리를 골랐다. 제 누이가 아들을 낳았다며 자랑이 대단했다. 인력거꾼 총각과 우리 셋은 시장 어귀 그늘에서 주전부리를 먹으며 오가는 사람들을 구경했다. 시내에 나오면 늘 흥겹지만 오늘만은 마음이 무거웠다.

아씨들보다 내가 먼저 떠나게 되었다. 이런저런 생각에 간밤에도 잠을 설쳤다. 경성을 떠나 집으로 돌아갈 생각에 마음이 복잡하다. 말복을 지내고도 평양에서는 아무도 오질 않았다. 아씨들 양부모의 편지도 4월에 온 것이 마지막이었다. 아씨들은 독일 역시 전란의 일촉즉발이라는 신문기사를 읽으며 걱정을 했다. 무소식이 희소식이라는 교동 사모님의 말은 내게만 해당이 되는 것 같다. 멧돼지 때문에 아버지가 허리를 상했다고 한다. 일이 터져 밭일을 건사할 사람이 없으면 나를 불러들이는 것이다. 교동 사모님은 자신이 아씨들을 감당할 테니 어서 보따리를 싸라고 내 등을 토닥거려주었지만 나 자신이 마음을 옳게 붙들지 못해 미적거리고 있다. 지금 가면 언제 돌아올지 모른다. 아마 돌아올 수 없을 것이다.

인력거는 종로경찰서 쪽으로 일부러 빙 돌아간다. 경찰서 옆, 빨간 벽돌집이 바로 한경선 양화점이다. 진열장에는 아주 큰 구두 한 짝이 놓여 있다. 거인 김부귀를 위한 구두다. 양화점 주인이 거인에게만 공짜구두를 맞춰준다는 기사를 읽으며 아씨들은 양화점 구경을 하겠다고 했다. 아씨들은 그 커다란 구두를 보며 거인의 존재를 실감했다.

내가 시내에 나갔다가 거인을 보고 온 날이면 아씨들은 나를 붙들어앉혔다. 손이 이만해? 얼굴은 이 정도? 목소리는 어떻더냐고 숨 돌릴 틈 없이 물어댔다. 아씨들만 그런 것이 아니다. 김부귀가 단골로 묵는 경일여관에 등장하면 조무래기뿐 아니라 어른들까지도 그의 뒤를 졸졸 따라다녔다. 아씨들은 거인 김부귀를 힘 그 자체로 상상했다. 둘이 만들어낸 이야기 속 장수의 이름은 이순신도 임격정도 아닌 거인 김부귀였다. 실제로 보니 덩치에 안 맞게 고분고분한 말투를 구사하더라고 전해도 아씨들은 내 말이 틀렸다며 그를 무시무시한 장수로 그려냈다. 아씨들은 그를 부러워했다. 보통사람들과 다른 몸임에도 떳떳하게 다닐 수 있는 김부귀의 몸을 시샘하는 것 같았다.

언덕에 올라 노을을 보며 한숨을 돌린다. 흥인문 바로 앞 언덕바지에 오르면 옹성으로 가려진 서편까지 한눈에 볼 수가 있다. 내려다보이는 초가집의 굴뚝마다 일제히 연기가 피어오른다. 일직선의 허연 연기들은 공중으로 올라 느릿느릿 흩어지고 있다. 인력거꾼 총각은 근처에 사는 누이에게 미역꾸리를 전해준다며 잠시 다니러 갔다.

아씨들은 아래를 내려다보며 두런두런 얘기를 주고받는다. 양산은 소용이 없는지 그새 얼굴이 발갛게 익었다.

"다들 밥을 짓는구나. 사는 것도 이렇게 그림처럼 평화롭다면 좋겠다."

"중일전쟁 다음엔 또 뭘까. 일본은 점점 커지고 있어. 독일도 미쳤어. 김부귀 같은 거인이 수백 명 있다면 어찌 될까. 조선이 다시 일어날 수 있을까?"

"우리처럼 방구석에 처박힐 쌍둥이들만 수백 쌍 늘어나는 것보다야 낫겠지. 독일은…… 그분들이 무사히 그곳을 떠나야 할 텐데."

아이를 업은 행상이 목이 부러질 정도로 무거운 채반을 머리에 얹고 지나간다. 지친 발걸음 때문에 금방이라도 땅으로 꺼질 것 같다. 그 여인을 보던 작은아씨가 말한다.

"만약 홑몸이 된다 해도 저리 살고 싶지는 않아. 조선팔도를 여행하고…… 외국으로 나가 신여성이 되어 공부를 해야지."

"저 아낙이라고 저리 살고 싶겠어? 나는 저렇게라도 되고 싶다. 나는 고만이처럼 살고 싶어. 부모를 갖고 오라버니나 올케도 있는 그런 집에서 살고 싶어."

하필이면 기구한 종년 팔자를 부러워하다니. 내가 듣고 있는 줄 알았던지 아씨들은 동시에 뒤를 돌아보았다.

"고만이 너, 집에 갔다가 바로 돌아와야 한다. 잘난 남정네 만나서 시집간다고 나서면 안 돼."

"아씨들은 큰 배를 타고 멀리 떠날 것 아닙니까. 부디 세상 구석구석을 빠짐없이 돌아보고 얘기를 해줘요. 벌써부터 아씨들 이야기가 듣고 싶어 몸살이 날 것 같네요."

아씨들은 그까짓 얘기, 지금이라도 해주겠어, 하며 좌판에서 골라온 딱지책을 꺼내들어 쓸 만한 얘기가 있는지 살펴본다. 느티나무에 들러붙은 매미가 시샘을 하듯 악을 쓴다.

자, 산 귀신들의 소리를 들어보겠느냐, 하며 멋들어지게 운을 뗀 다음 이야기는 시작되었다. 나는 쌍둥이 만담가들에게 부채질을 해주며 가만히 귀를 기울인다. 조선의 왈가닥 처녀가 밀항을 해서 태평양을 건너간 얘기다. 아씨들이 펼친 책은 『대원군』이었으나 이야기에는 사륜 자동차와 비행기가 등장했다. "처녀의 이름은 고만이었다." 느닷없는 선언에, 나는 배를 잡고 굴렀고 아씨들도 한참을 웃었다. 드디어 내가 등장했다. 어여쁘고 푼수 없고 왈가닥에 명석하기까지 한 고만이라니, 진짜 나와는 아주 다른 나의 등장이다.

노을은 붉게 타올랐고 아씨들의 낭랑한 목소리는 오가는 수레 소리에 간혹 묻혀버리기도 한다. 이야기는 숨 돌릴 틈 없이 진행되었다. 고만이가 하얼빈에서 온 사내와 희롱을 하는 대목이다. "사내는 고만이의 손을 만지고 싶었다. 섬섬옥수를 으스러지게 거머쥐고 싶었으나 향락의 시절, 속절없이 방황했던 지난날……" 해설은 큰아씨가 맡았고 고만이와 하얼빈에서 온 난봉꾼은 작은아씨가 맡았다. 아씨들은 눈을 감고 이야기를 술술 풀어낸다.

우습고 재미있는 얘기였지만 바람처럼 귓전을 스치고 지나갔다. 그토록 바라고 바라던 이야기 속 주인공이 되었으나 마음은 공허하고 밑뿌리가 쑥 빠져나간 것 같았다. 밤모레면 집으로 돌아가야 하는 처지. 아씨들이 야속했다. "네가 기어이 우리를 버리고 떠나는구나!" 아씨들은 그렇게 야단을 치기만 하고 떠나는 내 심정은 헤아려주질 않았다.

공연히 눈시울이 뜨거워진다. 내가 등장하는 저 이야기는 나를 송별하는 선물이 틀림없다. 나는 인력거 밑에 주저앉아 몰래 눈물을 흘렸고 아씨들의 이야기는 인력거꾼 총각이 돌아올 때까지 계속되었다. 어찌하여 아씨들의 양부모는 소식조차 없는가. 어째서, 어째서 다들 아씨들을 버리는 건가. 볕도 잘 들지 않는 그 좁은 방구석에 아씨 둘만 남을 것이다. 결국은, 나도 아씨들을 버린 사람들과 다를 바가 없게 되었다. 그 사실이 몹시 억울하고 서글펐다.

처마 밑의 고드름에서 물기가 똑똑 떨어진다. 미군이 탄 군용 지프차가 지나간다. 사람들이 소리를 지르며 피했지만 흙탕물이 사방으로 튀었다. 누군가가 내뱉은 걸쭉한 욕설이 하얀 입김에 묻어 한바탕 쏟아진다. 좁은 계단을 오르내리는 사람은 거의 없다. 인쇄소도 문을 닫아걸었다. 등에 업힌 작은놈은 번데기를 사 달라고 칭얼거리더니 그새 축 늘어졌다. 포대기를 야무지게 여며도 아이의 귓불이 차갑다. 동동거리는 발은 감각조차 없다.
천천히 걸어 집으로 돌아간다. 아씨는 못 만났지만 밀가루 배급은 받았다. 그러면 족하다. 하수구에서는 오물이 콸콸 쏟아지고 연탄재 위를 시궁쥐가 쪼르르 뛰어다닌다. 땅바닥에 기대앉아 곯아떨어진 사내의 얼굴을 들여다본다. 남편과 닮은 것 같아 한참을 본다. 팔 한 짝이 어디로 달아났는지 소매가 맥없이 덜렁거린다. 난리통에 사지를 뜯기고 돌아온 사람이 많다. 한쪽 다리가 없어 절룩거리는 사람, 양팔을 잃어 깡통을 목에 걸고 구걸하는 군인. 목숨을 건졌으니 다행이지만 전쟁이라는 짐승이 빼앗아간 것은 수족만이 아닐 것이다. 나라도 반으로 갈라졌고 가족들은 뿔뿔이 흩어져버렸다. 한숨을 내쉬자 하얀 입김이 세차게 쏟아진다. 남 걱정을 해서 뭣할까. 내 남편의 생사만이라도 알았으면 좋겠다.

어머니의 점괘대로라면 겨울이 오기 전에 남편이 돌아왔어야 했다. 날마다 아이 둘과 시부모를 허술한 양철집 막사에 두고 나선다. 밥술을 뜰 때마다 입김이 뿜어져나오는 얼음장 같은 방 구석이지만 그조차 언제 쫓겨날지 모르는 처지다. 그나마 다행이라면 사라진 가족의 행방을 묻는 사람들 덕분에 친정 식구들은 외려 살 만하다는 것이다.

어머니가 뽑아낸 점괘가 죽음을 알리면 사람들은 마지막 희망이 사라진 듯 발버둥을 치며 통곡을 했다. 산통에서 뽑아낸 산가지 하나가 사람의 생사를 가르는 셈이다. 살아 있다는 답변을 해줄 때까지 계속 찾아오는 이도 있다. 그럴 때 어머니는 생사가 한 몸에 깃들었다는 이해할 수 없는 소리로 달래곤 한다.

어머니는 아씨의 몸에도 생사가 한데 붙어 있다고 했다. "네 눈에는 안 보일 테지만 내 눈으로 똑똑히 봤다. 사람은 하나였는지 몰라도 걸어 돌아다니는 건 분명히, 하나가 아닌 둘이었어." 어머니 말을 누가 이길까. 생사가 한데 붙어 있다는 말은 알아듣기 힘들어도 그럴 법하다고 고개를 끄덕였다.

설을 쇠고 어머니와 회현동 고모 댁에 다녀오는 길이었다. 녹은 눈이 얼어붙어 길이 몹시 미끄러웠다. 그날 어머니는 발목을 겹질려 걸음걸이가 신통치 않았다. 가뜩이나 가파른 시멘트 계단이 좁기까지 해 어머니를 부축하고 걷자니 계단이 꽉 들어찼다. 위에서 내려오는 여자와 어깨가 닿을락 말락 했다. 문득 마주친 얼굴이 낯이 익다고 생각한 순간, 깜짝 놀라 크게 벌어진 눈동자가 나를 알아보고 있었다. 아씨들이었다. 아니, 한 명의 아씨가 바로 내 앞에 있었다. 아주 짧은 순간이었지만 나는 알아봤고 아씨도 나를 알아보고 있었다.

세월을 받아들여 많이 상한 얼굴이었지만 틀림없었다. 내가 말을 붙이기도 전에 아씨는 고개를 돌려 외면을 하고 단장을 짚는 불편한 걸음을 재촉했다. 계단을 내려가는 기우뚱한 몸을 내려다보며 소리를 질렀다. 보문동 살던 아씨 아니냐는 외침에 엇박자의 구두 소리가 잠깐 멈췄다. 내가 계단을 내려가자 구두 소리가 다시 빨라졌다. 옆에 섰던 어머니가 나를 붙들었다. "가지 마라, 쫓아가지 마." 구두 소리는 휘어진 모퉁이 너머로 사라져버렸다. 어머니가 포박을 하듯 내 팔짱을 잡아끼며 말했다.

"아이쿠, 무시라. 저 여자 귀신 붙은 여자다."

당장이라도 아씨를 쫓아가고 싶은데 어머니의 만류가 나를 주저앉혔다. 어째서 하나가 되었을까. 다른 아씨는 어디에 있을까.

아버지 상을 치르고 해방이 되던 해에 우연히 교동 사모님을 만나본 적이 있다. 사모님은 아들, 사위 자랑을 하느라 아씨들 얘기는 꺼내지를 않으려고 했다. 내가 성가시게 여러 번 묻자 양부모가 있는 곳으로 떠났다는 소식만 전해들었을 뿐 아씨들의 소식은 아는 바가 전혀 없다고 말했다.

오늘도 아씨를 다시 만날까 하여 종일 서서 기다렸다. 아씨들 생각이 날 때마다 이 거리로 온다. 아씨를 본 탓인지 보문동에서 종살이를 하던 때가 부쩍 떠오르는 요즘이다. 단장을 짚은 아씨는 글을 쓰는 사람이란다. 변하지 않는 용모에 걸맞은 직업이라, 실낱같은 믿음이 점차 두툼해졌다. 아씨와 마주쳤던 날, 어머니를 보내놓고 도로 이곳에 왔었다. 쏟아지는 눈을 맞으며 계단 주변의 가게를 돌고 돌았다. 고생한 보람은 있었다. 인중에 검은 기름을 묻힌 사내가 단장을 짚은 여자를 안다고 했다. 인쇄소에는 교정 때문에 들렀을 뿐 연락처는 모른다고 했다. 그가 전해주는 이름은 전혀 낯선 것이었다.

계단을 내려가던 아씨의 걸음새는 몹시 휘청거리고 뒤뚱거렸다. 묘하게도 재봉가위로 잘라냈던 인형이 생각났다. 인형의 몸통에서 빠져나온 솜과 메밀껍질 들. 얼기설기 꿰맸던 서투른 바늘땀까지 문득문득 떠올랐다.

"귀신이 옆구리에 딱 붙은 걸 그 여자도 알 거라. 죽은 걸 붙이고 다니니 걸음새가 그 모양이지. 글이란 게 다 귀신 목소리 아니가. 귀신이 옆에서 술술 불러주는 대로 글을 쓰고 있을 거라."

내가 만난 아씨는 이로니일까, 이디시일까. 둘 중에 무엇으로 글을 쓰는 것일까. 어머니의 말이 허무맹랑한 것 같아도 귓전에서 맴돌며 사라지지 않았다. 꼭 그럴 것 같았다. 둘은 붙어 있다. 혹시 처음부터 하나였던 건 아닐까. 내가 착각을 하고 있었나? 생각을 하면 할수록 머리가 뱅글뱅글 도는 것 같았다.

어쨌든 아씨를 다시 만나면 내가 살아온 얘기부터 들려줄 것이다. 혼례를 치르고 자식을 낳고 남편을 잃고…… 이 얼마나 서글픈 인생인가. 예전처럼 미칠 듯이 한풀이를 하고 싶다. 내 인생을 가지고 근사한 이야기를 만들어내라고 떼를 쓸 것이다. 아무리 생각해봐도 내 것보다 더 기구한 얘기는 없다. 차가운 공기에 어둠이 깃들자 사방이 삭막해졌다. 뜨듯한 아이의 체온을 등짝으로 느끼며 손에 쥔 한 줌의 밀가루로 위로받는다. 몸은 천근만근 무거워도 발가락에 힘을 주며 걷는다. 서둘다보면 고무신이 훌렁 벗겨지며 질척거리는 땅에 딱 붙어버린다. 앞으로도 한참 동안은 이런 질땅을 벗어날 수 없을 것이다.

그 속에 든 맛

고작 일 년 사이에 이렇게 변하다니. 너무 늙어버렸다. 어울리지 않는 분홍색 이불을 뒤집어쓴 사장의 모습에 나는 할 말을 잃는다. 고치에 든 누에 꼴이다. 아니 빈 껍데기 같다. 알맹이를 다 파먹히고 남은 껍데기. 문가에서 기저귀를 찬 사내아이가 나팔을 빽빽 불며 우당탕탕 뛰어다닌다. 크게 틀어놓은 동요 소리에 귀가 먹먹할 지경이다. 나는 엉거주춤 방바닥에 앉는다. 진작 연락을 해봤어야 하는데. 어디가 어떻게 안 좋은 거냐고 간신히 말문을 연다. 뒤질 때가 돼서 그러지 뭐. 사장은 눈을 감으며 피식 웃는다. 익숙한 웃음을 보니 약간은 마음이 놓인다. 식사는 잘 하세요? 사장은 대답 대신 문이나 닫으라고 손짓을 한다. 방문을 닫으니 훨씬 조용하다.

"우리 딸 음식, 형편없어. 드럽게 맛없어."

고개를 절레절레 흔든다. 어련할까. 공장 다닌다며? 숨을 몰아쉬는 사장의 거친 목소리. "일은 그만뒀어요. 다음달에 입대하거든요. 집에 내려가서 일을 좀 도와야죠."

나는 이부자리에 다가가 앉는다. 머리맡에 약봉지가 수북하다.

"소금, 소금은 어찌 되었어?"

"폐전하기로 결정이 되었나봐요. 골프장을 만든대요."

사장은 조용히 미간을 찌푸린다. 방 안에는 사장이 쓰던 물건이 하나도 없다. 아이들 장난감과 종이기저귀 박스만 아무렇게나 쌓여 있다. 문득 예전의 재료창고가 떠오른다. 그 안에 있던 그 많은 것들은 다 어디로 갔나. 사장은 여기 있는데. 서울생활을 정리하면서 가까웠던 사람들에게 인사를 했다. 사장의 휴대전화가 먹통이라 사장 딸의 집에 전화를 했었다. 지금은 퇴원을 하고 집에서 요양중이라는 말에 놀랐다. 가게를 접은 건 한참 전이라고 했다.

사장은 한참 동안 아무 말이 없다. 숨죽인 시간이 무료하게 흐른다. 그만 일어날까. 저녁에는 동료들이 환송회를 열어준다고 했다. 아직 시간이 남았지만 시내에서 어슬렁거리다보면 금세 약속시간이 될 것이다.

"다들 깜짝 놀라더라. 아주 근사한 음식이 되었지."

"뭐요, 그거요?"

사장은 고개를 끄덕인다. 초점 없던 눈동자에 생기가 돈다. 그걸 기어이 만들었구나. 짐작은 하고 있었다. 사장만의 인육요리. 그때 나는 그 결과를 보지 못하고 줄행랑을 쳐버렸다. 밀린 월급도 포기해버렸다. 가끔은 생각이 났다. 어떤 종류의 음식이 되었는지 늘 궁금했었다. 문밖에서 탬버린 소리가 찰랑거린다.

저기 서랍 좀 열어봐, 사장이 4단 서랍장의 아랫부분을 가리킨다. 사장의 뭉툭한 손끝을 보며 아련한 기분이 든다. 사장은 늘 손끝으로 음식을 집어 간을 봤다. 내게도 그 손으로 한 입 먹여주곤 했다. 내가 엄지손가락을 추켜올리면 사장은 어깨를 으쓱했었다. 그때 먹었던 음식들이 언제나 그리웠다. 살면서 그렇게 다채로운 맛을 즐긴 적이 없었다. 그 맛이 떠오르자 견딜 수 없이 허탈해진다. 사장의 손을 다시 본다. 이제는 요리사의 손이 아니다. 모든 것을 다 잃은 빈손이다. 허탈한 빈손. 나는 침을 삼키며 울컥 치받치는 감정을 목구멍으로 밀어넣는다.

가게는 일반 식당이 아니었다. 육수나 소스, 밑반찬 등을 식당으로 납품하는 일종의 도매상이었다. 목욕탕처럼 수증기가 자욱한 주방에서는 스물네 시간 내내 커다란 양은국솥들이 부글부글 끓는 소리를 냈다. 일본식 목조건물이라 쥐가 들끓었다. 가만히 앉아 있으면 벽 틈에서 사각거리는 소리가 들렸다. 월급이 박한 대신 일은 간단했다. 오전에는 육수를 배달하고 오후에는 청소를 하거나 육수에 들어갈 건더기를 손질했다.

대부분의 재료는 배달로 받기 때문에 일주일에 이틀은 내 맘대로 시간을 보냈다. 사장이 간섭하는 일은 없었다. 시간이 남아돌면 나는 아래층 재료창고에 내려가 땀을 식혔다. 잠깐 동안 벽에 기대앉으면 잠이 소르르 쏟아졌다. 오싹 한기가 들어도 꿈에서 깰까봐 그대로 잤다. 꿈이라고 해봐야 언제나 감질만 나게 하는 야한 꿈이었다.

때때로 사람들이 가게로 찾아와 북적거리곤 했다. 왁자지껄한 웃음소리에 기름 타는 냄새가 뒤섞여 좁은 주방이 터질 것 같았다. 사람을 불러다 먹이는 걸 좋아하는 사장은 불 앞에 서면 얼굴부터 달라졌다. 수술대에 선 의사의 표정이 저렇지 않을까. 무아지경의 집중 상황. 커다란 팬에 재료를 순서대로 집어넣고 세심하게 불을 조절했다. 땀을 뻘뻘 흘리며 굽다가 튀기다가, 도마 앞에서는 귀신같은 칼솜씨를 발휘했다.

준비과정은 더욱 철저했다. 흔한 불고기 하나를 만들어도 고깃살을 하나하나 칼등으로 두들겨 부드럽게 만들었고 제철 과일을 갈아넣은 소스를 듬뿍 넣었다. 조리대 위에는 온갖 색깔의 작은 양념병이 즐비해서 그 모든 맛을 다채롭고 풍부하게 만들어주었다. 소문으로만 듣던 정체불명의 음식조차 반드시 똑같이 만들어냈다. 이게 더 근사하다는 소릴 들으면 사장은 대수롭지 않은 척,

창밖만 봤다. 뒤돌아 있는 등허리는 땀으로 푹 젖어 있었다.

내가 좋아하던 사장의 요리는 살짝 데친 골뱅이와 관자를 얇게 썰어 겨자소스로 새콤하게 버무린 전채나 튀겨낸 닭 껍질만을 발라 매콤하게 졸여서 생밤을 얹어 먹는 요리였다. 물론 육수와 참기름으로 볶은 쌀에 해산물이나 죽순을 넣고 지은 호화로운 밥은 그중 최고였다. 윤기가 자르르 돌던 밥알에서 풍기던 그 풍부하고 그윽한 냄새! 내가 맛본 수십 가지의 요리 중에서도 그것들만 떠올리면 입안이 금세 침으로 흥건해졌다.

방금 만들어 김이 모락모락 나는 요리를 탁자 위에 내수면 다들 의미심장한 표정으로 젓가락을 댔다. 한 입 집어먹어보고는 아, 음, 정도의 신음소리만 내다가 그저 음식만 집어먹느라 무아지경이 되는 것이다. 사장의 음식 맛을 본 사람들은 식당을 하면 '대박'이 터질 거라고들 했다. 나도 같은 생각이었다. 사장은 벽에 걸린 액자를 가리켰다.

"나 같은 놈은 식당하면 안 돼. 본전도 못 뽑아. 기분 좀 내다 보면 수지타산이 안 맞지. 그래서 망했어. 동업하던 놈이 다 들고 튄 것까지 합하면 세 번 말아먹었다."

음식이란 팔아먹을 요량으로 만들다보면 심사가 복잡해져서 맛이 안 난다고 했다. 주방장으로 취직도 해봤지만 제 마음대로 할 수가 없어서 때려치웠다고 했다. 이제는 겸허한 마음으로 그저 진하고 깔끔하게 육수를 고는 일만 하기로 결심했다는 거다.

주방에 붙어 있는 작은 액자 '정신일도 하사불성(精神一到 何事不成)'은 죽어도, 다시는 식당을 안 하겠다는 의미로 사다 붙인 글귀였다. 정신을 집중하면 이루지 못할 일이 없다는 말을, 절대로 이루지 않겠다는 식으로 해석하고 있었다.

어쨌든 사장의 정신이 하나로 집중된 우리 가게의 육수는 많은 식당에서 조용히 활약을 했지만 안타깝게도 늘 조연이었다. 있으나 없으나 영향력이 거의 없는 엑스트라. 아무리 진하게 고아 깊은 맛을 내도 육수란 간을 맞추면 안 되는 밍밍한 국물에 지나지 않는다. 음식에 있어 기본이 중요하겠지만 나로선 그게 제일 불만이었다. 화려한 미인에게 한결 같은 유니폼만 입힌 것처럼 뭔가 갑갑한 기분이 들었다.

그날도 나는 재료창고에 내려가 있었다. 주방에는 손님이 두 명 와 있었다. 냉면집 아저씨와 처음 보는 남자. 세 사람은 주방에 앉아 먹고 마시며 잡담을 나눴고 나는 졸음이 쏟아져 죽을 지경이었다. 날이 더워서 술맛도 나질 않았다. 사장이 소금 얘기를 자꾸 하기에 곧장 계단을 내려왔다. 후텁지근한 주방을 빠져나온 것만으로도 좋았다. 재료창고는 내가 가장 좋아하는 공간이었다. 서늘하고 쾌적한 곳. 무덤 속처럼 아늑하다고 할까.

실제로도 죽은 것들이 많이 보관되어 있어 창고는 식재료들의 무덤이나 마찬가지였다. 철제앵글로 만든 선반은 조금의 빈틈도 없었다. 낡아빠진 요리책과 사장의 글씨가 잔뜩 적힌 오래된 공책 들은 바닥에 쌓여 있었고, 돌멩이처럼 딱딱한 건해삼이나 지네처럼 보이는 장어 뼈, 말린 메뚜기, 육수용 북어대가리 등이 커다란 비닐에 담겨 선반을 차지하고 있었다. 유리병에 담긴 여러 종류의 젓갈은 예전의 형체를 잃어버렸다. 사장은 재료 욕심이 많아 뭐든 쟁여두기를 좋아했다. 손님 받는 장사가 아니라서 재료 쓸 일도 많지 않은데도 진귀한 건 무조건 쓸어모았다. 날 잡아 시장에 나가면 오토바이가 쓰러질 정도로 욕심을 냈다.

야릇한 냄새를 풍기는 그것들의 용도를 나는 다 알 수가 없었다. 알고 있는 건 오로지 하나. 숨이 끊어지면서 단순한 요리 재료가 되었지만 전에는 힘찬 목숨이었다는 사실. 먹이를 향해 날쌔게 달려들고, 다른 놈이 덤비면 물어뜯고…… 그런 생생함은 이미 사라졌다. 이제는 묶음으로 나뉘고 근수로 매겨지는 신세. 죽은 것들은 대들지 않아 다루기가 수월하다. 죽은 놈들을 화려한 음식으로 부활시키는 건 요리사의 몫이다.

아버지는 나더러 요리를 배우라고 했다. 배달 일은 소모적이니까 조리사 자격증이라도 하나 따라고 했다. 사장 밑에서 수련을 하면 자격증이야 거저먹기라고 했다. 그런데 옆에서 지켜볼수록 요리사라는 건 내가 함부로 덤빌 직업이 아니라는 걸 알게 되었다. 그 많은 요리책을 읽어낼 엄두가 나지 않았다. 내 혀는 우둔해서 국간장과 왜간장도 구분하지 못했다. 죽은 놈들을 다루는 일이 싫었고 산목숨을 빼앗는 건 더더욱 싫었다.

콩 담은 자루 옆으로 짤막한 소금포대가 보였다. 녹말포대, 밀가루포대와 나란히 앉아 고개를 푹 숙이고 있었다. 마치 꾸중을 들은 뚱뚱한 아이들처럼 시무룩해 보였다. 사장은 소금이 안 보인다며 당장 확인을 해보라고 성화였다. 소금이 떨어지면 예정에도 없이 수돗물이 끊긴 것보다 더 낙심을 했다. 아무 소금이나 쓰지 않고 우리 집에서 보내온 소금이 아니면 거들떠보지도 않았다. 우리 집에서 보낸 것이 고급 중에서도 상등품이라며 칭찬을 아끼지 않았다. 소금 덕분에 사장과 아버지는 인연을 맺었고 나 역시 소금 덕분에 사장에게 무시받지는 않았다.

소금포대 밑은 오줌을 지린 것처럼 바닥이 흥건했다. 버려지는 간수가 조금은 아까웠다. 습기를 먹은 소금이 쭈그린 모양 그대로 시멘트처럼 굳고 있었다. 실밥을 풀어 어디까지 굳었는지 손을 넣어보았다. 손가락이 절반도 들어가질 않았다. 촉촉한 소금을 만지자 소금창고에 들어가 놀던 예전, 그때의 사박거리던 감촉이 떠올랐다. 팔다리에 허옇게 붙었던 소금 알갱이들. 염전에 나가 한참 놀다보면 나도 소금 덩어리가 되곤 했었다.

하얀 밀가루가 울컥 쏟아졌다. 소금포대를 끄집어내다가 밀가루포대를 쓰러뜨렸다. 슬리퍼와 발가락에도 밀가루가 소복이 내려앉았다. 가운데 기둥의 쪽문을 열어 빗자루와 쓰레받기를 꺼냈다. 열린 문틈으로 위층에서 나는 소리가 아주 가깝게 들렸다. 바로 옆에서 음식을 먹는 것처럼 후룩후룩, 쩝쩝거리는 소리까지 선명했다. 가운데 기둥의 쪽문은 일층과 이층을 연결하는 소형 엘리베이터가 있던 자리다. 전에는 이곳이 제법 큰 가방공장이었다고 들었다. 그 틈으로 머리를 집어넣었다. 도르래가 달린 쇠줄이 위에서부터 밑으로 길게 늘어져 있었다.

"그러니까 이 사건도 그거 관련 아닙니까? 프랑스인 부부가 냉동실에 아기를 놔둔 거. 하나도 아니고 둘이라면서요?"

냉면집 아저씨의 목소리. 도끼로 쪼개는 것 같은 이북식 억양이 무슨 말이든 다 심각하게 만든다. 나는 비질을 하며 위에서 나누는 얘기를 엿들었다. 밀가루와 흙먼지는 물론이고 치워도, 치워도 다시 생기는 쥐똥도 깨끗하게 싹싹 쓸었다.

"그럼, 프랑스는 요리 일등국 아냐. 근데 너무 오래 됐다. 돼지고기도 냉동실에서 한 달 지나면 못 써. 비린내 나고 육질이 질겨져서 못 써."

우물우물 씹으며 말하는 사장 목소리. 고소한 기름 냄새가 목소리에 묻어 새어나왔다. 양복을 입은 아저씨의 말소리는 너무 낮아 잘 들리지 않았다.

"요리사가 재료를 겁내면 어떻하겐? 형님두 참."

"겁내는 게 아니라 이것저것 해볼라믄 양이 많아야 덤비지. 사람고기가 어디 있는데? 마트 가면 살 수 있나? 큰소리친 건 내가 아니라 자네지. 먹어봤담서?"

오늘도 저 얘기인가. 내가 있으면 사람들이 거북해할까봐 일

부러 내려보냈구나. 나는 통로에 바짝 붙어 귀를 기울였다. 재미
난 라디오 방송을 듣는 것 같았다.

"먹어봤다고 다 합니까? 그게 벌써 몇 년 전인데."

"그때 뉴스가 한참 시끄러웠거든. 이북에서는 인육순대 먹는
다고. 쟤네들 참 험하게 사는구나 싶었지. 그거 먹어보고 싶다고
침 흘리는 인간들이 있을 줄은 생각도 못 했네. 냉장고에 중국
부추 있는데, 볶아줄까? 향이 기가 막히지."

저건 작전이다. 괜히 음식을 내놓으며 딴전 피우기. 감질나게
굴어야 주가가 올라간다. 저런 건 잘하면서 음식장사는 왜 못하
는 걸까. 며칠 전만 해도 사장은 인육요리를 하고 싶어서 안달
이 난 것처럼 굴었다. "그건 바로 나 같은 놈이 만들어야지. 산
전수전 다 겪어봐야 진짜가 되는 거야." 양복 입은 남자처럼, 가
끔씩 잘 차려입은 사람들이 가게로 찾아와 중요한 연회를 맡아
달라는 제안을 하곤 했다. 그럴 때면 사장은 전체 지휘를 맡겨
다오, 재료비 계산은 따로 해줘야 한다는 식으로 까다로운 조건
을 붙였다. 사장의 뜻대로 이루어지는 일은 많지 않았다.

쓰레받기를 치운 다음 소금포대를 들어올렸다. 손바닥이 미끄
러웠다. 지금쯤이면 올라가도 될까. 차분하게 귀를 기울이자 얘기
는 아직 진행중인 것 같았다. 양복 입은 남자의 목소리가 들렸다.

"워낙 미식가시거든요. 이사장님 이하 다른 회원분들도 소문
난 미식가여서 각 나라를 여행하시고…… 선생님께서 솜씨를

발휘해주셨으면······ 재료는 회원분 중에 큰 병원의 원장님이 계셔서 어떻게든 준비될 것 같습니다만."

제정신이 아니군, 다들. 나는 소금포대를 바닥에 도로 내려놓았다. 털썩 소리를 내며 포대가 널브러졌다. 옆으로 누운 모양이 꼭 사람 같다. 사람도 이런 자루나 마찬가지다. 음식 담는 자루. 집어넣고 또 집어넣고 삼시 세 끼, 죽을 때까지 음식을 집어넣어야 사람이 산다. 그래도 그렇지, 미식가란 것들 얼굴 좀 봤으면 좋겠다. 세계 각국 돌아다니면서 소문난 건 다 처먹어봐서 이젠 사람고기까지 먹겠다는 건가?

바닥에 쪼그려앉은 나를 육수용 북어대가리들이 훔쳐보고 있었다. 나도 곁눈질을 했다. 얼굴만 남은 놈들이 눈을 커다랗게 뜨고 우글우글 모여 있었다. 저희들끼리 신나게 쑤군거리다가 내가 쳐다보자 시치미를 떼는 것 같은 표정이었다. 지금은 바짝 말라 험상궂은 할아범 같은 얼굴이지만 육수통에 들어가 밤새 땀을 뻘뻘 흘리고 나면 열 살은 젊어져서 나온다. "이놈의 자식, 소금 가져오랬더니 함흥차사네. 야, 어딨어?" 때마침 사장이 나를 불렀다. 네에! 지금 가요! 창고 안이 쩌렁쩌렁 울리게 대답을 했다. 이제 얘기가 마무리되었나보다. 정말 사람고기로 요리를 만들 셈인가?

소금포대의 입구를 단단히 묶은 다음 서늘한 무덤을 빠져나왔다. 문 하나를 사이에 두고 밖은 아주 다른 세상이었다. 환한 복

도는 고기 볶는 냄새에 푸르스름한 연기가 자욱했다. 지글지글
타는 소리도 들렸다. 갑자기 식욕이 일었다. 서둘러 계단을 오르
다가 발을 멈췄다. 창고에서 나올 때면 늘 뭔가를 두고 온 듯 개
운치가 않았다. 다시 내려가 창고 문을 활짝 열어젖혔다. 숨죽인
어둠이 웅크리고 있을 뿐, 내가 기대하는 변화는 보이지 않았다.
잠시 안을 훑어보다가 문을 닫았다. 삐걱거리는 계단을 밟고 위
로 오르자 어깨에 짊어진 소금포대에서 사각사각 소리가 들렸
다. 계단 하나를 오를 때마다 촉촉한 소금이 밑으로 조금씩 쏟
렸다. 어깨가 축축했다. 단단하게 굳은 포대 밑으로 눈물 같은
간수가 흘러내리고 있었다. 슬프기도 하겠지. 하반신이 마비되
고 있으니 말이다. 나는 매캐한 고기 냄새를 따라 서둘러 주방
으로 들어갔다.

  가게에서 맞는 아침은 늘 땀에 젖어 비몽사몽이었다. 배달용
육수통을 순서대로 채우다보면 오전이 훌쩍 지나버렸다. 건더기
를 건져낸 뜨거운 국물을 빈 통에 쏟아부었다. 육수를 가득 채
운 통은 뒤로 옮기고 빈 통을 앞으로 밀었다. 목덜미의 땀방울
이 떨어져 국물에 보태졌다. 감자탕집에 들어갈 육수는 황금색
맑은 육수, 해물탕집에 들어가는 건 허연 빛깔. 절대로 헷갈리면
안 되는 일이었다. 목에 건 수건으로 땀을 닦아냈다. 푹 젖은 셔
츠가 몸에 짝 달라붙었다. 수증기로 가득 찬 주방 안은 찜통처

82

럼 후끈후끈했다.

열기만큼 괴로운 건 냄새였다. 감자탕이나 냉면용 육수는 견딜 만하지만 장어구이용 소스는 머리가 아팠다. 공기중에 떠도는 냄새는 옷과 머리카락에 달라붙어 하루 종일 나를 따라다녔다. 환풍기는 걸핏하면 말썽이었다. 시커먼 기름 먼지를 덕지덕지 붙이고 우두커니 서 있는 날이 많았다. 싱크대 위에 올라가 코드를 두어 번 두들기면 바로 살아났다. 먼지 날개는 힘차게 돌아갔지만 공기는 여전히 후텁지근했다. 그럴 때는 재료창고 생각만 났다. 은행보다 더 시원한 곳. 우리 가게의 오아시스.

기운이 빠져 헐떡거리고 있자니 사장 혼자 부지런을 떨었다. 누가 직원이고 누가 사장인지 모르겠다. 사장은 육수통을 번쩍 들어 옮기고 건더기를 모아 잽싸게 치웠다. 서울에 올라와 배운게 한 가지 있다면, 타인을 괴롭히는 인간이란 깡패나 양아치 따위가 아니고 바로 저런 타입, 부지런한 사람이다. 사장은 잠도 안 잤다.

밤새도록 텔레비전을 틀어놓고 요란하게 도마질을 하면서 물소리를 냈다. 스포츠 채널의 레슬링 경기를 보거나 헐떡거리는 숨소리가 낭자한 성인 채널의 벌거벗은 레슬링을 시청해가며 육수의 거품을 걷어내고 불의 세기를 조절했다. 소일거리가 마땅찮으면 새 젓갈을 담거나 요리책을 들춰가며 새로운 조리법을 연구했다. 그래도 무료하고 심심하면 사장은 주방 옆에 있는 내

방문을 열어보면서 나의 동태를 살폈다. 모른 척하고 누워 시계를 보면 새벽 세시였다. 네시에도 들여다보고 다섯시부터는 십분 단위로 방문을 열어젖혔다.

이 자식, 아직도 자네. 죽은 거 아닌가? 하면서 내 눈알을 까뒤집어보기도 했다. 대놓고 깨우는 건 아니지만 참으로 성가셨다. 한 번은 벌떡 일어나 미친 척하고 마구 화를 냈더니, 내가 뭘 어쨌다고? 자라, 자, 하면서 슬그머니 나가버렸다. 덕분에 삼십 분이나 잤을까. 꿈결에 악마 같은 사장의 목소리가 다시 들렸다. '너 좋아하는 볶음밥 왕창 했는데, 먹을래? 빨리 안 먹으면 딱딱해지는데.' 제법 조심스런 말투였다. 그때가 새벽 다섯시 반이었다.

사장은 배달할 육수통을 다 채운 다음 외출할 채비를 차렸다.

"너 배달 가는 동안 나는 시장 간다."

"뭐 하게요? 그냥 전화로 주문해요."

나를 떼어놓고 간다는 말이 섭섭했다. 시장은 흥미진진한 곳이다. 진귀한 재료를 사들이는 재미, 구경하는 재미. 우리가 극진한 대접을 받을 수 있는 곳도 시장뿐이었다.

"우리 딸 해산하면 먹일 가물치도 골라야 하고. 시장 나가서 앞으로 뭘 해야 하는지 연구를 해야지. 그거 말이다. 그거."

그게 뭔데요, 라고 묻다가 사장의 수상쩍은 표정에 뒤늦게 눈치를 챘다. 아, 인육요리.

"웬만한 건 다 먹어봤을 거 아냐. 입맛이 여간 아니게 고급이라니 뭘 만들어 내놔야 억, 소리를 낼까."

"순대 말고 다른 걸 하시게요?"

"그건 북한식이잖아. 걔네들이야, 그걸 가지고 순대밖에 더 만들었겠냐? 양을 늘려서 속에 집어넣고 숨겨야 하니까. 서로 알고도 모르는 척하며 먹기는 좋지. 배고픈 인민들의 보양식으로는 순대가 딱 좋았겠지만 우린 다르잖아. 먹겠다는 놈들 수준에 맞춰야지."

북한식이고 남한식이고 간에 나는 어떤 재료를 쓸 것인지 자못 기대가 되었다. 넓적다리 살? 살집이 두둑한 엉덩이? 사장이 만들어낼 인육요리도 궁금했다. 어떻게 맛을 내고 어떤 모양을 만들 것인가. 사장이라면 충분히 감당해낼 것 같았다. 그 미식가들 중에는 고급 식당을 운영하는 사람도 있다고 했다. 그래서 사장은 더 신경이 쓰인다고 했다. 질 수야 없지. 잘난 입맛을 기절초풍시키고 말겠다. 코를 납작하게 만들겠어!

사장은 사기충천하여 돈이 든 복대를 배에 찼다. 두툼한 복대를 보자 슬며시 걱정이 되었다. 돈다발을 들고 나가 최고급만 사오겠구나. 미식가들에게 얼마를 받기로 하고 저런 호기를 부리는 건가. 우리 아버지 생각이 났다. 남 좋은 일에만 나섰던 인생. 빚보증으로 집안이 거덜나버렸는데도 다 잘될 거라며 심드렁한 표정만 지었었다. 내가 돈 벌러 간다고 하자 대견하다는 말뿐이었다. 몇 곱절 붙여도 시원찮을 소금을 에누리 없이 넘기는 일도 있었다. 거저 나눠주기도 했다.

"그 이사장 비서란 놈 말이야. 양복 입고 여기 왔던 정차장. 그놈이 설쳐대는 게 영 맘에 안 들어."

나는 바닥에 흘린 국물을 대걸레로 훔치며 얘기를 들었다.

"아무래도 윗것들한테 요리가 아니라 엿을 먹이려고 그러는 것 같아. 약점을 잡으려는 거지, 약점. 적나라하고 충격적인 요리를 만들어달라고 강조하거든. 충격적인 요리 좋아하네, 미친놈. 지네 엄마를 구워달라고 하지, 왜."

그것도 농담이라고 사장은 웃어젖혔다. 약점을 잡는 것도 살아가는 방법인가보다. 추잡함을 나눠 가지면 결속감이 높아져 자신의 위치가 단단해진다는 말인가. 그런데 그런 요리를 만든 사장에게는 약점이 안 될까. 사장은 그런 쪽은 아예 관심조차 없는 것 같았다. 나는 육수통을 밖으로 내놓으며 충격적인 요리라는 말을 되새겨봤다. 얘기를 나누는 것만으로도 조심스러워 절로 목소리를 낮추게 되는 사람고기 요리. 사람은 많은데 고기는 없다. 대체 인육을 어디서 구하나. 사장은 그저 순진하게 요리, 요리만을 앞세우고 뒷감당은 관심조차 없었다. 나까지 걸려드는 건 아닐까. 내심 불안했다.

"냉면집 아저씨는 그 사람들하고 어떻게 알게 된 건데요? 부자들이라면서요."

"탈북자 초청 강연회에 불려나가곤 했잖아. 사람들이 그런 얘기를 듣고 깜짝 놀라니까 신이 나서 마구 떠들어낸 거지. 구라가 센 게 탈이야. 다시다를 조금만 넣으라면 그 녀석은 왕창 넣어가지고 음식을 망치잖아. 쓴맛을 없앨 정도로 약간만 넣으면 되는데, 그걸 조절을 못해. 돈 많은 것들이 재미 삼아 술자리에 불러낸 걸 저 혼자 흥분을 해가지고선. 인육요리의 맛이 어쩌고 해가면서 지가 요리사라고 설쳤겠지. 냉면 육수도 못 만드는 엉터리 주제에. 전에는 당장 큰 호텔의 주방장이 될 거라고 얼마나 뻥을 쳤냐. 호텔 주방장을 아무나 해? 그놈은 남한을 몰라도 너무 몰라. 한참 멀었어."

사장은 침을 튀겨가며 호텔 주방장이 얼마나 높은 자리인지 강조했다. 나는 주방장이라는 위치보다 다른 게 궁금했다. 대단한 요리를 만들어낸다는 큰 식당 자체도 궁금하고 컴컴한 곳에서 대기하고 있을 갖가지 종류의 식재료들을 직접 보고 싶었다. 얼마나 큰 창고에 얼마나 많은 재료들이 준비되어 있을까. 산속의 짐승들을 다 잡고 푸른 것들을 난도질하고, 바다를 통째로 끌어다가 데치고, 볶고, 튀기고, 굽고…… 이 세상은 커다란 식재료창고가 아닌가. 세상의 모든 것이 요리가 된다. 우리는 모두 고깃덩어리들이다…… 그런 생각에 빠져 있는 동안 사장은 어느새 나가고 없었다.

육수 공급을 중단한 건 가을쯤이었을 거다. 배달을 빼먹는 날이 많아지자 거래처에서 불만을 제기했다. 응당 받아야 할 대금까지 보류시키는 일이 잦았다. 굽실거리며 사정을 하는 것도 한계가 있었다. 사장이 원망스러웠다. 의논을 하고 싶어도 만날 수가 없었다. 어쩌다가 한 번씩 가게에 나오곤 했는데 그때마다 사장은 이해할 수 없는 얘기만 했다. 가게 따위는 문제도 아니라고 했다. 사업 자금을 만드느라 반쯤은 정신이 나가 있었다. 누르스름한 낯빛에 느릿느릿 움직이는 몸짓만 봐도 건강이 좋지 않아 보였다.

그 사람들 때문인 것 같았다. 인육요리가 사장을 망치고 있었다.

정차장이 그 사람들에게 사장을 소개했다. 함께 식사를 하면서 사업 설명을 듣고, 회원제 식당에 가서 사장이 요리 솜씨를 선보이고, 그들이 투자를 부추기고…… 정확한 건 아니지만 가끔씩 흘려들은 얘기로 추측을 하면 대강의 그림이 보였다. 새로 신축하는 신도시 쇼핑몰에 엄청난 식당을 열겠다는 거였다. 나는 벽에 붙어 있는 작은 액자 '정신일도 하사불성(精神一到 何事不成)'을 가리켰다. 다시는 사업을 안 하겠다고 맹세를 하지 않았나. 사장은 벽을 힐끗 올려다보더니 쾌활하게 웃었다. 맞다, 정신을 집중해서 큰돈을 벌어야지, 라며 또 마음대로 해석을 해버렸다.

뭘 믿고 덜컥 투자부터 한단 말인가. 예감이 좋지 않았다. 아버지가 친구의 보증을 섰을 때, 그때처럼 불길한 예감이 들었다. 그들에게는 만만한 자금이겠지만 사장은 달랐다. 전부를 다 걸어야 하는 큰 도박이었다. 내 예감을 사장은 무시해버렸다. 네 일이나 잘 하라며 짜증을 냈다. 나도 지지 않았다. 같은 얘기를 계속 반복하자 사장은 화를 벌컥 냈다.

"그놈들은 나한테 빚이 있어. 나를 함부로 할 수가 없어. 보상을 해줘야지. 나도 보상받고 싶다고. 손을 더럽혔잖아, 요리사 인생에 이런 오점을 남겼는데?"

사장의 얼굴이 점차 무섭게 일그러졌다.

"무슨 오점이요?"

"나라고 쉬웠겠냐 말이다."

한 손으로 천천히 얼굴을 쓸어내렸다. 내가 모르는 사이 진행하고 있었구나. 망할 놈의 인육요리.

"그걸 다 만들었어요? 벌써 대접을 한 건가요?"

"세월이 필요한 요리라서 미뤘다. 겨울이나 내년 봄으로."

"그럼 관둬요. 이만 발을 빼요."

사장은 아무 대답도 하지 않았다. 나는 사장의 손을 들여다보았다. 데거나 벤 자국이 가득한 요리사의 손. 저 손을 더럽혔다면 뭔가를 만들고 있다는 얘긴데 나로선 알 수가 없었다. 양복 입은 정차장이 가게에 찾아온 걸 본 적은 있었다. 빈손이 아니었다. 묵직해 보이는 하얀 봉지를 손에 들고 있었다. 그 사람이 왔다 간 날이면 사장은 내게 장거리 심부름을 시키거나 주방에 얼씬거리지도 못하게 했다.

재료에 대해서는 얼핏 얘기를 들었다. 형편없이 지저분한 산부인과에서 낙태한 태아를 사온다고 했다. 이미 둘을 받았는데 너무 작아 손가락만하다고 했다. 제일 먼저 들어온 건 필리핀 노동자의 사산아라고 했다. 설마, 설마 싶었다. 에이, 뻥치지 말아요, 라고 말하자 사장은 아무런 대꾸도 없이 묵묵히 제 할 일만 했다. 사실인가? 손가락만한 사산아를 가지고 대체 뭘 하려는지 상상이 되질 않았다. 그렇다면 죽은 아이 시체 좀 한번 보여달라고 매달려보기도 했다. 팔다리가 다 달려 있는지, 한국 애들과 얼굴이 어떻게 다른지, 틈만 나면 꼬치꼬치 캐물었다. 명확한 대답을 피하는 사장의 모호한 태도 때문에 내 호기심은 나날이 크게 부풀었다.

거짓이 아니라면 분명 가게 안 어딘가에 있을 것이다. 나는 사장이 자리를 비울 때마다 재료창고며 냉장고를 샅샅이 뒤져보곤 했다. 대청소를 핑계로 가게 안을 구석구석 빠짐없이 살폈다. 며칠 동안 내내 먼지를 뒤집어쓰는 고생을 했지만 아무것도 찾을 수 없었다. 사장의 밤은 길었고 나의 밤은 늘 혼절 상태였다. 밤에 주방에서 이루어지는 일에는 도무지 끼어들 수가 없었다. 내가 아무리 매달려도 사장은 그 일에 대해서 철저하게 함구했다. 절대로 간여하지 말라고 단호하게 선을 그었다. 그럼에도 자꾸만 캐묻자 사장은 칼을 높이 들어 도마를 내리찍었다.

"너 이놈, 국통에 들어갈래? 팔팔 끓여줄까? 그 얘기 다시 꺼내면 널 재료로 쓸 테니까 알아서 해!"

가게가 한산해진 사이 나는 휴가를 얻어 집에 내려갔었다. 곧 있으면 폐전이 될 거라고 술렁이고 있었다. 딱히 침울해하는 건 아니지만 뭔가 갈피를 잡을 수 없어 붕 떠 있는 분위기였다. 아버지는 평소와 다름없이 염전에 일찍 나갔다. 나도 아버지를 따라 나갔다. 눈부신 소금파도가 하얗게 일렁이고 있었다. 여전히 무심하고 막막한 빛깔. 염전처럼 말이 없는 아버지는 고무래질을 하다 말고 이렇게 말했다. "내후년까지는 버티겠지만 그다음은 모르겠다. 어떻게든 되겠지." 그러고는 빠른 걸음으로 앞서 나갔다.

"나도 벌잖아요."

나도 장화를 철벅거리며 소금밭을 가로질러 걸었다.

"군대부터 가! 갔다 오면 여기도 바뀔 거고 세상 보는 네 눈도 바뀐다."

빚은 어떻게 할 거냐고 물었다. 아버지의 대답은 짧았다. 네 빚 아니다, 내 빚이지. 햇살 때문에 잔뜩 찌푸린 아버지의 얼굴 위로 갈매기가 빙그르 날아올랐다.

아침마다 소금밭을 따라 천천히 걸었다. 동생의 학비를 생각했다. 통장의 잔고도 천천히 헤아려봤다. 짭조름한 바람이 내 코끝을 스쳤다. 아득한 기분이었다. 내 속에서 자잘하게 일어나는 생각들은 방금 얻은 소금보다 더 축축하고 끔찍하게 쓴 맛이었다. 서울로 돌아올 때는 사장의 주문대로 소금포대를 잔뜩 가져왔다. 너무 무거워서 내버리고도 싶었다. 내 등에 짊어진 가족들의 무게와 비슷했다.

추석 명절을 보낸 다음에도 육수는 만들어지지 않았다. 사장의 얼굴빛은 여전히 좋지 않았다. 시름시름 앓느라 병원을 들락거렸다. 전에 없이 침울한 얼굴로 말수가 줄어버렸다. 내 딴에는 죽을 끓인다고 애를 썼지만 냄비만 태우고 말았다. 한 술 떠서 맛을 보자 서걱거리는 쌀알이 자갈처럼 씹혔다. 끼니때마다 시켜먹는 음식에 사장도 나도 입맛을 잃었다. 가끔 새벽에 불 켜진 주방에 나와보면 육수통은 덩그러니 비어 있었다. 사장은 멍하니 앉아 아무 말이 없었다. 다정하게 말을 붙여도 대꾸조차 하지 않았다.

나 혼자서라도 가게를 운영해보려고 애를 썼다. 사장이 돈을 날리든 말든 나는 관심이 없었다. 밀린 월급을 받고 싶었다. 그동안 봐왔던 대로 육수를 고았다. 양껏 재료를 넣고 부글부글 끓였다. 새벽에는 밤새 곤 국물에서 건더기를 건져냈다. 양파를 체로 걸러내자 곧 흐무러져버렸다. 누렇게 쭈그러진 늙은이의 몸 같았다. 단맛을 다 내주고 남은 찌꺼기였다. 복닥거리며 살아봤자 결국엔 이렇게 된다. 모두가 이렇게 되려고 기를 쓰고 사는 거다…… 체를 탁탁 쳐가며 건더기를 잔반통에 버렸다. 호스를 내리는데 뒷주머니에서 종이가 바스락거렸다. 벼룩시장에서 오린 구인광고였다. 인천의 제조공장이라 멀기는 해도 '숙식제공'이라는 조건이 마음에 들었다. 문의전화를 했더니 당장 오라고 했다. 사장에게 어떻게 말을 해야 하나 고민이 되었다.

그날은 이른 아침부터 냉면집 아저씨가 찾아왔다. 병문안이랍시고 말라빠진 인삼 뿌리와 영양제를 들고 왔다. 사장과 아저씨는 밖에서 계속 만나고 있었던 듯 둘만 아는 얘기가 많았다. 나는 자리를 비켜둔답시고 천천히 계단을 내려갔다. 재료창고에 들어가자 서늘한 기운에 곰팡내가 코를 찔렀다. 예전의 아늑함을 되찾으려면 한참을 치워야할 것 같았다. 재료봉지마다 먼지와 거미줄투성이였다. 손볼 곳이 아주 많았다. 바닥을 구르는 양파는 물컹하게 썩어 탁한 물이 흘러나왔고 말린 가자미에는 까만 곰팡이가 무섭게 번져 있었다. 가망이 없었다. 음식으로 부활할 수도 없게 완전히 죽어버린 거였다.

냄새를 빼려고 양쪽 문을 다 열었다. 여린 햇살이 들어오자 군데군데 거미줄과 뽀얀 먼지가 적나라하게 보였다. 가운데 기둥의 쪽문도 활짝 열어젖혔다. 사장의 목소리가 들렸다. 조곤조곤 설명하는 말투였다. 쇠약한 목소리라 내용이 또렷하게 들리지는 않았다. 선반 위에서 버릴 물건들을 솎아내고 총채로 먼지를 털었다. 바닥에는 새로 가져온 소금포대에서 흘러나온 간수가 시내를 이루고 있었다. 아무렇게나 쌓아두어 포대에서 포대로 간수가 흘렀다. 소금포대를 옮기다보니 그 사이로 갈색의 작은 항아리가 보였다. 처음 보는 항아리였다. 뚜껑을 열자 고릿한 젓갈 냄새가 코를 찔렀다. 허연 꽃소금이 입구까지 꽉꽉 채워져 있었다. 이건 왜 여기에 두었나. 젓갈은 젓갈 자리가 있는데.

"그걸 왜 형님 빚으로 합니까? 그렇게 하면 날 잡아잡수 하는 거 아니니? 형님은 요리만 하지. 요리!"

냉면집 아저씨가 소리를 질러댔다. "알았어, 조용히 해. 요리도 밑에 조직이 있어야 하는 거야. 내가 뭘로 덤벼? 나 같은 건 요리사 축에도 못 끼더라고." 사장도 짜증이 나는 모양이었다. 항아리를 옮기려고 양손으로 들어올렸다. 항아리의 물기가 손바닥에 끈끈하게 묻었다. 견디기 힘들 정도로 고약한 냄새가 항아리에서 물씬 풍겼다. "그래도 밉보이면 안 돼. 내가 매달려봐야지. 아직 선보일 게 하나 남았잖아."

사장은 아직도 포기하지 않은 듯했다. 그게 뭔지는 모르지만 포기할 수 없는 지경까지 몰린 모양이었다. 나는 갈색 항아리를 선반으로 옮겼다. 다시 한번 뚜껑을 열어봤다. 소금을 손가락으로 살살 헤쳐봤다. 검게 물든 축축한 소금 사이로 물기 어린 시커먼 것이 나왔다. 쥐꼬리처럼 가느다란 것이었다. 바싹 말라 형편없이 주름지고 비틀어진 것. 끄트머리에는 몇 개의 돌기가 있었다. 자세히 보니 인형의 것처럼 아주 작은 손가락이 보였다. 쥐는 아니다. 새도 아닌 것 같다…… 가슴이 쿵쾅거렸다. 얼른 항아리 뚜껑을 닫았다.

위에서는 여전히 옥신각신하고 있었고 나는 잠시 생각을 했다. 당장 뭘 해야 할지 몰라 한참 동안 멍하니 서 있었다. 다시 항아리 뚜껑을 열어 확인을 했다. 아까보다 더 자극적이고 명료한 냄새가 풍겨나왔다. 속이 메스꺼웠다. 아무래도 내 짐작이 맞는 것 같았다. 나는 항아리를 있던 자리에 갖다놓았다. 뭔가가 뒷덜미를 잡을 것만 같아 마구 서둘렀다. 소금포대를 쌓아 도로 항아리를 가려야 했다.

처음에 어떤 모양으로 쌓여 있었는지 도무지 기억이 나지 않았다. 마구잡이로 소금포대를 올리는 내 손이 차갑게 식고 있었다. 간신히 항아리를 가려놓은 다음 허겁지겁 달려나가는데 발밑으로 둥그런 것이 밟혔다. 퍽 소리를 내며 물기가 터져나왔다. 바닥이 미끄러워 발목이 헛돌았다. 지독한 냄새가 코를 찔렀다. 썩은 양파가 분명했지만 이상하게도 사람의 머리통을 밟아 터뜨린 것 같은 기분이었다.

아버지가 나를 보며 손을 흔든다. 밀짚모자가 훌렁 벗겨진다. 벌써 채염할 시간인가. 다른 염부들도 소금 결정지로 하나둘 들어선다. 멀리서 보면 염전은 입체감이 없다. 색채도 질감도 완벽하게 사라져버린 평면의 하얀 종이. 저기서부터 여기까지 하얀 종이들이 빼곡하게 펼쳐져 있다. 줄줄이 네모, 네모, 네모……

저 네모난 틀에 아버지가 갇혀 있다. 나는 삽을 흔들며 외친다. 금세 가요! 아버지는 뒤돌아 소금밭 한가운데로 나간다.

삽으로 흙을 퍼올린다. 비 온 뒤라 땅이 질다. 힘을 쓰지 않아도 쑥쑥 잘 들어간다. 콧김에서 아직도 감내가 난다. 평생 먹을 술을 지난 일주일 동안에 다 마신 것 같다. 매일 밤이 입영 전야였고 이때가 아니면 언제 이렇게 하겠냐는 격려에 힘입어 서툰 객기를 많이 부렸다. 맛없는 안주는 손대기 싫어 술만 마시다보니 위장도 많이 상했다.

엊그제 첫차를 타고 집으로 내려왔다. 오는 내내 곯아떨어져 어떻게 도착을 했는지도 몰랐다. 짐이라고 해봐야 얼마 되지도 않았다. 옷가지가 든 가방과 배낭 하나가 전부였다. 오는 내내 배낭을 품에 안고 있었다. 어찌나 꽉 붙들고 있었는지 아직까지 어깨가 불편하다. 차 안에서 사장의 유골을 안고 있는 꿈을 꿨다. 불편한 잠 속의 어지러운 꿈이었다. 슬픈 감정은 아예 없었고 내가 차지한 것을 빼앗길까봐 겁을 내고 있었다. 참으로 이상했다. 그새 사장이 잘못된 건 아닌가, 은근히 걱정이 되었다. 집에 들어서자마자 전화부터 걸었다. 사장의 딸이 '아버지 식사중인데요, 이따가 전화드리라고 할까요?'라는 대답에 어설프게 둘러대며 급히 전화를 끊었다. 괜히 호들갑을 떤 것 같아 무색했다.

가벼운 삽질 몇 번으로 금세 우묵한 구덩이가 만들어졌다. 주머니에 넣어두었던 참기름 병을 꺼낸다. 탁하고 검은 국물이 묵직하게 흔들린다. 이것이 인육을 절여 만든 육젓이다. 낙태한 아기들로 만든 걸쭉한 국물. 딱 절반만 남았다. 이것으로 나물을 무치고 볶음요리의 간을 맞췄다고 한다. 탕국은 맛이 깊고 융숭해 더 만들어내고 싶은 욕심까지 들었다고 한다. 사장이 그들에게 차려낸 요리는 이것으로 간을 맞춘 간결한 한정식이었다.

"모두들 언짢아하는 기색 없이 잘들 먹더군. 잘난 인간들이라 칭찬은 인색했지만 거북한 느낌이 없어 좋았다고 했어. 내 딴엔 성공이었지." 사장은 신문지에 둘둘 만 참기름 병을 내보이며 그렇게 말했다. 자신이 독창적으로 개발한 조리법은 아니라고 고백했다. 공자는 인육으로 만든 육젓, '해(醢)'가 없으면 밥을 안 먹을 정도로 춘추시대에는 대중적인 음식이었다고 덧붙였다. 다른 사실은 몰라도 사장이 만족스러운 접대를 해냈다는 말만 기억에 남았다. 사장은 서랍에서 꺼낸 병을 내 손에 쥐여주었다. 이제는 쓸모가 없으니 나더러 가져가라고 했다. 이걸 가지고 있는 것만으로도 병이 더 깊어질 것 같다고 했다. 나는 몇 번이고 사양을 했었다. 혐오스러워서가 아니었다. 이 병 하나에 사장의 모든 것이 다 들어가 있는 것 같았다.

비닐로 감싼 마개를 연다. 고릿한 냄새가 코를 찌른다. 왠지 모르게 바다 냄새도 나고 재료창고에서 맡았던 야릇한 냄새가 물씬 풍긴다. 처음엔 땅에 쏟아버리려고 했다. 어린 몸뚱이들을 너무 오래 희롱했다. 흙으로 돌려보내야 마땅하지 않겠나. 그런데 사장의 정성을 생각하면 그것도 옳지 않은 것 같았다. 흙구덩이에 병을 그대로 집어넣는다. 삽에 뜬 흙을 그 위에 조금씩 흩뿌린다. 잘 가라. 이다음에 태어나면 목청껏 울어봐라. 복된 가정에 태어나 아주 오래 살아야 한다. 한 삽 한 삽 흙을 떠서 구덩이를 메운다. 봉긋하게 솟은 흙을 손바닥으로 토닥토닥 다듬는다.

삽을 한쪽에 세워놓고 염전으로 내려간다. 갈매기떼가 내 머리 위를 맴돈다. 철벅철벅 장화 밑으로 소금바다가 감긴다. 고무래를 손에 쥐고 힘껏 민다. 염도가 높아 뻑뻑해지면 힘이 많이 들어간다. 자잘한 소금 덩어리들이 물속에서 저항을 한다. 내년이면 소금밭의 하얀색은 사라지고 전부 초록색이 되는 건가. 처음으로 허망한 감정이 든다. 아버지는 저 멀리에 있다. 구릿빛의 억센 등 근육이 고된 노동을 감당하고 있다. 늘 보던 모습이지만 이상하게 눈이 시려 오래 볼 수가 없다.

차아악, 철썩, 눈부신 소금파도가 무겁게 일렁인다. 결정지를 훑어갈수록 바닥은 점점 창백해진다. 소금파도를 차분히 개켜 올리듯, 모서리에서 모서리로 밀어낸다. 하염없이 밀고 또 밀고. 끝도 없는 고무래질에 소금이 조금씩 모인다. 소금꽃이 활짝 폈다. 고무래를 세우자 소금파도가 사르르 소리를 내며 하얀 것을 듬뿍 내놓는다. 인심도 좋다. 거저 내주기 아깝지도 않나. 소금 땀이 이마에서 주르르 흘러내린다. 나는 인중에 맺힌 땀방울을 혀끝으로 핥는다.

충천(蟲天)

어서 나와라, 흙이나 먹어라. 선생이 제 눈에 황토 반죽을 붙였다. 붕대를 처맨 눈 밑으로 누런 물이 주르륵 흐른다. 나는 수건으로 그의 뺨을 닦아준다. 무명 수건에 황톳빛 얼룩이 점점이 찍혔다. 아프지 않아요? 응, 이렇게 하면 조금 시원해. 커졌는지 한번 볼까요? 놔둬라. 흙 먹으러 기어나올 거다. 선생은 낮은 한숨을 내쉰다. 전에는 눈을 자주 껌뻑이는 정도였는데 요새는 내내 찡그리고 있다. 아프겠지. 점점 아플 것이다. 반듯하던 얼굴이 다 망가져버렸다. 어서 나와라, 내 눈알 먹지 말고 흙을 먹어라. 선생은 흥얼거리며 황토 반죽을 꾹꾹 누른다.

크지도 않은 눈동자에 벌레가 들어앉았다. 선생은 태평했다. 제 눈알에서 벌레가 크는 걸 신통하게 생각했었다. 이 안에서 움직이고 있어, 제법인데. 거울을 좌우로 돌려가며 눈동자를 살폈다. 아프지 않아요? 괜찮아, 지놈이 다 자라면 날아가겠지. 내가 불안해서 쳐다볼 때마다 선생은 얼굴을 돌려버린다. 놈이 뭘 먹고 자라겠는가. 점점 커지면서 눈알을 다 파먹고 말 텐데. 겉으로 봐서는 잘 모른다. 사람들은 봐도 모르겠다고 한다. 당장은 큰 지장이 없다. 가끔은, 아주 가끔은 눈이 아프다고 데굴데굴 구른다. 나로선 해줄 것이 없어 망연히 바라보기만 했다. 안과에 함께 가보기는 했다.

젊은 의사는 고개를 갸우뚱하며 여러 가지 검사를 했다. 살아 있을 리가 없는데요. 저절로 빠져나올 겁니다. 코안이라면 몰라도 눈동자는 유충이 살 만한 환경이 아니거든요. 많이 불편하시면 라식 수술처럼 각막을 깎아내 유충을 제거할 수 있어요. 의사는 선생과 내 옷에 묻은 흙자국을 힐끔거렸다. 선생을 부축하던 내 손도 유심히 보는 눈치였다. 나는 얼른 손을 치웠다. 손톱에 누런 흙이 잔뜩 끼어 있었다. 시력이 상하지는 않을까요? 내가 묻자 의사는 상태를 더 두고 보자고 했다. 수술을 서두르는 기색도 없이 눈이 아프면 다시 나오라고만 했다. 사흘치 진통소염제가 처방의 전부였다.

유충은 자라고 있다. 옆에서 자세히 보면 선생의 오른쪽 눈동자가 약간 솟았다. 눈동자의 색깔도 연한 갈색으로 변했다. 전에는 그렇지 않았다. 충천은 야망이 큰 놈이다. 언젠가는 눈알을 뚫고 나와 하늘로 날아갈 것이다.

　이틀 동안 건조대에 두었던 그릇을 만진다. 손가락에 미세한 흙이 묻어난다. 수분을 머금은 그릇의 표면은 파우더를 바른 아기 피부처럼 보송보송하다. 윤기가 반들거리는 단단한 그릇과는 사뭇 다르다. 형태는 그릇이지만 촉감은 흙에 가까운 이것들이 귀여워 슬며시 웃는다.

　작업대로 돌아와 라디오를 켰다. 어제 하다 만 소접시의 굽을 깎기 시작한다. 방송에서는 휴가 얘기가 한창이다. 재미도 없는 사연을 엿들으며 홍홍 웃는다. 문지방 밟는 소리가 나더니 술내가 진동을 한다. 아침부터 퍼마셨구나. 선생이 쿨럭 기침을 한다.

　"오늘 가마에 넣자. 초벌 마친 거 너무 오래 두었지."

　날이 습해서 문제다. 잘 마르지도 않거니와 마냥 오래 둔다고 될 일도 아니다. 그릇은 공기중의 물기를 빨아들여 제멋대로 주저앉기도 한다.

　"날씨가 불안한데요."

　지금이야 날이 좋지만 중간에 비라도 오면 큰일이 아닌가.

　"내 몸이 허라고 한다."

　선생은 신경통이 있어 기압이 낮은 날은 귀신처럼 알았다. 선생이 괜찮다면 해야지, 뭐. 지난주부터 가마에 기물을 넣을 날만 기다리던 참이다. 나도 이번 전시회를 마음에 두고 있다. 장마가 오기 전에 한바탕 해치우는 게 낫겠다.

"저기 옥수수수염 달인 물, 어디 있지?"

나는 냉큼 일어나 마당으로 나간다. 물 담은 대야에 뜨거운 주전자를 통째로 넣어두었다. 그새 주전자는 맞춤하게 식었다. 엉킨 실타래 같은 옥수수수염이 주전자의 누런 물 안에 가라앉았다. 웅크린 모양이 내 마음 같다. 주전자 뚜껑을 닫고 대야에서 꺼낸다. 물이 고인 대야의 밑바닥에는 눈부신 여름 햇살이 둥글게 퍼져 있다. 뜨듯한 물에 든 내 손가락은 짤막하다. 손가락을 갈퀴처럼 편다. 이 손으로는 아직 멀었다. 그릇다운 그릇을 치려면 더 고생을 해야 한다.

주전자를 들고 부엌으로 들어간다. 개수대 옆에 엎어놓은 그릇들은 성치 않은 게 더 많다. 흠이 조금 있다고 그릇을 버리면 선생의 불호령을 들어야 했다. 이왕이면 좋은 컵에 따라주려고 포개진 그릇을 하나하나 끄집어낸다. 이건 내가 만든 사발이고 저건 누가 만든 접시더라. 선생은 자신이 만든 그릇이 아니면 반드시 앞뒤로 살펴본다. 그리고 한마디를 보탠다. '이건 그릇이 아니라 반죽이다.' 냉랭한 말투가 내 가슴을 찔렀다. 선생이 주로 쓰는 황토색 사발을 찾아내 주전자를 가파르게 기울인다.

작업실에 돌아가자 선생은 벌레를 그리고 있다. 한 눈은 붕대를 처매고 불개미거미를 접시에 그려넣는다. 선생은 벌레 이미지에 흠뻑 빠졌다. 플라스틱 상자에 든 벌레들과 갖가지 곤충도

감이 작업대에 그득하다. 좀머리멸구, 귀매미, 딱정벌레, 고추잠
자리…… 이 벌레들은 다 선생의 작품 속으로 들어갔다. 그놈의
벌레가 눈에서 골까지 기어들어가 선생의 머릿속을 온통 벌레로
만들어버린 걸까? 벌레 문양을 새기기 시작하자 그릇이 팔리지
않는다. '독특하기는 하지만 아무래도 이런 그릇은 인기가 없어
요. 호감 가는 종류는 아니잖아요.' 인사동 박소장의 지적은 일
리가 있다.

선생은 옥수수수염 물을 단숨에 마시지 않고 두어 모금 입에
머금다가 만다. 신장이 좋지 않아 보리차 대용으로 늘 마시지만
컵을 기울일 때마다 표정이 좋지 않다. 맛이 없는 모양이다. 언
젠가 선생이 밖에서 술을 먹고 돌아와 작업하던 나를 뒤에서 끌
어안은 적이 있었다. 밤늦게까지 열심히 한다는 격려였던 것 같
다. 그때 나는 선생에게서 옥수수수염 냄새를 맡았다. 술냄새보
다 그게 더 진했다. 시큼한 물냄새에 나는 스르륵 녹아버렸다.
그런 일은 그때 한 번뿐이었다. 선생은 기억조차 못 하는 눈치
다. 일부러 모른 체하는지도 모르겠다.

"어릴 때 나는 곤충 소년이었잖아. 배운 게 이 짓이라 그릇이
나 치고 있지만 공부만 잘했으면 생물 선생인데 말이야."

예전에는 곤충 소년, 지금은 곤충의 숙주. 저 징그러운 것들이
뭐가 좋다고.

"그렇게 자세히 그리면 진짜 벌레 같잖아요."

선생은 어, 그래, 하며 고개를 끄덕인다. 그릇에 얼굴을 바짝 댄다. 불개미거미의 오른쪽 몸통과 다리 한쪽이 완성되었다. 선생은 붓질을 하며 고개를 점점 더 숙인다. 얼굴이 접시에 붙겠다. 가마 작업을 지시해놓고 왜 그림을 그리나. 정신이 깜빡깜빡하는 모양이다.

"언제부터 기물을 넣을까요?"

나갔다 와서 하자, 건성으로 대꾸한다. 선생은 외출을 하려고 택시를 불러두었다고 한다. 불개미거미의 나머지 반은 그리지 않는다. 그대로 완성인 듯 사인을 한다. 선생은 익살스럽게 생긴 '애꾸눈 잭'을 접시의 뒷면에 그린다. 이 접시는 공방에 두고 쓸 모양이다.

"아차, 벌레집은 봤어? 나올 때가 되지 않았나?"

"그저께 밀가루로 틈을 막았어요."

선생은 고개를 숙인 채 흐뭇한 미소를 짓는다.

"조금 늦출 수 있지? 이왕이면 사람들이랑 같이 보면 좋은데. 우리끼리 보기 아깝다."

눈이 그렇게 되고도 충천 때문에 또 들뜨다니. 손님을 청하는 것도 귀찮고 여럿이 북적거리는 것도 싫다. 선생의 공방이니 내 맘대로 거부할 수도 없다. 선생의 손님이란 죄다 잘난 예술가들이다. 손님이 많으면 그중에는 선생한테 꼬리치는 여자가 하나 둘 끼어들게 마련이다. 나는 쟁반을 들고 나가며 먹다 남은 옥수수수염 물을 땅바닥에 촤악 끼얹는다. 비나 콸콸 쏟아져라.

슬리퍼를 끌고 마당으로 나간다. 오늘은 벌레집을 한 번도 들여다보지 않았다. 날이 쾌청하다. 늘어진 가지에 붉은 자두가 줄줄이 매달렸다. 곧 있으면 따먹어도 되겠다. 뒷마당의 흙가마는 이제 터만 남았다. 가스 가마를 들인 뒤로 쓰레기장이나 다름없게 되었다. 허물어진 가마 뒤로 못 쓰는 흙과 깨진 사기 조각이 켜켜이 쌓였다. 조심조심 걷는다. 사기 조각에 발가락을 찔릴까 겁이 난다.

선생은 산속의 벌레집을 기어이 이리로 옮겼다. 거기서 그쳤어야 했다. 이번 여름, 또하나를 얻으려다 눈이 그렇게 되었다. 벌레집을 뜯어내다가 알이 얼굴에 튀었다고 한다. 젤리처럼 뭉글뭉글한 점액이 눈꺼풀에 스며들었을 것이다. 그날 선생은 종일토록 눈을 비벼댔다. 아무래도 눈병이 옮은 것 같다며 자꾸만 눈을 비벼댔다. 유충은 그렇게 자리를 잡았다. 따스하고 촉촉한 눈동자를 제 요람으로 차지해버린 것이다.

돌 틈에 끼어앉은 벌레집은 구불구불한 모양이 굴껍데기 같다. 벌레집 틈새를 막은 밀가루 반죽이 바짝 말랐다. 반죽에 흙을 더 넣을 걸 그랬다. 다 뜯어먹고 빠져나올라. 벌레집에 귀를 댄다. 들리지 않는다. 귀를 따끈한 벌레집에 붙이고 신경을 집중하자 바스락거리는 소리가 안에서 들린다. 바늘의 뾰족한 끝으로 시멘트 바닥을 긁는 것 같은 아주 가늘고 섬세한 소리다.

놈들은 지금 빛을 만들고 있다. 제 꽁무니에 빛을 키우느라 부산할 것이다. 벌레집에 손바닥을 댄다. 진동이 없다. 더 기다려야 한다. 벌레집 옆에 선생이 남긴 담배꽁초가 수북하다. 선생은 이놈들에게 왜 그리 관대할까. 그렇게 고통을 겪으면서도 어째서 밉지가 않을까. 나는 돌덩어리 같은 벌레집을 한참이나 들여다본다.

이 못난 벌레집 덕분에 내 인생도 바뀌었다. 공방의 동료들은 다 떠나고 나만 남았다. 충천을 함께 본 나는 선생을 떠날 수가 없다. 처음 이놈들을 봤던 그날이 내게는 각별하게 남았다. 나도 충천이 좋다. 놈들이 한바탕 난리를 치고 떠나면 며칠간은 속이 허했다.

하늘에 오른 놈들 중 반은 죽는다. 그래도 기를 쓰고 오른다. 그것이 놈들의 사명인 모양이다. 나는 은하수가 된 놈들보다 대열에 끼지 못해 방황하는 벌레들에게 마음이 간다. 언제나 아래부터 살핀다. 못 오르는 놈들을 보느라 내 시선도 하늘에 오르지 못한다.

"어서 나와라, 내 눈알 먹지 말고 흙을 먹어라."
선생이 노래를 부른다. 눈에 붙인 황토 반죽을 리듬에 맞춰 꾹꾹 누른다. 붕대 밑으로 반죽하던 황토를 그대로 넣었다. 황토색 눈물이 뺨을 지나 턱수염에 모인다. 나는 조용히 흙반죽에 매달린다. 골고루 섞이도록 치대다가 반죽판에 세게 내던진다. 반죽을 떼어 만져본다. 아기 귓불처럼 말랑말랑하다. 점력은 아직 멀었다. 상체의 힘을 실어 치대고 또 치댄다. 두 가지 흙을 섞어 하나의 반죽으로 만든다. 누르스름한 비파색 흙덩이에 하얀 점이 군데군데 박혔다.

선생은 눈을 질끈 감고 그릇을 친다. 어제도 종일 작업을 해놓고 또 미친 듯이 그릇을 친다. 선생의 집중력이 전과 다르다. 시력을 잃을까봐 마음이 조급해졌나. 느닷없이 개인전을 하겠다고 여기저기에 전화를 걸기도 했다.

"포스터에 이렇게 쓰라고 해. 사발의 대가, 오십대 중견 미남 작가. 벌레 도예가, 또 뭐 있냐? 아, 장님 예술가가 하나 더 붙겠구나. 이야, 너무 주목받으면 부담스러운데."

"장님이 아니라 애꾸잖아요, 애꾸눈 잭."

"하나가 망가지면 둘 다 놓치기 마련이야. 슬슬 준비를 하라는데?"

아, 또 저 소리. 내가 제일 싫어하는 말. 그런데 나도 모르게 내 부축을 받아 주춤주춤 걷는 선생의 모습이 떠오른다. 검은 안경을 쓴 선생에게 밥을 떠먹여주는 나. 책을 읽어주는 나. 전화번호를 대신 눌러주는 나. 누구도 아닌 바로 나.

"나야 상관없다. 이게 어디 눈 뜨고 하는 일이냐? 흙이야 만져보면 아는 거고, 물레질은 전부터 눈 감고 했다."

선생은 다시 눈을 감는다. 그의 소경 연습은 확인 작업이다. 물레 위를 빙글빙글 도는 그릇을 사려 깊게 만지다가 눈을 뜨고 확인하고, 못마땅하면 다시 허물고, 다시 시작하고. 손의 감각을 키우려고 시각을 포기하는 거다. 그 느낌이 뭔지 안다. 가끔은 손과 눈이 따로 놀 때가 있다. 뻔히 보면서도 끝이 엇나간다. 그건 손의 잘못이지만 눈도 실수가 잦다. 두 그릇의 무게가 다른데도 눈은 그것을 몰라본다. 내 공부란 다른 게 없다. 단지 손과 눈을 제대로 부려먹는 방법을 익히는 거다.

어서 나와라, 내 눈알 먹지 말고…… 신음 같은 노랫소리가 다시 들린다. 선생의 노래 실력은 그저 그렇다. 작곡 실력도 신통치 않아 모든 가사가 도레미 안에서 통용된다. 어느 날은 트로트, 어느 날은 타령조로 편곡을 한다. 가끔은 나도 따라 부른다.

선생과 나는 양쪽으로 비켜앉아 각자의 작업에 몰두한다. 점심시간이 한참이나 지났는데 식사 얘기가 없다. 선생이 아무 말을 하지 않아 나도 모른 척한다. 시켜 먹든지 차려 먹든지 둘 중의 하나다. 문하생들이 많을 때는 식사시간이 즐거웠다. 요새는 찾아오는 사람도 없다. 약간은 초조한 기분이 들어 벽에 걸린 시계를 올려다본다.

"아, 되게 아프다."

선생이 붕대 밑으로 황토 반죽을 떼어낸다. 얼굴에 누르스름한 흙물이 흥건하다. 다른 쪽 뺨도 눈물이 번들거린다. 선생의 숨소리가 몹시 거칠다. 나는 흙을 던져놓고 선생에게 간다.

"당장 병원에 가요."

"놈들이 나오면 눈에 든 놈도 따라나서겠지. 이놈이라고 내 눈깔이 좋겠냐."

선생은 붕대를 매만진다. 많이 아프냐고 묻자, 술이나 마셔야 겠다. 남은 거 있으면 가져와라. 의자에 길게 기댄다. 참으로 답답하다. 나는 다시 병원에 가보자고 재촉한다. 팔을 붙잡고 일으켜세우려 하자 선생이 내 손을 뿌리친다. 벌컥 화를 낸다.

"가봤다. 병원에 가봤어. 결과를 아니까 제발 놔둬라."

병원에서 대체 뭐라고 했기에. 매정하게 뿌리치는 손길은 대수롭지 않다. 내가 몰랐던 사실이 나를 밀어낸다. 어쩔 줄 몰라 주춤거리다가 선생 옆을 떠나 문가로 간다. 창문을 활짝 연다. 방충망까지 다 열어젖힌다. 탄내가 가시질 않는다. 아까는 쑥냄새답게 향긋했는데 시간이 지날수록 구릿하게 가라앉았다. 오늘 아침, 약천사의 스님이 선생에게 침과 쑥뜸을 놔주고 갔다. 더 일찍 해볼 걸 그랬다. 황토 요법보다 쑥뜸이 벌레 퇴치에 걸맞다.

다시 반죽을 시작한다. 때리고, 내리치고, 다시 던지고. 화풀이 대상으로 흙만큼 좋은 건 없다. 때리면 때릴수록 내게 이롭다. 뭉친 반죽을 물레 위에 올린다. 페달을 밟아 물레를 빙글빙글 돌린다. 막상 물레가 돌자 망설여진다. 모든 흙에는 그 흙에 어울리는 형태가 있다. 반죽에 손가락을 대고 그릇의 모양을 생각한다. 호흡을 크게 한다. 선생은 생각지 않는다. 그의 눈도 잠깐 잊자. 생각을 비우고 마음을 비우자. 손가락의 감각에만 집중해야 한다. 물레는 페달을 밟는 내 발의 강약에 따라 속도를 점점 달리한다.

가마를 식히면서 내내 불안했다. 망친 작품은 깨버릴 수도 없다. 전이 비틀어지거나 살짝 주저앉은 그릇들은 마당에 쌓아두었다가 동네 사람들에게 인심을 쓴다. 이번에도 내 작품은 곧장 마당으로 보내질 것이다. 선생의 평가가 내려지기 전에 내가 이미 판단을 했다. 아직 서툴고 미숙해도 선생의 방식만을 고스란히 따르지는 않는다. 선생은 그걸 용납하지 않는다. 어쩔 수 없는 고집불통이라고 내게 화를 내곤 했다. 나는 묵묵히 꾸지람을 들었다. 혼이 나는 순간에는 내 속에서 은근히 갈등이 일었다. 그러나 내 욕심을 버릴 수는 없다. 선생의 눈이 아닌, 내 눈으로 보고 내 손으로 만든다. 그래야 내 것이다.

선생은 자신의 얼굴에서 붕대를 슬슬 풀어낸다. 허연 붕대를 천천히 길게 풀면서 나를 슬쩍 쳐다본다. 나는 모르는 척, 그릇만 친다. 선생이 뚫어져라 나를 본다. 눈에 든 벌레도 나를 본다. 그 눈동자에는 나도 들었을 것이다. 지금 선생의 눈동자에는 벌레와 내가 들었다.

선생은 자리에서 일어나 휘청거리며 밖으로 나간다. 발소리도 없이 쓱 빠져나간다. 그가 나간 문을 한참이나 바라본다. 주황색

석류꽃이 문틈으로 보인다. 나는 그 꽃을 보며 방금 전의, 그 수
척한 몸을 기억한다. 왜 저리 작아졌나. 내가 처음 이 공방에 왔
을 때보다 선생의 몸은 확실히 줄어들었다. 작업이 많을 때는
더욱 그렇다. 선생은 흙이 섞인 땀을 흘리고 진흙처럼 거친 숨
을 내뱉으며 그릇을 친다. 제 몸을 덜어내 그릇에 보탠다. 선생
의 몸은 머리부터 발끝까지 다 흙이다. 완성된 그릇을 품에 안
을 때마다 그의 몸은 조금씩 작아지고, 또 작아지고…… 이제는
벌레까지 선생을 먹으려 든다. 그놈의 벌레!

　작년 봄부터 주변 숲에 작은 반딧불이가 무리지어 다녔다. 공
방에서 마을버스를 타려면 후미진 길을 한참 걸어내려가야 한
다. 마침 그 벌레가 나타나면 기분이 든든했다. 날아다니는 작은
빛 알갱이는 보기만 해도 유쾌했다. 밤에 마당에 나와보면 하얀
눈이 위로 동동 뜨는 것 같았다.
　선생은 재미 삼아 벌레를 유리병에 담거나 양파 망에 넣어두
는 걸 좋아했다. '이건 반딧불이가 아냐. 너무 작잖아. 내가 곤
충박사인데 이걸 모르겠어? 어릴 때 반딧불이는 실로 묶어서 옷
에 매달고 놀았거든. 이렇게 작은 건 처음 봤다.' 선생이 유리병
안을 보며 말했다. 벌레에 대해서 아는 게 없는 우리는 그게 그
거라고 생각했다. 놈들은 초파리와 비슷했다. 낮에는 초라한 검
은 벌레지만 밤에는 화사한 빛 알갱이였다.

우리는 그놈들에게 '반짝이'라는 별명을 붙여주었다. 느닷없이 나타나 공방 주변을 환하게 만든 '반짝이'들. 동료들은 그것이 좋은 조짐이라 했다. 우리뿐만 아니라 밥집 아줌마도, 산 아래 카페 주인도 모두들 벌레 얘기를 했다. "애들은 대체 어디서 배터리 충전을 하는 거야? 편의점? 아니면 태양광 전지인가?" "사람도 자체 발광 기능이 있었으면 좋겠다. 어두운 데서 열쇠를 찾을 때, 극장에서 자리 찾을 때, 좋잖아?" "맞아, 애인이랑 그거 할 때는 은은하게 조절하고."

그즈음 우리는 다른 공방과 연계한 단체전을 준비중이었다. 지역문화재단에서 지원금도 약속받았겠다, 작품만 잘 만들면 되는 전시회였다. 그런데 전시회 준비가 착착 진행되고 있는 다른 공방에 비해 우리는 더디기만 했다. 선생 때문이었다. 선생은 대부분의 시간을 밖에서 보냈다. 머릿속에는 벌레 생각만 가득한지 걸핏하면 벌레 얘기만 했다.

"저것들은 어디서 온 거지? 혹시 중국제 흙에 묻어온 게 아닌가? 지방에서 사온 흙은 내가 골라온 거라 요만큼도 안 버렸거든. 중국제 흙은 가끔 저기 가마터에 내다버렸었다."

"그냥 어디서 날아왔겠지요. 곤충도감에 없다고 여기 없는 벌레는 아니죠."

선생의 추측이 아주 틀리지는 않았다. 선생과 알고 지내는 중국인 도예가에게 전화를 건다, 메일을 번역한다, 한동안 수선을 떨더니 기대한 성과는 있었다.

어느 날인가 거나하게 취한 선생이 한자가 가득한 종이를 우리에게 보여주었다. 충천(蟲天)이라는 한자를 손가락으로 짚어가며 이것이 저 벌레의 이름이라고 했다. 충천의 고향은 중국이 아니라 태국이었다. 그래도 중국 운남성에는 이 미터가 넘는 벌레집이 있다고 했다.

"쫑티엔이라 했던가, 퉁티엔? 하여간 그 비슷한 발음인데. 충천은 흙이랑 밀을 좋아한단다. 역시 흙을 먹는 놈이었어. 부화하면서 와르르 몰려 하늘로 오르는 은하수 벌레란다. 하나씩 돌아다니는 건 낙오병인 셈이지. 그 커다란 대열을 어떻게든 봐야 하는데. 이런 게 많이 모이면 빛이 어마어마하겠지?"

그다음부터 선생은 종적을 감췄다. 거의 매일 공방을 비워놓고 밖으로만 돌아다녔다. 가끔 보면 얼굴은 볕에 그을려 거무튀튀하고 옷은 흙투성이였다. 그래도 얼굴에는 알 수 없는 생동감이 흘렀다. 산 빛깔이 스몄다고나 할까. 묘한 기색이었다. 선생이 메고 다니는 배낭은 점점 불룩해졌고 희한하게 생긴 등산장비가 공방에 쌓이기 시작했다. 우리는 선생이 새로운 흙을 캐올 거라 믿었다.

우리는 보름 넘게 스승이 버린 공방을 지켰다. 늦은 밤에나 돌아온 선생은 사막을 헤매고 온 사람처럼 늘 기진맥진이었다. 얼굴에 발진이 돋은 것처럼 불그스름하기도 했다. 새로운 흙은 보이지 않았다. 우리가 작품에 대해 도움을 요청해도 선생은 아무 말이 없었다. 진행상황을 의논하자 방으로 쓱 들어가버렸다. 곧이어 코 고는 소리가 들렸다.

모두들 불만을 터뜨리기 시작했다. 전시회는 코앞인데 자신 있게 내놓을 작품을 만들지 못했다. 제일 믿을 만한 오 년차 선배도 자신의 작품을 감당 못 해 허덕거렸다. 모두들 다른 궁리를 하기 시작했다. 그렇게 기다렸던 전시회를 선생 때문에 망치기는 싫었다.

어느 이른 저녁에 선생이 불쑥 공방으로 들어섰다.

"다들 어디로 갔나?"

나는 대답을 못 하고 우물거렸다. 난데없이 공방에 나타난 선생이 낯설기만 했다. 아무도 없다면 너라도 가자고 하면서 선생이 내 손을 잡아끌었다.

모두들 작품을 마무리하러 인근 도예촌에 가 있었다. 아예 그곳에 주저앉겠다는 사람도 많았다. 나 역시 같은 결심이었다. 단지 문양 자료를 가지러 왔다가 마주친 거였다. 선생의 차를 얻어타고 산속으로 가면서 내 머릿속은 복잡했다. 내게는 어렵고 어려운 선생이다. 꾸지람이 무서워 배우는 동안 질문도 제대로 못 했다. 그런데 무슨 말을 할 수 있을까. 전시회만 마치고 다시 돌아온다고 할까. 나 같은 건 없어져봤자 찾지도 않을 텐데. 집안 사정을 핑계로 댈까.

차에서 내려 산길을 한참 오르며 선생은 지겨운 벌레 얘기를 또 늘어놓았다. 선생의 배낭에서 쇠뭉치끼리 부딪치는 소리가 났다. 손전등의 불빛을 따라가며 나는 딴생각만 했다. 산속 어디로 가고 있는가는 관심이 없었다. 그저 내 인생이 어디로 갈 것인가만 관심이 있었다. 대학원을 포기하고 선생에게 온 건 욕심이 컸기 때문이다. 동생의 결혼식 전에 어떻게든 전시회를 해야 한다. 그래야 떳떳하다. 몇 번을 망설이다가 전시회 얘기를 간신히 꺼냈다. 선생이 내 말문을 막았다.

"바로 여기다. 자, 마음의 준비를 단단히 해."

선생은 덤불을 헤치며 엉금엉금 기어들어가더니 뭔가를 열심히 떼어냈다. 나도 따라 들어갔다. 구불구불한 돌덩이에 허연 반죽이 말라붙어 있었다. 안에서 무슨 소리가 들렸다. 벌이 들어 있나. 날갯짓 소리 같다. 이게 뭐냐고 물었다. 선생은 대꾸도 없이 전등을 꺼버렸다. 돌덩이 사이에서 가느다란 빛이 새어나왔다. 소리도 그 속에서 났다. 선생이 허연 부스러기를 벗겨내자 작은 빛 알갱이가 하나씩 빠져나왔다. 꽁무니에 빛을 매단 벌레들이었다.

선생은 배낭에서 무쇠끌을 꺼내 벌어진 바위 틈새에 박았다. 끌을 힘껏 당기자 돌조각이 떨어지며 와르르 부서졌다. 그와 동시에 환한 빛에 눈이 부셨다. 빛이 튀어나오기 시작했다. 빛 알갱이들이 순식간에 어둠을 지워버렸다. '반짝이'들은 선생의 얼굴과 머리카락 속을 들락거렸다. 머리카락 타는 냄새가 났다. 선생의 몸 전체에 벌레가 붙었다. 야광페인트를 뒤집어쓴 것 같았다. 내 꼴도 우스운지 선생이 나를 보며 웃었다. 나도 웃었다. 우우웅우우웅 날갯짓 소리가 숲 전체를 휘몰았다. 선생이 내 귀에 대고 고함을 질렀다.

"이게 바로, 충, 천, 이야! 이걸 찾느라, 죽을 고생, 했다."

빛무리는 점점 커지고 점점 두꺼워졌다. 수천 개의 크리스털, 수천 개의 찬란한 빛이 눈앞에 가득했다. 눈이 부셔 시력을 잃을 것만 같았다. 머리 위를 맴돌던 빛은 점차 하나로 모여들었다. 벌레가 많아질수록 유황 냄새가 코를 찔렀다. 성냥불을 끄고 난 다음처럼 매캐한 단내가 사방으로 퍼졌다. 벌레들은 대열을 따라 뱅글뱅글 돌며 조금씩 위로 올랐다. 선생의 얼굴이 불이 켜진 듯 환했다. 주변을 돌다 떨어지는 놈도 있었다.

충천은 귀가 아프도록 날갯짓 소리를 냈다. 웅웅대는 소리의 한복판에 내가 있었다. 빛의 회오리, 번뜩이는 회오리. 한참을 그렇게 있었다. 선생은 보이지 않았다. 손을 휘저어 빛을 털어냈다. 갑자기 놈들이 내게 덤볐다. 눈을 뜰 수 없었다. 살갗이 따끔따끔해 몸을 웅크렸다. 선생이 고함을 쳤다. 뭐라고 하는지 벌레 소리 때문에 잘 들리지 않았다. 비명을 지르며 눈을 감아도 빛은 계속 어룽댔다. 벌레들은 일제히 내게 불침을 놓았다. 겁이 덜컥 났다. 성난 짐승 같다. 아니, 이게 더 무섭다. 선생이 우악

스럽게 나를 일으켜세웠다. 땀내 나는 점퍼에 싸인 나는 선생의
손을 잡고 소경처럼 끌려나갔다.

　오늘은 중요한 날이다. 식사를 마친 다음 맥주를 주문하고, 먼
지 안 나게 마당에 물을 뿌리고, 또 뭐더라? 마음이 바쁘니까 젓
가락질이 빨라진다.
　"유릿가루를 구해야겠어."
　상추 위에 묵은 된장을 바르며 선생이 말한다. 커다란 상추쌈
을 기술적으로 집어넣는다. 우적우적 씹는 소리가 상쾌하다.
　"유릿가루는 왜요?"
　나는 고개를 숙이고 묻는다. 저놈의 벌레가 보기 싫다. 선생이
자신의 플라스틱 안대에 벌레 그림을 그려넣었다. 잘록한 몸통
과 날개, 꽁무니의 불빛까지 커다랗게 그렸다. 모양은 근사하지
만 실제보다 훨씬 크고 사실적이다. 나는 그것이 징그러워 눈을
돌린다. 왜 그러냐고 묻기에 솔직히 말했다.
　"네 눈에 안 징그러운 게 있냐? 징그럽다는 건 상대적이지.
제발 징그러운 그릇 좀 만들어봐라. 네가 자꾸 고운 그릇만 만
드니까 그릇에 기운이 없다."
　매운 꾸지람, 잘 알아들었다. 그래도 저 커다란 벌레를 보며
어떻게 밥을 먹나.
　넓적한 상추잎을 골라 손바닥에 올린다. 밥과 고등어살을 상

추에 올리자, 이건 왜 안 먹어? 하며 선생은 된장종지를 내 앞으로 밀어준다. 나는 이번에도 고추장만 조금 뜬다. 진흙처럼 시커멓게 굳은 된장은 싫다. 선생은 상추잎에 된장만 발라서 먹는다. 된장을 먹으려고 상추를 이용하는 셈이다. 유릿가루가 왜 필요하냐고 다시 물었다.

"빛을 그릇에 넣을 거야. 점토에 유릿가루를 넣고 모양을 잡아 접시 바닥에 유리 조각을 이렇게 일직선으로."

선생의 설명을 들으며 나는 눈만 껌뻑인다. 유리. 그러다가 손을 베면 어쩌려고. 유리의 빛. 눈을 찌르는 빛. 솟구치는 빛 알갱이. 잠깐의 생각으로 무수하게 많은 빛이 떠오른다. 슬며시 눈을 감는다. 빠르게 움직이는 빛의 무리가 눈의 안쪽으로 시원스레 쏟아진다. 충천이로구나. 선생은 그것을 접시에 담으려 한다. 그 찰나가 아쉬워 그릇에 가두려 한다.

나는 왜 그런 생각을 못 했을까. 한발 늦었다. 아니 많이 처졌다. 별수 없으니 나는 나대로의 방법을 찾는다. 오늘부터 밥 많이 먹고 악게 버텨야지. 결심만큼 상추에 밥을 많이 담는다. 선생이 또 된장을 권한다. 이번에는 숟가락에 떠서 준다. 나는 재빨리 쌈을 싸버린다. 보란 듯이 입을 크게 벌려 왕, 하며 집어넣는다. 쌈이 너무 컸다. 입아귀가 늘어나 아플 지경이다. 고추장 때문에 입안이 화끈하다.

선생은 내 밥사발을 번쩍 들어 이리저리 살핀다.

"이거 만들었을 때는 잘 나왔다 좋아했는데 지금 보니 별로
다."

선생은 구닥다리라고 일축해버린다. 그렇지 않다. 옥색 바탕
에 자주색 그림은 아무나 하는 것이 아니다. 나는 빼앗긴 밥사
발을 되찾는다. 손바닥의 촉감은 반질반질, 울툭불툭. 두 손으로
사발을 받치자 예사롭지 않은 감촉이 손가락을 긴장시킨다. 제
멋대로 갈라진 사발 바닥의 균열이 선생의 성미와 비슷하다.

"그럼 유리 작업은 오늘부터 시작인가요?"

"오늘은 작업 없잖아."

아니, 왜요? 얼굴을 들자 선생의 안대부터 눈에 띈다. 에이 저
놈의 벌레, 크기도 하다. 내 앞에는 언제나 둘이 앉았다. 선생이 나
를 보면 눈동자에 든 그놈도 나를 봤다. 이번에는 안대에 든 놈이
나를 넘겨다본다. 내 눈동자에도 선생과 저놈이 들었을 것이다.

"잊었냐? 어제 약속해놓고."

선생은 얼굴을 가까이 들이대며 다정하게 말한다. 내가 갸우
뚱하자 이거 보라는 듯 안대를 톡톡 친다. 아차, 오늘밤에는 충
천을 보기로 했다. 당황해서 커다란 열무김치를 집어먹는다. 선
생은 웃는 얼굴로 쌈을 만든다. 오늘은 중요한 날. 충천을 보는
날은 준비해야 할 것이 많다. 아작아작 열무 씹는 소리가 관자
놀이에서 경쾌하게 울린다. 가슴이 두근거린다. 손님을 초대하
지 않아 오늘은 단둘이다. 선생과 나만의 피크닉······ 멍하게 생

각에 잠긴 사이 선생이 내 밥 위에 된장을 슬쩍 올려놓았다. 진흙처럼 시커먼 된장. 방심하다가 당했다.

밤이 무르익는다. 오늘따라 어둠이 온화하게 느껴진다. 선생은 천천히 부채질을 하며 모기를 쫓아낸다. 풀벌레 우는 소리가 덤불숲에서 흘러나온다. 나는 벌레 방지 약을 팔뚝과 다리에 골고루 뿌린다. 모기 쫓는 허브향의 팔찌도 낀다. 선생의 팔에도 끼워준다. 여러 번 겪다보니 이력이 붙었다. 전에는 이 마당에 사람들이 북적거렸지만 오늘은 호젓하다. 조명도 필요 없고 음악도 필요 없다. 충천이 다 알아서 해줄 것이다.

뒷마당의 밤나무 아래가 명당자리다. 돗자리를 넓게 펼친다. 오늘은 누워서 볼까. 마당에 내놓은 모시방석을 가져온다. 반으로 접어 두 개를 나란히 놓는다. 얼굴이 달아오른다. 이건 너무 노골적이다. 방석을 다시 평평하게 깐다. 가급적 멀찌감치 떨어뜨려놓는다.

배달시킨 맥주가 도착했다. 주문했던 품목은 다 왔는데 하나가 잘못 왔다. 다른 담배를 가져왔다. 선생은 독한 팔팔담배만 피운다. 담배 한 보루 때문에 다시 오가기엔 날이 어둡다. 선생이 괜찮다고 하기에 값을 지불했다. 슈퍼 아저씨가 가자마자 선생이 투덜댄다. "운전면허부터 따라고 했잖아. 차 있겠다, 금방 사오면 되는걸." 나는 웃옷을 걸쳐입고 나선다. 심부름꾼이 나 말고 누가 또 있나. 이럴 때 몹시 서럽다. 슈퍼에 내려가서 담배를 바꿔오겠다고 나서자 선생이 냉랭한 태도로 담뱃갑을 뜯는다. 파란 연기 사이로 타이르는 목소리. "앞으로도 필요하잖아. 도자기 나를 때마다 매번 택시를 탈 거냐? 아무쪼록 운전면허부터 따라."

나도 안다. 이제부터는 내가 선생을 싣고 날라야 한다. 그런데 자동차만 보면 겁부터 난다. 내가 해야 할 일은 그것 말고도 많다. 선생의 눈이 그렇게 되기 전부터도 일은 많았다. 도자기를 포장하고 나르는 일부터 힘에 부친다. 토련기에 들어갈 흙을 옮기고 나면 기운이 쑥 빠진다. 작업실 청소도 해야 하고, 선생의 점심도 걱정해야 한다. 전에는 불 피우는 영감이 잔일을 돌봐줬다. 영감이 나간 뒤로 망가진 선반이며 쥐가 갉아먹은 담벼락이 그냥 방치되었다. 모퉁이마다 거미줄, 말라붙은 흙자국. 물청소를 한번 해줘야 하는데. 무능한 나 때문에 선생이 손해를 본다. 나도 조금은 지쳤다.

"사람을 더 들이면 안 될까요? 운전 잘하고, 선생님 뒷바라지 잘할 사람이 있어야 해요."

선생은 담배꽁초를 돌에 비벼끈다. 고개를 끄덕인다. 그 동안 찾아왔던 사람들은 선생이 다 돌려보냈다. 동료들이 한꺼번에 나가버린 일이 선생에게는 큰 상처였다. 나는 다른 사람이 필요한 이유를 조목조목 설명한다. 선생은 선선히 동의를 한다.

"여기까지 소리가 들리네, 놈들이 안달이 났다."

선생은 벌레집 쪽으로 천천히 걸어간다. 오늘따라 바람이 시원하다. 밤나무 이파리가 가볍게 흔들린다. 촉촉한 공기가 목덜미에 가 닿는다. 이번 여름은 덥지가 않아 그나마 다행이다. 뒷짐을 지고 앞서 가던 선생이 발걸음을 멈춘다.

"너도 나가고 싶은 거구나."

담담한 목소리가 외려 서글프다. 나는 아무 말 하지 않는다. 선생의 마른 등을 바라보며 그저 따라 걷는다. 아니라고 하면 믿기나 할까. 전혀 아니라고 할 수도 없다.

선생이 벌레집에 노란 전등빛을 비춘다. 전과 달리 소리가 몹시 시끄러워졌다. 어지간히 날고 싶은 모양이다. 반죽만 떼어내면 바로 솟구치겠다. 밀가루 반죽으로 벌레집의 입구를 틀어막는 방법은 선생이 배워온 것이다. 이게 없으면 우리 모르게 저희끼리 날아가버린다.

"어서 나와라, 내 눈알 먹지 말고 어서 나와라."

어둠 속에서 선생이 하얀 안대를 벗는다. 지금은 그 눈이 어떻게 변했는지 모른다. 최근에는 선생이 눈을 감추고 보여주지 않았다. 작업을 하다 낮잠을 잘 때도 안대를 풀지 않아 나 혼자 흉한 상상을 하며 몸서리를 쳤다. 그런데 지금은 눈을 내놓는다. 충천이 날면 눈에 든 놈도 나올 거라고 했다. 그래서인가. 정말 그랬으면 좋겠다. 놈이 간단하게 빠져나와 선생이 아프지 않았으면 좋겠다.

124

나는 쪼그려앉아 벌레들의 날갯짓 소리를 듣는다. 웅웅웅 약이 오른 벌레들이 어서 문을 열라고 성화다. 선생이 주머니에서 끌을 꺼내며 나를 본다. 컴컴해서 얼굴조차 보이지 않지만 나는 안다. 틀림없이 나를 보고 있다. 선생은 늘 어둠 속에서 나를 본다. 내가 보지 않을 때 나를 본다. 시선을 감추려는 건가, 눈을 감추려는 건가. 한참이나 본다. 선생의 눈 속에서 그놈도 나를 보고 있다. 나도 선생의 눈동자에 들어가 있다.

나는 마음속으로 열심히 놈을 꼬드긴다. 이제 그만 나와라. 오래 머물면 날 수가 없다. 선생의 눈이 아닌 네 눈으로 보아라. 어서 나와서 날아올라라. 한 번은 빛을 뿜어라…… 선생이 끌로 말라붙은 반죽을 벗겨낸다. 안에서 소리가 요동을 친다. 문을 두들기며 어서 빨리 나가게 해달라고 안달을 떤다.

틀어막은 입구를 개봉하자 돌 틈으로 빛이 새어나온다. 한 놈씩 틈을 비집고 나온다. 빛 알갱이의 숫자가 점점 늘어난다. 그렇게 많이 봤는데 또 새롭다. 놈들은 곧 분수처럼 하늘로 솟구칠 것이다. 주변이 환하자 선생의 얼굴이 드러난다. 선생의 한쪽 눈에 시선이 간다. 같은 것을 보면서 또 저렇게 웃는다. 나는 고개를 들고 위를 본다. 검은 하늘에 유리알 같은 빛이 모여들기 시작한다.

표준 사이즈

재봉틀 바퀴를 슬그머니 민다. 바늘이 헝겊 속으로 잠수했다가 순간 떠오르고, 순간 떠오른다. 바늘은 바쁜데 헝겊은 무심하다. 바퀴가 뻑뻑해 노루발을 들어올리자 엉터리 바늘땀이 한군데서 모였다. 이게 뭐야. 실이 엉켜 꽃모양이 생겨버렸다. 망친 헝겊은 몰래 잘라버리고 다시 전열을 가다듬는다. 재봉틀 바퀴에 손을 올리고 얼굴을 바싹 붙인다.

자, 시작이다. 페달을 세게 밟자 바늘은 힘차게 달리고 직선의 바늘땀은 무수한 매듭을 지으며 헝겊을 밀어낸다. 다다다다 경쾌한 소리. 시속 190, 200, 240! 오호, 달린다, 달려. 바늘 선수는 무아지경의 몰입 상태, 가속으로 달아오른 몸체는 너무 빨라 보이지도 않는다. 두 줄기 실오라기가 서로를 움켜쥐며 달린다.

촘촘한 바늘땀은 헝겊과 헝겊의 숨통을 조여 결합시킨다. 이종의 헝겊은 이제 한 몸이 되었다. 새로운 인연의 탄생이다.

한 몸이 되어도 각자 다른 꿈을 꾸겠지. 갈라서고 싶지는 않을까. 이다음 언젠가 실오라기를 뜯어내고 남은 실밥마저 일일이 뽑아낸다 해도 바늘구멍이 남아 서툴렀던 과거를 증명하리니, 한번 맺은 인연이란 자국을 남기게 마련이다. 자국이야말로 인연의 본질이 아닌가. 헝겊의 끄트머리를 넘어선 바늘은 지친 몸으로 헛길을 달린다. 다 되었네. 박음질한 헝겊에 딸려나온 실을 찰칵 자른다. 가위 소리, 참으로 명징하다.

전화를 받는 사장의 목소리가 평소와 다르다. 얼굴은 무표정하고 말투는 점잖지만 알게 모르게 위축되어 있다. 사장은 수화기에 매달린 선을 손가락으로 꼬아대며 몸을 자꾸 흔든다. 나는 두 겹의 원단에 바늘을 숭덩숭덩 찔러넣으며 사장의 통화에 귀를 기울인다.

"나야 뭐, 상관이 있나요…… 가봉이야 급할 게 없지만. 뭐 그런 일까지 형님이 해요? 아, 도배만 했어요…… 사람 시켜서 했는데요, 뭘…… 네? 왜 또 그래요? 나는 괜찮다니까. 그냥 몸만 오면 되는데…… 눈치 볼 게 뭐 있어요? 허허 참."

투박한 말투 안에 아이스크림 같은 감정이 녹아 흐른다. 반들반들 윤이 나는 바닥을 사장이 발끝으로 문지른다. 쓸쓸한 발끝이다. 오늘도 삼촌은 오지 않나보다. 수화기를 내려놓은 사장은 재봉실에 들어오질 않고 소파에 풀썩 소리나게 앉는다. 앉는 게 아니라 무너지는 것 같다. 문짝처럼 평평한 사장의 등 너머로 맑은 햇살이 전면유리를 통해 환하게 들어온다. 문가에 놔둔 샛 노란 호접란이 혼자 화사하다. 꽃은 사장을 대상으로 피어나고 나는 재봉실에서 감자칩을 씹어 먹는다. 와삭와삭.

삼촌은 차일피일 미루기만 한다. 마음과 달리 함께 살 수 없 다는 말이 차마 나오질 않는 모양이다. 그래도 그렇지. 이유를 모른 채 기다려야 하는 사장은 뭐가 되나. 알면서 모른 체해야 하는 나는 또 뭔가.

사장은 돋보기를 끼고 레코드를 고른다. 빼곡하게 꽂혀 있는 낡은 레코드 재킷은 하도 만져 모서리만 닳았다. 부드러운 재즈 음이 스피커에서 흘러나온다. 날은 화창하고 내가 다루는 헝겊 쪼가리는 진척이 없다. 양복어깨에 들어갈 패드는 두 짝의 두께 가 다르다. 어깨를 수평이 되게 보정해주는 패드는 내가 착용한 '뽕브라'나 마찬가지이다. 믿지 않은 속임수. 시침실 한 가닥으 로 여덟 팔자 모양을 계속해서 만들어낸다. 바느질이 무료해지 자 다시 와삭와삭.

"가루 좀 떨어뜨리지 말고 그때그때 치워. 바퀴벌레 생기겠 어."

"그럼 점심도 안 먹었는데 어떻게 해요."

손에 기름이 묻을까봐 바늘로 과자를 찍어 먹는다. 단번에 세 개씩 찍어내는 기술을 발휘해도 치맛자락에 과자 부스러기가 부슬부슬 떨어진다. 사장은 점심 생각이 없다며 혼자 먹고 오라고 한다. 사장의 저 납작한 배는 때때로 굶기 때문에 유지하는 것이다. 지난번에 조끼 단추를 채우며 흠칫 놀라는 걸 봤다. 그다음부터 사장은 식사를 거른다. 몸매 관리에 들어간 것이다.

사장은 양복점 카탈로그에서 튀어나온 것 같은 반듯한 정장을 고수한다. 잘생긴 외모에 맞게 말투나 표정도 절도가 있다. 가게는 늘 청결하게 유지하고 사소한 티끌조차 용납하지 않는다. 물론 함께 있다보니 의외의 모습도 보게 된다. 내 앞에서는 떨어뜨린 반찬을 대수롭지 않게 집어먹는다. 방귀도 살짝 뀌고 면봉으로 귀를 파면 대놓고 냄새부터 맡는다. 오로지 내 앞에서만 그런다. 삼촌 앞에서는 절대로 그러질 않는다. 애인 앞에서 내숭을 떠는 건 남녀노소가 따로 없다는 걸 알게 되었다.

평소에는 단숨에 벌레를 때려죽이면서 삼촌이 있으면 나를 부르거나 약부터 찾는다. 죽은 파리가 흥건해지도록 스프레이를 계속 뿌려댄 적도 있다. 그걸 보고 삼촌이 뭐라고 잔소리를 하자 사장은 중후한 저음으로 말했다. '독살은 약해요. 익사를 시키고 싶었어요.' 일생일대의 원수를 처단할 때처럼 비장하게 말했지만 실제 대상은 고작 파리 한 마리였다. 은근히 잔인하다는 내 말에 사장은 영 점 일 초 동안 흐뭇해하더니 곧바로 증명사진 같은 표정으로 돌아갔다. 삼촌 앞에서는 매사 조심을 하면서 응석을 부린다고 할까, 그의 굳은 표정 안에는 어쩐지 끈적이는 것이 들었다. 두 사람이 함께 떠들어댈 때도 삼촌은 드러내고 웃지만 사장의 웃음에는 알 수 없는 긴장감과 서글픔이 묻어 있다. 둘 중에 누가 약자인지 정답을 콕 찍어주는 태도였다.

"최근에 삼촌 만난 적 있어?"

사장이 느닷없이 나를 불러 묻는다. 대답이 쉽게 나오지 않는다. 며칠 전 삼촌과 마셨던 술로 주말 내내 숙취에 시달렸다. 만난 적이 있다고 말하면 지금까지 있었던 일을 솔직하게 다 불어야 할 것이다.

"저기, 우리 친척들이 반대를 해요."

나는 마네킹의 옷을 벗겨내는 사장의 코를 눈여겨본다. 삼촌 말대로 콧대가 약간 휘어졌다. 얼굴을 두들겨맞아서 저리 되었다고 했지. 얼마나 맞았으면.

"삼촌은 지금처럼 아들네랑 같이 사는 게 보기 좋다고. 그래서 삼촌이 고민을 하느라……" 사장의 빠른 손놀림에 마네킹은 군소리 없이 새 셔츠를 받아 입는다. 하늘색 버튼다운셔츠에 스트라이프 넥타이를 맨다. 감색 재킷으로 완성을 하자 마네킹이 순간 산뜻해진다.

"남자끼리 사는 게 웬 말이냐고 어른들이 들고 일어났거든요. 괜히 사촌오빠만 혼났어요. 아들 며느리만 몹쓸 사람들이 된 거죠. 삼촌이 난처해가지고."

구질구질한 상황보고에서 내 얘기는 쏙 뺐다. 사장은 굳은 얼굴로 마네킹을 전면유리 앞으로 옮긴다. 버튼다운셔츠의 단추가 예사롭게 보이지 않는다. 이 앙증맞은 단추들은 셔츠 깃을 고정하고 넥타이를 구속한다. 삼촌은 자신에게는 이런 단추가 붙어 있다고 했다. 목덜미를 편하게 풀어헤치고 싶어도 이놈의 단추 때문에 마음대로 할 수가 없다고 했다. 단추같이 붙어 있는 자식들이 문제가 아니라 구속하는 힘이 문제겠지. 생각해보면 나 역시 삼촌에게는 단추처럼 성가신 존재다. 은혜를 원수로 갚은 시건방진 단추.

사장은 물뿌리개를 들고 밖으로 나간다. 맞은편에서 공사장의 흙먼지 때문에 길바닥에 물을 뿌려줘야 한다. 아침에도 했는데 사장이 또 나선다. 먼지 때문이 아니라 속이 상해 저러는 것이다. 점심을 먹으러 가려고 재봉실을 대충 치우고 나서자 사장은 여전히 물을 뿌리고 있다. 물뿌리개에서 뿜어져나오는 물줄기로 여러 겹의 줄을 고르게 긋는다. 파리에게 약을 뿌릴 때나 기분이 상해서 물을 뿌리는 지금이나 표정이 없는 건 한결같다.

지난겨울, 삼촌은 내게 남성복에는 관심이 없느냐고 물었다. 취직이 안 돼 몇 년을 허송세월하다가 뒤늦게 복장학원에 다닐 때였다. 이것저것 가릴 처지가 아니었다. 이력서를 들고 찾아간

양복점은 후미진 골목 안에 있어 약간 실망스러웠지만 사장의 얼굴을 보자 바짝 긴장이 되었다. 나이는 들었어도 반듯한 눈코입이며 말쑥한 스타일이 컴컴한 양복점과는 어울리지 않았다. 배우처럼 근사한 저 얼굴로 젊어서는 여자깨나 후렸겠구나, 라는 생각에 괜히 부끄러워지기도 했다.

사장은 난감해하는 표정이었다. 마지못해 이력서를 집어들더니 '여자애는 안 돼요. 어떻게 양복을 만들겠어? 아휴, 경력도 전혀 없네. 하나부터 열까지 나더러 다 가르치라고? 아휴.' 사장이 내뱉은 아휴, 라는 탄식이 괘종시계의 타종처럼 내 머릿속을 울렸다. 엄마도 걸핏하면 그렇게 말했었다. 아휴, 아휴, 저 웬수, 남들은 애가 둘인데 너는 연애도 못하니. 아휴, 카드 좀 작작 긁어라. 아휴, 요번에도 취직 못 하면 쫓겨날 줄 알아!

잘생긴 사장은 아무 죄가 없었다. 나라는 골칫덩이가 속 터지게 하는 대상에 죄 없는 양복점 주인까지 추가시킬 이유는 없었다. 나보다 나이가 한참 어린 학원의 동료들을 생각하면 어떻게든 취직을 하고 싶었지만 괘종시계의 종소리는 내 머릿속에서 계속 울려댔다. 아휴, 아휴…… 사장이 걸려온 전화를 받는 동안, 나는 이력서를 봉투에 집어넣으며 그냥 내 실력대로 다른 곳에 취직을 하겠다고 말했다. 나를 달래던 삼촌은 사장과 안으로 들어가 한참 동안 나오질 않았다.

삼촌이 요란하게 눈짓을 하고 사라진 뒤에도 사장의 태도는 변함이 없었다. 맞은편 소파에 앉아 내내 침묵을 지켰고 나는 어색함에 목이 졸려 곧 죽을 것만 같았다. 내 쪽에서 먼저 하직 인사를 올리고 총총히 사라져야 할까, 그래도 좀 아깝다. 무조건 버티자, 버텨. 긴장된 몇 분이 흐르자 사장이 내게 물었다.

"아가씨는 할 줄 아는 게 뭐지?"

"커피는 잘 타거든요."

내 딴에는 분위기를 쇄신하려고 익살을 떨며 방긋 웃었는데 나를 보는 사장의 얼굴이, 그 잘생긴 얼굴이 확 찌그러지고 있었다.

"나는 커피를 안 마셔요. 재봉틀은 다룰 줄 알아요?"

남성호르몬이 뚝뚝 떨어지는 중후한 목소리였다. 괜히 깐죽 거리다가 쫓겨날까봐 재봉틀은 자신이 있다고 해버렸다. 수습용 대꾸였는데 사장은 양복의 안감을 주며 밑단을 처리해보라고 했다.

난생처음 보는 양복점의 재봉실을 구경하며 '와, 이게 공업용 재봉틀인가보네. 그냥 누르면 되나요?'라고 물었더니 사장이 놀란 얼굴로 내게 되물었다. '이런 틀 처음 봤나?' 그렇다고 대답을 하자 사장은 아무 말 없이 내가 들고 있던 안감을 빼앗아버렸다. 그때는 그런 행동이 무슨 뜻인지도 몰라 부끄럽지도 않았다. 내 인건비 때문에 유능한 일꾼을 더 들이지도 못하고 사장으로선 이래저래 손해가 막심했을 것이다.

나는 매상을 올리기 위해 분투해야만 했다. 삼촌뿐이 아니고 우리 아버지, 이모부, 큰오빠와 사돈어른까지 여기서 양복을 맞추었다. 나라는 골칫덩이를 억지로 떠맡아준 것에 대한 감사의 표시였는데 의외로 맞춤양복이 편하다며 다들 만족해했다. 엄마는 친척들이며 친구 남편들까지 동원해 가게 매상을 극적으로 올려주었다. 가족이란 두꺼운 옷을 겹겹이 입은 것처럼 거추장스럽고 늘 버겁지만 가끔은 쓸모가 있음을 인정해야 했다.

이모부의 양복을 맞추러 온 이모들은 사장에게 중신을 들고 싶다고 흰소리를 하다가 혹시 둘이 붙어앉아 일은 안 하고 딴짓하는 거 아냐? 하며 내게 수상쩍다는 눈길을 보냈다. 이모들과 엄마는 틈만 나면 사장을 화제 삼아 쑥덕거렸다. "우리가 모르는 큰 하자가 있는 게 아닐까. 여태 독신이라니 말이 돼?" "둘이 마음만 맞으면 같이 양복점 꾸려나가는 것도 좋겠지." "그래도 나이가 너무 많아. 열 살만 젊었으면 얼마나 좋아."

공연히 사장과 나를 연관지을 때마다 나는 속을 숨기고 무표정으로 대응했다. 사장처럼 무표정으로 일관하기. 이모의 지적대로 큰 하자가 있는 이상 같이 나서서 호들갑을 떨 수는 없었다. 사장과 함께 지내는 시간이 많아질수록 그 무뚝뚝한 표정에서 희로애락을 조금씩 읽어낼 수 있게 되었다. 더불어 사장이 애틋해하는 대상이 누군지도 알게 되었다.

삼촌과 사장 사이에 흐르는 묘한 낌새를 의식하면서도 그저

돈독한 사이로 믿고 싶었다. 결정적으로 두 덩어리의 찰떡처럼 붙어 있던 두 사람을 발견했을 때 나는 경미한 교통사고에 당한 것 같았다. 부딪힌 순간에는 벌떡 일어나 걷고 말하지만 시간이 지날수록 시름시름 앓게 되는 교통사고의 후유증. 정말 그랬다. 근 한 달 가까이 내 심장이 벌렁거렸다. 당시 내가 봤던 둘의 표정이 새록새록 기억이 났다. 내가 본 것 이상의 야한 상상을 절로 하게 되었다.

사장이 약간은 민망스러워하며 '둘이 합치기로 했다'고 말했을 때 비로소 나는 내가 취해야 할 태도를 생각하게 되었다. 남자 둘이 함께 산다는 걸 불온하게 받아들이지 말자, 별것 아니니까 모른 체하자고 결심을 해도, 좋은 일을 앞두고 있는 사람들 특유의 느긋한 미소가 몹시 거슬렸다. 잘생긴 우리 사장이 삼촌의 말 한마디에 안절부절못하는 것을 볼 때마다 나는 혼란스러웠다.

도대체 나는 여기서 뭘 하고 있나. 내가 다 늙은 삼촌보다도 매력이 없다는 말인가. 아직은 풋풋한 나의 청춘이 노회한 두 사람에게 희롱을 당하는 기분이다. 부잣집 대문에 짱돌을 던지는 심정으로 삼촌 앞에서는 사장 욕을 하고 사장 앞에서는 삼촌의 험담을 무지막지하게 해도 내 기분만 더러워졌다. 지금은 둘이 헤어진다, 어쩐다 하며 비련의 바이올린을 켜대도 우리 셋 중에서 누가 제일 불쌍한가. 물론 두 사람은 셋이라는 숫자는 꿈에도 생각지 않겠지만.

　종이가방을 옆구리에 끼고 우산의 물기를 턴다. 청바지 밑단
이 척척하게 젖어 진흙까지 덕지덕지 묻었다. 비도 참 징그럽다.
사나흘을 연이어 쏟아지니 계속 배달음식만 먹게 된다. 도매상
에 가서 주문한 물건을 찾은 다음 집에 들러 도시락을 쌌다. 사
랑스런 계란말이와 쇠고기장조림은 사장과 나를 위한 오늘의 야
심작이다. 오붓하게 앉아 점심을 나눠 먹을 생각에 흙탕물을 튀
기며 마구 달려왔다. 우산을 접으며 가게 안을 들여다보자 삼촌
이 와 있다. 걸음이 딱 멈춰진다. 옆구리에 낀 도시락은 여전히
뜨듯한데 내 마음이 슬쩍 식어버린다.

　머뭇거리며 가게 문을 열자 부드러운 재즈에 꽃향기가 진동을
한다. 방금 걸레질을 한 것처럼 깨끗한 바닥에 물기 어린 내 발
자국이 보기 싫게 찍힌다. 가게 전체가 눈에 띄게 깔끔하고 화
사해졌다. 삼촌의 전화를 받자마자 부리나케 청소를 했을 사장
의 모습이 떠오른다. 처음 보는 베고니아 화분 옆에 우산을 세
워두고 큰 소리로 인사를 한다. 삼촌은 어색한 표정으로 화답한
다. 나도 떨떠름한 표정을 감추지 않는다. 탕비실에 들어가 도시
락을 두고 바지에 묻은 진흙을 닦아낸다. 흐느적거리는 재즈와
빗소리는 궁합이 잘 맞는다. 창밖의 낙숫물 떨어지는 소리도 청
승스러운 효과음을 보태준다.

사장은 삼촌에게 가봉할 양복을 입히고 있다. 양복 선의 중간마다 말줄임표 같은 시침실이 붙어 있다. 도로 위의 흰색 선과 닮은 미완성의 표식이다. 진회색의 재킷은 말끔하게 빠졌다. 원단 값은 말할 것도 없고 사장의 노련한 솜씨가 백 퍼센트 발휘된 작품이다. 그럼에도 실제 어깨와 재킷의 어깨 사이에는 한숨 같은 여백이 존재한다. 사장은 그 공간을 메우려는 듯 삼촌의 어깨를 연이어 쓸어내린다.

"왜 이리 말랐어요. 이거 한참 줄여야겠네. 지난번 코트 사이즈로 했는데 이렇게 차이가 나니, 원."

삼촌은 말줄임표처럼 묵묵하게 서 있다. 간혹 거울에 비치는 자신의 모습을 바라본다. 안색이 좋지 않다.

"눈칫밥만 먹다보니 살이 안 붙나봐."

"아직도 그래요? 새언니랑?"

내가 멀찌감치 떨어져 묻자 삼촌은 아차, 싶었던지 얼굴이 굳어진다. 내게도 귀가 있다는 사실을 잊었던 모양이다. 어차피 고자질쟁이로 낙인이 찍힌 몸. 성큼성큼 다가가 사장 옆에 선다. 나는 가봉을 지켜봐야 할 의무가 있다. 삼촌은 사장이 시키는 대로 팔을 들거나 가만히 목을 숙여준다. 사장의 손은 여전히 삼촌의 몸을 쓸어내리고 어루만지고 있다. 삼촌의 얼굴도 편안하고 나른해 보인다. 얼핏 보면 둘은 평범한 양복장이와 손님처럼 무덤덤해 보인다. 몸을 가린 옷처럼 겉으로는 그렇다.

"도배는 뭐하러 했어. 귀찮게스리. 도배 값 내가 줄게."

"빨리 정리나 해요. 구박덩어리 될 바에야 얼른 나와야 편하지."

두 사람은 파투가 난 상황을 모르는 척 서로 눙치고 있다.

"나이 들어봐, 내 맘대로 되는 게 있나."

조용히 고개를 끄덕이는 사장의 손은 어깨에 머물러 있다. 어깨는 매우 중요한 지점이다. 어깨의 경사 각도에 따라 스타일의 전체 균형이 잡힌다. 사장은 손바닥의 촉감으로 삼촌의 몸에서 수많은 정보를 수집한다. 좌우가 어긋나게 솟은 어깨와 그만큼의 차이, 어깨선부터 상박까지 이어지는 돌기부분 등이 사장의 손바닥에 입력되고 있다. 칼처럼 빳빳하게 세운 손은 순식간에 삼촌의 몸을 알몸으로 만들고, 살을 가르고, 뼈를 발라내는 것처럼 날카롭게 움직인다. 두 사람을 둘러싼 공기의 결까지 차분하게 개켜지는 것 같다.

"팔 좀 들어봐, 편해요?"

삼촌이 고개를 끄덕인다. 등판 전체의 확인을 마친 사장은 재킷의 좌우 앞판을 가지런하게 여미고 하늘색 초크로 표시를 해나간다. 아차, 하더니 겨드랑이 아래에도 작은 표시를 해둔다. 나도 사장의 손길을 눈으로 좇는다. 손놀림을 끝낼 때마다 사장은 작은 소리로 무어라 중얼거리며 고개를 끄덕인다. 때로는 핀을 꽂고 때로는 초크로 표시만 한다. 내가 예상한 지점을 벗어난 곳에 초크가 그어지면 나는 아직 멀었다는 생각이 든다. 아주 작은 단위의 차이가 내 눈에는 보이지 않는다.

"이태원에 재즈 바가 좋다는데. 거긴 아주 제대로 한대요."

키가 큰 사장이 구부정하게 몸을 숙여 삼촌의 귀에 대고 속삭인다. 삼촌은 가만히 고개를 끄덕인다. 나는 사장의 살짝 휘어진 콧날을 본다. 얼마나 세게 맞았으면 코뼈가 휘어버렸을까. 오랜만의 외출인데 멀리 가보자는 사장과 비가 많이 오니까 근처에서 차나 한잔하자며 밖을 내다보는 삼촌. 두 사람의 옥신각신하는 목소리를 뒤로하고 나는 재봉실로 들어간다. 내가 비집고 들어갈 틈은 없다.

사장은 새 옷을 짓고 싶으면 헌 양복부터 낱낱이 뜯어보라고 했다. 옷의 구조를 공부하는 나름의 방법이었다. 재단대 앞에 앉아도 집중이 되지 않는다. 밖에서 삼촌과 사장이 나누는 말소리에만 신경이 가닿는다. 뻑뻑한 창문을 조금 열어 빗소리를 듣는다. 안으로 튀어들어온 빗방울을 손바닥에 받는다. 차갑고 따끔거리고. 녹슨 창살을 만진 탓에 손에서 시큼한 쇠냄새가 풍긴다. 보도블록의 움푹 꺼진 자리가 작은 웅덩이가 되었다. 외롭고 작은 웅덩이다. 세상에는 슬픈 풍경이 너무나 많다. 나는 한참 밖을 보다가 창문을 닫는다.

재킷을 뒤집어 안감을 분리하는 것으로 작업을 시작했다. 일일이 실뜯개로 잘라낸다. 통솔로 박은 겨드랑이 부위는 워낙 단단하게 붙어 분리가 쉽지 않다. 각 이음새에 칼을 대고 잡아당겨 북북 뜯어낸다. 한 조각씩 분리시킬 때마다 조금씩 쾌감이 인다. 내가 맺은 인연도 이렇게 떼어낼 수 있을까. 발동이 걸리자 커터 날을 거침없이 휘두르게 된다.

"내 판단이야. 정하는 건 나라고."

"그러니까 형님이 결정하세요. 다른 사람 눈치를 왜 봐요?"

"이대로 지내자고. 나 돈 있어. 죽을 때까지 쓸 돈도 없을까 봐?"

사장과 삼촌은 시내 나갈 채비를 차리다가 돌연 언성을 높이기 시작한다. 밖을 내다보자 얼굴이 빨갛게 달아오른 삼촌은 소파에 앉았고 사장은 머리빗을 들고 거울 앞에 서 있다. "뭐 하러 그걸 신경을 써요? 다 큰 성인이면 저희들이 알아서 해야지." "아니, 네가 뭔데 그런 말을 해?" 두 사람은 점점 소리를 높이더니 이제는 탁자를 손바닥으로 두들기면서 고함을 지른다.

삼촌이 가게 문을 세게 닫고 나가자 사장은 우물쭈물하다가 따라나선다. 빗줄기가 쏟아지는 거리는 뿌연 회색빛이다. 택시를 잡으려고 큰길에 서 있는 두 사람을 가게 유리로 내다본다. 시커먼 우산에 가려져 둘 다 참 작아 보인다. 이 인분 도시락에 모양내서 만든 계란말이며 쇠고기장조림을 나 혼자 먹어치워야 하나. 삼촌은 이 양복을 끝으로 더는 가게에 드나들지 않겠다고 했다. 오늘 두 사람은 쓰라린 얘기를 나누게 될 것이다. 둘 다 구부정한 자세로 오지 않는 택시를 기다리고 있다. 비도 참 징그럽다.

지난주 토요일은 아버지의 생일이었다. 잔치를 핑계로 모여든 친척들은 삼촌의 분가 문제를 의논했다. 삼촌의 뜻은 싹 무시해버리고 무조건 사촌오빠 부부만 나무랐다. 감히 홀시아버지를 내치려 든다고 사촌올케만 쥐 잡듯이 잡았다. "아파트 하나 달랑 갖고 있는데 그걸 너희들이 차지한다는 게 말이 돼?" 사촌올케의 그간의 노고는 흔적도 없고 비난만 무성했다.

뒤늦게 노래방에 나타난 삼촌은 이미 취한 상태였다. 분위기를 바꿔보려고 친척 모두 노래방으로 자리를 옮긴 참이었다. 꾸지람을 들은 사촌오빠 부부는 언제 사라졌는지 보이지 않았다. 터져나오는 노랫소리에 귀가 찢어질 것 같았고 노래 부를 순서는 참으로 급하게 돌고 돌았다. 신곡을 찾느라 책을 뒤지고 있는 나를 삼촌이 눈짓으로 불러냈다.

"걔는 아직 모르지?"

내가 사장에게 말을 전할까봐 신경이 쓰이는 모양이었다. 삼촌은 속이 출출하다며 내 손을 잡아끌었다.

포장마차의 딱딱한 플라스틱 의자에 앉은 삼촌과 나는 자연스럽게 술잔을 기울였다. 내가 재수를 할 때 삼촌이 맥주를 사줬던 기억이 났다. 그때 삼촌은 은퇴하기 전이라 후한 용돈까지

144

챙겨줬었다. 삼촌에게 나는 무엇이기에 줄곧 받기만 했을까. 이제는 삼촌도 늙었고 나도 나이가 들어버렸다. 철도 안 들었는데 나이만 먹어버렸다.

"이 정도에서 다 끝내야겠어."

삼촌은 김이 펄펄 나는 어묵국물을 들이마셨다. 어머니와 이모들이 삼촌에게 뭐라고 간섭했을지 안 봐도 뻔했다. "자식 보기 창피하지도 않아?" "오빠 미쳤어?" 내 생각에도 친척들의 반응이 과했다. 그런다고 삼촌까지 덩달아 끝내겠다는 건 뭔가.

삼촌이 집을 나가 누군가와 살기로 했다는 사실을 넌지시 흘리자 엄마는 펄쩍 뛰었다. 삼촌의 아파트를 독차지할 꿈에 부푼 사촌올케를 욕하는 게 아니라 삼촌이 남자랑 산다면 가족 전체에게 큰 허물이 된다며 걱정을 했다. 엄마는 목소리를 낮추며 "생전의 네 숙모, 얼마나 속이 썩었는지 알아? 아들 하나 얻고는 아예 건드리질 않더래. 형님, 제가요, 수녀의 삶을 살고 있세요, 이랬거든. 너희는 하나도 모르는 거야. 너희 삼촌 사고 많이 쳤었어. 오빠는 다 늙어가지고 동네 창피하게. 만약 소문이라도 나봐, 네 아빠 올해는 장로 입후보할 건데, 떨어지면 어떻게 해? 장로라도 해야 교회 사람들이 매상이라도 올려줄 거 아냐? 사람이란 자고로 평범하고 둥글둥글 살아야지."

삼촌의 거취 문제에 아빠의 장로 선거와 가게 매상까지 연결이 될 줄은 생각도 못 했다. 엄마는 내게 입단속부터 시켰다. 엄마가 어떤 음모를 꾸몄는지는 몰라도 순식간에 불똥은 다른 방향으로 튀어 사촌오빠 부부의 탐욕이 주요 쟁점으로 떠올랐다. 소문은 돌고 돌아 모두들 삼촌이 제자리를 지켜야 한다고 나섰다. 그러다가 아버지 생일에 전부 모여 해결을 본 것이다.

"내가 이기적이었어. 그냥 내 생각만 한 거지, 나는."

삼촌은 재킷을 벗어 의자에 걸며 말했다.

"합가는 하지 말고 두 분이 하던 대로 하세요."

또 찰떡처럼 붙어 있든지 말든지. 나는 단무지를 손으로 집어 아작아작 씹어 먹었다.

"너희 사장, 불쌍한 놈이야. 그놈 코를 보면 모르겠냐. 이쪽으로 비틀어졌잖아. 맞아서 그래."

"코가 그렇던가? 잘 모르겠는데요."

졸지에 멍해져서 아무 생각이 나지 않았다.

"예전에 같이 살던 영감쟁이가 치매가 와서 그 지랄을 했어. 그 영감쟁이 덩치가 산처럼 컸다고 하던데. 그런 놈 똥오줌까지 받으면서 두들겨맞고."

"아니, 뭐하러 그렇게 살았대요?"

"나는 느이 사장이 같이 살자고 하기에 딱 이것 하나만 생각했다. 이놈은 나 병들고 힘없다고 내버릴 놈은 아니다. 이놈이 내 아들보다 믿을 만하다, 이런 거지. 나이 들어보니 그 걱정이 제일 큰 거라."

146

나는 삼촌의 얘기를 들으며 무표정한 사장의 얼굴을 떠올렸다. 화분에 물을 주고 유리창을 말끔하게 청소하던 그런 모습. 돋보기를 끼고 바느질을 하던 그의 구부정한 등. 정신이 번쩍 들었다. 삼촌은 촉촉해진 눈빛으로 사장 얘기만 했다. "그놈도 이젠 늙었어. 나까지 건사할 기운이 없는 나이야……" 포장마차 안은 주말의 취객들로 북적거렸는데 내 귓속에는 가게에서 늘 듣던 재즈의 음률만 들렸다. 빙글빙글 도는 것 같은 부드럽고 구슬픈 음색이었다.

삼촌과 나는 양쪽에서 울려대는 전화기를 무시하고 2차 장소를 물색했다. 이번에는 내가 살 차례였다. 삼촌과 나는 경쟁이라도 하듯 갈지자로 비틀거렸다. 봄밤은 그윽했고 세상 만물은 죄다 구부러져 뿌옇게 보였다. 나는 늘 직선과 곡선에 갇혀 있는데, 반듯한 자가 없으면 헝겊 위에 한 줄도 긋지 못하는데, 세상이 지닌 선은 제각각 멋대로 휘어져 있었다. 목련 꽃잎을 떨어뜨리던 구불구불한 나뭇가지가 나를 불러세웠다. 그리고 물었다. 네가 그린 직선이 멋지냐? 꽃 달린 내가 더 멋지지? 빌어먹을, 별걸 다 묻는다. 알았어, 알았어. 이제는 내 맘대로 재단하지 않을 테니, 나를 그만 용서해다오…… 앞서 갔던 삼촌이 호프집을 발견했다며 큰 소리로 나를 불렀다. 공연히 허탈한 웃음이 터져나왔다.

호프집의 술맛은 썼다. 삼촌은 앞으로는 양복점에 가는 일도 자제하고 사장과도 끝낼 것이라고 장담했다. 말려도 소용이 없었다. 사실 여부를 떠나 나라는 고자질쟁이를 의식한 발언이었다. '네가 나불거려서 다 망쳤지! 이런 가벼운 주둥이!' 말은 하지 않아도 알 것 같았다. 삼촌은 나를 지그시 바라보며 닭다리를 입에 물었다. 가련한 닭다리가 나 대신 씹히고 있었다.

"사장은 네가 잘 돌봐줘라. 내가 못나게도 질투를 하느라 젊은 사내놈을 자르고 너를 들이라 했지."

나는 맥주잔을 가파르게 기울이다가 삼촌에게 따지고 들었다. 처음부터 나를 이용하려고 가게에 들인 셈이 아닌가. 조리도 없이 아무 말이나 마구 떠들어냈다. 취한 김에 사장을 좋아한다는 말도 했던 것 같다. 해서는 안 될 말이었다. 정신이 번쩍 들자 삼촌이 내 잔을 끌어가고 있었다. 맥주잔을 사수하려고 용을 쓰다 삼촌의 넥타이에 맥주를 쏟고 말았다.

원단 값이 얼마였는지도 기억이 나는, 사장이 직접 만든 초콜릿색 공단 넥타이였다. 생전의 외숙모가 삼촌의 넥타이를 홧김에 가위로 싹둑 잘랐다는 일화를 사장에게 들려줬었다. 삼촌의 험담을 하다가 나온 얘기였다. 사장은 넥타이는 남자한테 중요한 상징이라며 그 자리에서 넥타이를 쓱쓱 만들었다. 나는 숙모가 왜 삼촌의 넥타이를 잘랐었는지를 물었다. 실은 다른 얘기로 사장에 대한 내 고백을 덮으려는 전략이었다.

"그것도 몰라? 양복점에 다니면서? 넥타이가 남자들 고추잖

아. 남자 구실 못하니까 네 숙모가 싹둑 잘라버렸지. 제길, 이게 안 풀어지네."

술이 오른 삼촌은 셔츠 깃의 단추를 풀어 넥타이를 풀어내려 했지만 셔츠 깃의 단추 때문에 쉽게 풀어지지 않았다. 내가 손을 대자 삼촌은 놔둬, 놔둬, 이것들은 원래 이래, 라며 뿌리쳐버렸다. 삼촌은 넥타이를 구속하고 있는 버튼다운셔츠의 작은 단추들을 가리키며 말했다.

"넥타이가 고추니까 이건 정낭이지. 불알 말이야, 불알. 요 단추에서 나온 내 자식, 요기서 기어나온 내 새끼 때문에 아무것도 할 수가 없어. 아들놈이 그러더라. 아버지, 뜻은 알겠지만 그냥 이대로 삽시다. 제 처가 오해를 받잖아요…… 무릎을 꿇고 비는데도 난 나간다고 했거든? 근데 다들 이렇게 나오니 내가 어쩌겠냐. 젊었을 때도 내 마음대로 할 수가 없었다고. 에잇 참, 요놈의 단추가 내 모가지를 꽉 붙잡네. 숨통이 막혀 죽겠어!"

삼촌은 조그마한 단추를 풀어 기어이 넥타이를 잡아빼버렸다. 함부로 풀어헤쳐진 삼촌의 주름 잡힌 목덜미는 진한 선홍빛이었다. 취해서 그런 게 아니라 화가 나서 붉어진 것 같기도 했다. 내가 횡설수설 위로를 하는 동안 삼촌은 형편없이 취해 *끄덕끄덕* 졸았다.

삼촌과 사장이 함께 살았더라면 어땠을까. 결코 나쁘지 않았을 것이다. 둘은 문제없다. 괜히 주변에서 간섭들이지. 나는 양복점이 아닌 밖에서도 솔기를 뜯어내고 있었다. 파괴만 창조하는 내가 싫었다. 벽에 기대 잠든 삼촌의 스산한 얼굴을 보며 나는 계속 맥주를 들이켰다. 노래방에서 구원병들이 올 때까지 혼자 퍼마시고 있었다. 완벽하게 취하고 싶었다. 잊고 싶은 일이 아주 많은 날이었다.

사장은 새로 만든 셔츠를 펼쳐 다림질을 한다. 하늘색 스트라이프 무늬가 전체적으로 곧게 연결되어 있다. 단추를 풀어 소매 안쪽의 이음새를 살펴보고 마감이 솜씨 있게 처리되었는지 꼼꼼하게 살핀다. 사락사락 섬유 스치는 소리가 내 귀를 섬세하게 자극한다. 소매에 팔을 넣을 때와 앞을 여밀 때 나는 소리는 미묘하게 차이가 난다. 풀을 먹인 빳빳한 셔츠에서 나는 소리는 더욱 오묘하다. 눈을 감고 듣기만 해도 소매에 팔을 넣는 소리인지, 전체를 펼쳐 몸통을 넣는 소리인지, 다 구별할 수 있다.

이번에는 겉감과 안감에 풀을 발라 다린다. 바이어스 방향의 꺾임선이 늘어나지 않게 신중하게 다림질을 한다. 이건 단골이 수선을 해달라고 맡긴 기성제품이다. 몸에 맞게 수선을 해달라고 맡겼다.

"그 손님은 왜 그렇게 안 맞는 옷을 샀대요?"

"기성품은 표준 사이즈를 따르잖아. 사람 몸은 제각각인데."

나 역시 표준 사이즈에 맞게 입으려면 팔다리를 조금씩 잘라

내거나 붙여야 할 것이다. 옷을 만들기 전에는 옷에 맞춰 아무렇게나 입었는데 이제는 내 몸이 잘못된 게 아니라는 걸 안다. 55사이즈는 좀 작고 66사이즈는 어깨가 축 처져버린다. 바지는 사자마자 반뼘가량은 잘라내야 한다. 빌어먹을 표준 사이즈. 나는 기형이 아니란 말이다.

"이거 봐, 이만큼이나 차이가 나."

사장은 다림질을 하면서 이 센티 정도 차이가 나는 시접을 보여준다. 내 쪽으로 숙인 몸에서 남성화장품 냄새가 풍긴다. 은은한 냄새는 묘하게 자극적이다. 다리미에서 수중기가 피어오르자 화장품 냄새가 더욱 또렷해진다.

감기에 걸려 며칠 결근을 한 다음부터 사장은 약간 달라졌다. 사람들과의 만남을 전처럼 사양하질 않는다. 주말에는 상가 사람들과 낚시를 다녀왔다며 어설픈 탁본을 보여주기도 했다. 엊그제는 패거리들이 몰려와 중국요리를 시키고 하루 종일 포커를 치다가 갔다. 덕분에 담배연기가 빠지질 않아 가게 안의 창문을 죄 열어야 했다.

남자들도 은근히 수다스럽다. 야구 얘기에 이어 부동산 시세며 단추 같은 자식과 가족들의 얘기에 열을 올렸다. 마사지걸과 단골술집 마담에 대한 은밀한 얘기도 빠지지 않는다. 안 듣는 척하면서 귀를 쫑긋 세우다보면 남탕의 카운터에 앉아 있는 기분이 든다. 천장에서부터 바닥까지 남성호르몬으로 흠뻑 젖은

이 공간에서 나는 남자들의 알몸을 본다. 몸을 감싸는 양복을 만들고 있지만 외려 벌거벗은 남자들을 보게 된다.

"잘 안 되면 일찍 들어가."

사장은 수선한 시접이 어긋났다며 다시 반짇고리를 꺼낸다.

"이것만 하고요. 삼촌이 옷 다 되면 저더러 가지고 오래요. 통 안 만나세요?"

나는 안감을 뜯고 사장은 시접을 연결하여 붙인다. 파괴와 창조가 나란히 이루어지는 시간. 촘촘한 바늘땀을 붙이느냐, 뽑아내느냐, 이것이 작업의 핵심이다.

"지난 주말에 만나서 왕만두 먹었어."

만나고는 있구나. 완전히 헤어졌다면 죄스러웠겠지만 여전히 만나고 있다는 소식에는 기분이 찜찜해진다.

"주말에 형님 모시고 낚시를 갈 건데."

"어디로 가는데요? 도시락은 제가 쌀까요?"

낚시는 한 번도 해본 적이 없다. 그래도 매운탕은 맛있게 끓일 자신이 있다.

"가게나 지켜. 그날 손님이 찾으러 온다니까, 이 옷 잘 챙겨드려. 수선 값은 받지 말고."

김샜다. 역시 셋은 무리다. 그럼에도 나는 천연덕스럽게 자리를 지키고 있다. 가끔은 재단을 하고 가끔은 재봉틀을 돌린다. 옷을 짓는 방법을 배우면서 옷 속에 든 것을 생각한다. 옷의 구조는 사람의 마음처럼 복잡하다. 단순하기만 한 직선과 곡선으로 풍성한 입체를 만들어낸다. 기술을 배우면 배울수록 당연한 사실조차 신기해진다.

사장은 섬세한 시접을 다루느라 돋보기 쓴 얼굴을 잔뜩 찌푸리고 있다. 사장이 만지는 바늘이 헝겊 속으로 들어갔다 나왔다 하는 것과 비슷한 박자로 나 또한 내 생각 속에 들어갔다가 나오기를 반복한다. 실밥 뭉치를 빗자루로 쓸어내다보니 내 발밑에서 신문지가 바스락 밟힌다. 실밥과 과자 부스러기를 무차별하게 흘리는 나 때문에 사장이 깔아둔 모양이다. 배려에 화답하는 차원에서 책상 위의 실밥을 쓱쓱 모아 밑으로 떨어뜨린다.

사장이 쥔 바늘이 왼손으로 붙잡은 천조각 속으로 미끄러지듯 들어간다. 흐트러짐이 없는 꼿꼿한 자세로 천조각 속에서 나온 바늘을 꽂아넣고, 당기고, 다시 집어넣었다가 단단하게 매듭을 짓는다. 자세가 바뀌면 바늘을 꽂아넣는 깊이가 달라지기 때문에 움직이는 손가락 말고는 미동조차 없다. 사십오 도 숙인 사장의 머리 꼭대기에만 분화구처럼 새치가 모였다. 염색할 때가 지났다는 표시다.

언제나 그렇듯 오래된 음반에서 나오는 노랫소리는 그의 평평한 등을 타고 흐른다. 지글지글 가래 끓는 소리다. 음반이 낡아서인지 둔한 전축바늘 때문인지 소리는 언제나 탁하다. 배경 음악을 구식으로 깔아놓으면 가게 안은 흑백영화의 한 장면처럼 음영이 도드라져 보인다. 피아노와 베이스기타. 냇 킹 콜의 나른한 목소리는 가뜩이나 희박한 나의 근로의욕을 슬금슬금 방전시킨다. 화사한 꽃을 자랑하던 호접란은 이제 초록색 이파리만 남았다. 나는 틈틈이 바늘로 과자를 찍어 먹는다. 사장이 질색을 하는 과자 부스러기를 마구 흘리면서.

손톱 밑 여린 지느러미

그는 사진을 찍고 있다. 목덜미에 폴라로이드 카메라를 대고 각도를 맞추는 중이다. 카메라가 가까우면 흐릿하게 찍히고 멀리 뻗으면 팔이 아프다. 엊그제 다친 팔목과 다리가 봉긋하게 부어올랐다. 무릎의 푸른 멍은 단풍이 든 것처럼 붉어졌다. 그는 다친 발을 질질 끌며 자리를 옮긴다. 아무래도 역광이 마음에 걸린다. 창으로 들어온 환한 햇살에 흉한 목덜미를 들이댄다. 이왕이면 양쪽 아가미가 한 장에 들어가게 찍고 싶다. 아픔을 참으며 팔을 최대한 길게 뻗는다. 바람결에 펄럭이는 커튼을 따라 카메라를 든 손도 흔들린다. 혀를 굴리는 것 같은 얄미운 전화벨 소리는 계속 울린다.

창문 옆 조그만 거울로 우람하게 부푼 목덜미가 보인다. 이렇게 밝은 곳에서 보면 모든 것이 적나라하게 드러난다. 언뜻 보면 크게 덴 자국 같다. 요새는 열이 나거나 많이 아프지는 않다. 곪았던 자리에 딱지가 떨어지면서 확실한 형체의 아가미가 되어버렸다. 초승달처럼 길게 빗겨진 모양이다. 굵고 가는 주름이 움푹 팬 홈을 덮고 있다. 그 틈으로 손가락을 넣으면 야들야들한 주름이 만져진다. 아직까지는 깊이 벌어지지 않아 완전한 아가미의 기능을 하지 못한다. 그럼에도 언젠가는, 그 언젠가는 제 역할을 하게 될 것이다.

옆집 고양이가 지붕 위에서 어슬렁거리고 있다. 놈은 사내를 보며 입맛을 다신다. 가끔은 털을 곤추세우고 먹이를 보듯 노려본다. 방충망이 없었다면 단숨에 덤벼들었을 것이다. 저리 가, 저리 가라고! 사내는 놈을 향해 외친다. 몸을 동그랗게 말고 앉은 고양이는 비웃기라도 하듯 꼼짝도 하지 않는다.

셔터에 손가락을 올릴 때면 방아쇠를 당기는 것 같은 기분이 된다. 여전히 집요한 전화벨 소리가 그의 신경을 긁어댄다. 셔터 소리와 동시에 그는 눈을 질끈 감아버린다. 눈을 감아도 빛은 여전하다. 감은 눈 안쪽으로 맑게 스며드는 빛을 떠올린다. 그 안에서 봤던 빛. 온화하게 흔들리던 환한 에메랄드빛…… 햇살은 물속 깊은 곳에서 올려다볼 때 가장 아름답다. 태양이 지상의 소유물만이 아님을 그때 알았다. 잊고 싶은데 자꾸만 그 빛이 생각난다.

끊어졌다 이어지는 전화벨은 '집에 있는 거 아니까, 빨리 받아'라고 외친다. 사내는 방금 뽑은 사진을 들고 전화기에 뜬 발신번호를 확인한다. 또 그 의사 선생이군. 그는 슬며시 웃는다. 이러다 정들겠네. 수화기에 손을 올리고 잠시 생각한다. 이미 넘치도록 설명을 했다. 의사의 권유대로 연구대상이 될 생각은 없다. 손을 대다가 만 전화기는 더욱 기승스럽게 보챈다. 그는 귀를 틀어막는다.

사람이라는 존재가 귀찮다. 멋대로 벨을 누르고 전도를 하려는 신도들이나 만남을 강요하는 친구들, 옆집 할머니는 배수구가 막혔다며 인터폰을 하다가 기어이 문을 두들겼다. 그들을 상대할 때마다 그는 목이 긴 티셔츠나 목도리부터 찾아야 했다. 점점 두꺼워지는 목덜미는 얼굴뿐 아니라 마음의 형태까지 변형시킨다. 앞으로 얼마나 더 변할까. 역시 떠나야 하나. 아버지도 이런 마음이었을까. 사내는 어디론가 떠나는 대신 전화선부터 뽑아버린다.

이번에는 팔을 뒤로 돌려 뒷목을 겨냥한다. 셔터를 누르면서 팩스의 전원도 꺼버릴까 궁리를 한다. 안 된다. 그조차 불통이 되면 어머니는 당장 한국으로 돌아올 것이다. 어젯밤에도 물건을 빨리 보내라고 닦달하는 팩스를 보냈다. 어머니가 캐나다의 누이동생에게 간 다음부터 그는 수시로 우체국을 들락거리게 되었다. 소화제나 파스조차도 한국제가 아니면 효과가 없다며 어

머니는 걸핏하면 물품 목록을 적어 보낸다. 폴라로이드 카메라
는 혀를 내밀듯 가느다란 틈으로 새 인화지를 내보낸다.

인화지가 제 색을 찾아갈 동안 그는 꽁치 통조림을 딴다. 창
문 너머에는 아직도 고양이가 앉아 있다. 그는 건더기 위에 뜬
기름국물을 급히 들이마신다. 냉장고 옆 벽에는 폴라로이드 사
진이 덕지덕지 붙어 있다. 불그스름한 목덜미와 등을 찍은 사진
뿐이라 살인마의 방이 떠오르기도 한다. 시체의 절단면을 사진
으로 수집하는 살인마.

어머니가 돌아오면 이 사진들은 다 치워야 할 것이다. 그때까
지 여기 남을 수 있다면 그래야 한다. 그는 거실과 부엌을 찬찬
히 둘러보며 통조림에 든 꽁치살을 포크로 찍어 먹는다. 여기가
그리워지진 않을까. 아마 그럴 것이다. 결국은 모두 바다에 간
다. 태어였을 때의 환경을 그리워하는 건 죄가 아니다.

방금 얻은 인화지가 완벽하게 선명해졌다. 뒷목과 등에 난 돌
기가 전에 비해 커졌다. 사진 속 돌기는 가느다란 결이 꽃봉오
리처럼 뭉쳐 있다. 손으로 만지면 종기처럼 삐죽하고 단단하지
만 사진으로 보니 심상치가 않다. 가시처럼 뾰족한 끄트머리가
살짝 벌어졌다. 지느러미가 되려나보다. 말로만 듣던 지느러미.
아가미가 생길 때는 몹시 아팠지만 지느러미, 이놈은 별다른 증
세도 없다.

늘 거울로 확인하고 있는 아가미 사진은 벽에 그냥 붙인다.

열흘 전에 찍은 사진과 비교하면 큰 변화는 없다. 아무 변화가 없으면 은근히 실망이 된다. 몸이 변한 걸 수치상으로 확인할 때면 두려우면서도 묘한 쾌감이 인다. 사내는 꽁치살을 우물우물 씹으며 줄자를 목에 두른다. 조금이라도 사이즈를 줄이려고 줄자 속에 들어간 머리카락을 빼낸다. 거울에 비친 숫자는 열흘 전과 같다. 사내는 사진 밑 하얀 여백에 오늘 날짜와 목둘레 사이즈를 적어넣는다.

순식간에 통조림 한 통을 다 먹어치웠다. 하나로는 부족해 빈 깡통이 수북한 통조림 박스에 손을 넣어 더듬는다. 새것이 없다. 두 박스나 되는 통조림을 언제 다 먹어치웠나. 괜히 비린내 나는 국물만 손에 묻히고 말았다. 먹을 게 없으면 심란해진다. 부랴부랴 찬장을 뒤진다. 부식을 넣어둔 장을 뒤지고도 모자라 그릇 찬장까지 연다. 그는 생각이 바뀌었는지 통조림을 찾다 말고 그릇 더미를 꺼내기 시작한다. 굴껍데기가 붙은 그릇을 떠올린 것이다. 아주 오래 전, 아버지가 보냈던 그릇들이다.

저 선반 위까지 뒤졌던 것 같다. 그는 의자를 끌어오다가 팔목의 아픔을 인식한다. 조심해야 한다. 또 떨어지면 안 된다. 엊그제 접시를 찾다가 커다란 타박상을 입었다. 의자에 올라 그릇 더미를 옮기다 하나를 놓치고 말았다. 손에서 미끄러져 두둥실 떠오른 접시를 잡으려 그는 공중으로 뛰어올랐다. 발목에 힘을 주고 힘껏 박차올랐다. 자세만으로는 백점 만점의 근사한 다이

빙이었다. 떨어진 접시는 퍼석 소리를 내며 박살났다. 사내도 부엌 바닥으로 무참하게 나동그라졌다.

　여기는 물속이 아닌데, 또 실수했다. 그는 수중에서처럼 스르륵 떠올라 사뿐, 착지하려고 했던 것이다. 언젠가는 계단을 걸어 오르기 귀찮아 몸을 던졌다. 자전거를 피하려고 무심코 공중으로 발돋움을 하기도 했다. 마치 본능처럼, 습관처럼, 자연스럽게 헤엄치듯 허우적거리며 두 발을 땅에서 뗐다. 딱딱한 바닥에 곤두박질칠 때면 아픈 건 둘째 치고 쾅 하고 울리는 소리에 먼저 놀라게 된다. 풀썩, 쾅, 철퍼덕, 우당탕. 떨어지는 자세와 바닥의 종류에 따라 닿는 순간의 소리 또한 다양했다.

　중력은 그런 그를 비웃었다. 지상의 중력을 무시하는 인간에게는 타박상만 주어질 뿐, 세상이 바뀔 수는 없다. 무중력을 기억하고 있는 몸이 문제인 것이다. 사실 그가 그리워하는 물속에서도 중력은 작용을 한다. 다만 그 처리가 매우 관대하다. 물은 부드럽고 유동적이다. 물속은 고요하고 평안하다. 물에 잠기면 누구나 물이 된다.

　사내는 부엌 바닥에 벌렁 드러눕는다. 고양이 우는 소리가 가까이에서 들린다. 당장이라도 방충망을 뚫고 들어올 기세다. 온몸이 욱신욱신 쑤시고 기력이 없다. 이제는 발기도 되질 않고 식욕도 없다. 다 귀찮다. 보고 싶은 것도, 하고 싶은 것도, 원하는 것도 없다. 그저 미친 듯이 그리운 건 한 가지밖에 없다.

손에서 생선 비린내가 살살 풍긴다. 그는 손가락을 코에 대고 숨을 깊이 들이마신다. 그리로 가고 싶다. 다시 가면 안 될까…… 창으로 바람이 들어오자 주황색 커튼이 불쑥 일어난다. 냉장고 옆에 붙은 사진과 달력 들도 따라 휘날린다. 바람은 가벼운 물건들을 슬쩍슬쩍 부추긴다. 수없이 많은 아가미와 지느러미 사진들이 카드섹션을 하듯 일제히 펄럭거린다.

느닷없이 물고기가 되는 건 아니라고 했다. 서서히, 서서히 변해온 것이라는 설명을 들었다. "폐 기능이 점차 약해질 겁니다. 빨리 걸으면 숨이 차잖아요? 귀는 어때요? 가끔 먹먹해지지요?" 의사는 그에게 일어날 수 있는 현상들을 설명해주었다. 혈관 속에 산소를 축적하느라 비장이 커졌다는 진단도 그때 들었다. 기압과 수압의 차이는 귓속 유스타키오관을 망가뜨린다고 했다. 청력에 이상이 올 수 있다는 말에 그는 자신의 아버지를 먼저 떠올렸다. 신안 앞바다에서 사라진 아버지. 사진으로만 봤던 그 얼굴은 기억 속에서 늘 흐릿했다.

작년 겨울, 누구에게라도 묻고 싶었다. 수영을 배우면서부터 몸이 변했기 때문에 인터넷 검색창에 아가미, 수영 이렇게 두 단어를 쳐봤다. 한참을 뒤진 끝에 유사현상에 대한 자료를 발견할 수 있었다. '전문가의 소견'이라는 글을 올린 이는 규모가 작은 종합병원에 근무하고 있었다. 의사는 몇 가지 예를 들며 성년기에 일어나는 신체적 변화는 본인의 의지에 따라 조절이 가능하다고 주장했다.

인터넷에서 본 사진과는 딴판으로 보이는 의사는 몹시 피로한 표정으로 담배를 피우고 있었다. 의사는 사내의 설명을 들으며 그의 몸 구석구석을 세심하게 살폈다. 진료 도중 자신의 이를 쑤석거리는 무례함과 간간이 풍기는 술냄새만 제외하면 의사는 사내의 비밀을 들을 자격이 충분했다.

의사가 뒷목의 지느러미를 세게 당기는 바람에 사내가 크게 놀라자 벌써 여기까지 신경이 퍼졌다며 흐뭇해했다. 또한 그의 바지 사이를 가리키며 거기도 시들하지 않느냐고 물었다. 그쪽으로도 점점 무관심해진다고 사내가 머리를 긁적이자 "사람이 살아가는 원동력 중에 성욕이 아주 중요한 부분인데 그게 신통치 않으면 살맛이 안 나죠. 나도 그래요"라며 의사는 알 수 없는 글자를 차트에 갈겨썼다.

초음파 검사를 할 때 사내는 부레의 존재 여부를 물었다.

"뱃속에 풍선이 든 것 같은 이물감이 느껴져요. 속도 늘 더부룩하고. 부레가 생긴 거죠?"

의사는 고개를 끄덕였다.

"변비네요."

대략의 검사를 마친 의사는 회전의자를 빙그르르 돌리면서 말했다.

"뭐 어쩌겠어요. 사람이 사람으로만 계속 살 수 있나요? 자의든 타의든 다들 변해가죠. 요새는 늑대인간이 대세라던데. 우르르 몰려다니며 힘겨루기나 하고 약한 건 물어뜯고. 다 그런 거니까 그냥 버티세요. 밤에 열나면 진통제 먹고 비늘 돋느라 피부가 간지러우면 오일 바르면 돼요. 바다는 얼마나 자주 갔나요?"

"전혀요."

의사가 다 안다는 표정을 짓자 사내는 딱 한 번, 아니 몇 번 다녀오기는 했지만 깊이 잠수를 하진 않았다고 둘러댔다.

"해수가 닿을 때마다 몸이 변할 겁니다. 잠수 오래 하면 숨이 바뀌니까 명심하세요. 폐에서 아가미로, 물과 공기의 교환이죠. 신생아가 태어나면 양수를 토해내고 공기를 폐로 받아들이는 것과 반대로 생각하면 돼요. 이왕 생겨버린 아가미인데 아깝다고 그리로 호흡하기 시작하면 어찌될 것이냐, 그날로 생선이 되는 거죠, 생선."

예상은 하고 있었지만 막상 의사의 입에서 물고기 얘기가 튀어나오자 사내는 적잖이 당황했다. 이러다가는 생선이 된다. 비린내 물씬 풍기는 생선 사나이. 그는 그물에 걸린 자신을 상상했다. 젓가락을 대자 슬쩍 움직이던 활어회 접시의 생선대가리도 생각이 났다. 어머니 말대로 수영을 하지 말았어야 했다. 괜한 짓을 했던 것이다.

"술집 마담이 놀러오라고 전화질을 하듯 바다가 자꾸 홀려대지요? 거기 자주 가면 정서도 바뀌게 됩니다. 내가 아는 유사 환자분도 없어졌어요. 갔나봐요. 수술까지 하고 난리를 치더니 결국은 다들 갑디다. 그 양반들, 조스나 안 만나야 할 텐데. 끄윽."

요란한 트림을 하면서 의사는 자신의 치아를 다시 쑤석거렸다. 이 사이로 칙칙 공기를 빨아들이는 소리를 내다가 본격적으로 송곳니를 잡아흔들었다.

"대책은 없을까요? 근본적인 대책이 있다면 뭐든 해보고 싶습니다만."

"결국은 선택이죠. 인간으로 남고 싶으면 본능을 버려야 한다는 것. 속에서 일어나는 근질근질한 욕망을 다 버리고 그저 우직하게 버티면 이 육지에서 살 수 있는 거죠. 아가미가 있든 없든 간에."

사내는 새삼스럽게 느껴지는 '육지'라는 단어를 속으로 되뇌었다. 탁자 밑의 발을 조용히 굴러 신발 밑창에 닿는 딱딱함을 확인했다. 아직은 육지다. 딱딱했던 콘크리트가 이내 뭉크러지며 스르르 풀어졌다. 푹신한 모랫바닥의 감촉, 발가락 사이를 핥아주는 부드러운 모래 입자가 생생하게 느껴졌다. 그는 의사에게 직설적으로 물었다.

"물에서 조금 살다가 육지로 오면, 그건 안 될까요?"

"집안에 돌아가신 분 없어요? 때 되면 죽었던 양반들이 놀러

옵디까? 생선이 밖으로 나오면 어떻게 되는지 알면서 그래요? 자주 가면 생선이 되고 아주 가면 영원히 바이바이죠. 일부는 천연진주를 캐는 노동인력으로 동원되거나 무제한급 다이버로 뭔가를 해내기도 하지만. 아참, 비밀을 하나 알려드릴까요? 대형 수족관에서 잠수쇼 보여주는 사람들, 산소통을 달고는 있는데 그거 빈 통입니다. 그냥 폼이죠. 산소통이 필요 없는 사람들이거든요. 그런데요, 그 짓도 오래 못 한다고 하더군요. 결국에는 답답해서 다 바다로 갑니다. 얼굴도 변하고 무엇보다 정서가 확 바뀌거든요. 그러니까 본능부터 버리세요, 그것만이 유일한 대책입니다."

사내는 꼰 다리를 달달 떨었다. 함정에 빠졌다. 이건 아주 지독한 함정이다. 바다와 육지의 경계선에 생선 사나이가 서 있다. 경계를 넘느냐, 마느냐.

의사는 유의사항이 적힌 자료를 프린트해주겠다며 잠시 기다리라고 했다. 의사의 글을 이미 읽은 상태였지만 사내는 구식 인쇄기 돌아가는 소리를 가만히 들었다. 인쇄되는 소리가 둔한 발음을 덮어버려도 사내는 입술 모양을 통해 의사가 하는 말을 읽어냈다. "걱정 말아요, 무조건 바다에만 가지 말아요."

사내는 어릴 때 수화를 배웠다. 독순술도 그때 배웠다. 머지않아 청력을 잃을 거라는 어른들의 우려 때문이었다. 미리 배우는 수화는 절박함이 없어선지 재미가 없었다. 그래도 꾸준히 배운

덕에 오학년 때는 수화 합창대회에 나가 지역 본선에까지 진출했었다. 참가자 중에 건강 청력인은 그 혼자였다.

그런데 소리는 언제나 잘 들렸다. 주변이 고요하면 그는 혼자 손바닥을 쳐보곤 했다. 소리가 잘 들릴수록 두려움은 커졌다. 가까이에서 들리는 작고 은밀한 소리는 늘 자신의 청력을 시험하는 것 같았다. 일부러 소곤소곤, 소곤소곤. 괜히 겁이 날 때면 그는 양손으로 귀를 틀어막았다. 눈도 감았다. 의외로 편안하고 아늑한 기분이었다. 빨리 죽어보고 싶다는 생각도 그때 처음으로 해봤다. 죽으면 이렇게 되겠지. 아무것도 안 들리고, 안 보이고, 혼자만 있게 되고…… 다른 사람들 틈에서 이런 상태로 있었을 아버지가 실종으로 연결이 된 건 당연했다.

그의 아버지도 선천적인 청각장애인은 아니었다. 동생이 태어난 다음부터 아버지는 말귀를 못 알아듣게 되었고 덕분에 어머니의 목청이 커졌다. 말수가 줄어든 아버지는 늘 바깥으로 떠돌았다. 가까운 신안 앞바다에서 잠수부 일을 하는 아버지를 봤다는 소식이 들려왔다. 아버지는 바다에서 수백 년 전의 보물을 끌어올린다고 했다. 해마다 겨울이 오면 아버지가 돌아올 거라 기대했었다. 한 해 두 해가 지나면서 가족들은 차츰 아버지의 존재를 잊어버리게 되었다.

사내가 일곱 살이었던 어느 가을, 어머니는 발신인 이름도 없는 소포를 받았다. 사과상자 안에는 굴껍데기가 덕지덕지 붙은 낡은 항아리와 접시가 들어 있었다. 글씨는 아버지의 것이 아니었지만 어머니는 대번에 알아챘다. "나 참, 쌀이나 돈을 보내줘야지 겨우 이거야? 그래도 아비 구실은 하겠다고." 그릇을 좌우로 살펴보며 투덜거리던 어머니는 은근히 흐뭇한 표정을 짓고 있었다.

서울로 올라올 때 사내는 이삿짐 속에서 그 접시를 다시 볼 수 있었다. 어머니가 무슨 수를 썼는지 표면에 붙은 굴껍데기는 도돌도돌한 흔적만 남아 있었다. 언젠가 어머니에게 그 그릇에 관해 물은 적이 있었다. 일부러 대수롭지 않은 척 지나는 말로 물었더니 어머니 역시 대수롭지 않게 대답했다. "팔아먹고 남은 게 몇 개 있어."

담배 좀 피우게 그만 나가달라고 의사가 요청할 때까지 사내는 멍하니 생각에 빠져 있었다. 병원을 빠져나올 때의 착잡했던 심경은 타박상이 가시듯 시간이 지나자 아무렇지 않은 듯 가라앉았다. 그후로 의사는 간간이 전화를 걸어왔다. 그의 몸 상태에 대해 꼬치꼬치 묻더니 급기야 연구대상이 되어달라고 노골적으로 졸랐다. 사내는 자신의 처지를 정확하게 꿰뚫고 있는 그가 불편했다. 더군다나 그가 말하는 인생이란 1이 아니면 0뿐인 것 같았다. 과연 그런 것인지 의문이 들었다.

옆집에서 수도 공사를 한 다음부터 수압이 낮아졌다. 욕조의 수도 밸브를 끝까지 올려도 물줄기가 신통치 않다. 어머니가 돌아오면 한바탕 싸움이 일어나겠다. 사내는 졸졸졸 떨어지는 물을 받으며 손톱 속 지느러미를 씹는다. 자잘한 주름의 끄트머리를 앞니로 질근질근 씹다가 툭 뱉어버린다. 손톱 속을 지나치게 문 탓으로 살짝 피가 배어나왔다.

여린 지느러미는 작은 톱니 모양으로 손톱 속에서 자란다. 불편할 정도로 길어지면 손톱깎이로 잘라내지만 대개는 이렇게 질근질근 씹어 없앤다. 손에도 조그마한 돌기가 돋아나 있다. 이러다가는 손가락이 양서류의 물갈퀴처럼 변하는 게 아닐까. 어머니 앞에서 절대로 내놓을 수 없는 손이다. 다른 건 다 숨겨도 이것만은 어렵겠다. 사내는 등뒤로 팔을 뻗어 볼록 튀어나온 놈을 만진다. 따끔거리는 촉감은 여전하고 뭉친 덩어리는 펼쳐지지 않는다. 왜 이리 더디 자라나. 눈치 좀 준다고 그새 기세가 꺾여버렸나. 이왕이면 지느러미가 펄럭펄럭 나부끼게 커질 것이지.

그는 물에 들어가려고 윗옷을 벗는다. 안티푸라민 냄새가 훅 끼친다. 군데군데 퍼졌던 멍이 약간 흐릿해졌다. 거울 속 해쓱한 얼굴을 본다. 두꺼워진 목덜미에 비해 몸체는 가늘어졌다. 간밤에는 오한이 들어 잠에서 깼다. 어깨부터 얼굴까지 후끈 열이 났다. 젖은 머리카락 밑으로 베개까지 축축했다. 창으로 들어온 싸늘한 바람이 등뒤에서 치근거렸다. 욱신거리는 목덜미를 손으로 조금씩 눌러봤다. 살갗도 쓰라리고 턱 아래는 후끈 달아올라

뻐근한 아픔이 느껴졌다. 잠결에 통증이 느껴질 때마다 또 시작이로구나, 이제는 어쩔 수 없다는 체념에 몸을 웅크렸다.

그는 병뚜껑에 락스를 조금 흘려 받는다. 수영장을 끊은 다음부터는 목욕을 할 때마다 락스를 집어넣는다. 생각해보면 대량으로 이력서를 만들던 작년 이맘때가 가장 행복했었다. 취직 걱정에 조바심은 났지만 그때는 수영을 배우고 있었다. 어머니 몰래 난생처음 접했던 수영장을 생각한다. 수영장, 정말 재미난 장소. 그는 접영과 배영을 단번에 마스터하고 동네 수영장의 다크호스가 되었다. 사내가 집으로 돌아오면 어머니는 락스 냄새가 난다며 코를 킁킁거렸다. 샤워를 간단하게 해치우고 돌아온 날은 특히 더했다. 어머니의 후각은 속일 수가 없었다.

락스를 욕조 물에 부어넣는다. 코를 찌르는 싸한 냄새에 비좁은 욕조는 금세 활기찬 수영장이 된다. 첨벙첨벙 물 가르는 소리에 요란한 아이들의 목소리가 왕왕 울려대는 것 같다. 그런 소란함도 잠수만 하면 돌연 조용해지고 뽀그르르 물방울 소리만 얌전하게 들렸다. 물속 너른 공간이 온전히 자신의 것이었다. 귀를 막고 죽음을 연습하던 어린 날이 떠오르기도 했다. 그는 수영을 한 다음에는 기진맥진한 상태에서 동네를 한 바퀴씩 뛰다가 돌아갔다. 연애를 시작한 것처럼 에너지가 넘쳐 솟구치는 흥분을 억누를 수 없었다.

사내는 욕조에 발을 넣으려다 멈춘다. 락스를 조금 더 부어볼까. 플라스틱 통 뒤의 자잘한 글씨가 눈에 들어온다. 성분은 염소계, 정제차아염소산나트륨. 락스에 나트륨이 들었다고? 왜 소금이 들었지? 그렇다면 바닷물과 비슷한 성분이라는 말인가. 해수와 닿으면 몸의 변화가 가속될까봐 바다 근처에는 가지 않았는데, 거의 매일이다시피 락스 목욕을 했으니 매일 바다에 간 셈이다. 이런 멍청한 짓을 했다. 사내는 차가운 물에 얼굴을 담그고 크르르 웃는다. 커다란 물방울들이 꽃다발처럼 한꺼번에 입에서 튀어나온다. 알 수 없는 쾌감으로 몸이 녹아난다. 차가운 물속에서 녹아 흐트러지며 물이 되어버린다.

전에는 온수를 섞어 물의 온도를 맞췄지만 지금은 냉수만 튼다. 오로지 냉수. 보일러도 돌리지 않는다. 전에 비해 체온이 떨어졌다는 건 달력을 보며 안다. 거리를 지나는 사람들의 옷차림으로 눈치챈다. 아직 날씨가 쌀쌀한데 사내는 늘 창문을 열어두고 속옷 바람으로 지낸다. 봄이 지나 여름이 오면 어떻게 버텨낼지 걱정이다. 팔다리를 휘저어본다. 살갗에 들러붙은 자잘한 물방울들이 살금살금 위로 오른다.

사내의 어머니는 며칠 뒤 한국으로 돌아온다. 아들에게 주려고 구입한 폴로셔츠와 청바지, 영양제와 핫케이크 가루를 여행가방에 꾸려넣었다고 했다. 지난밤 어머니의 귀국으로 심란해서인지 사내는 호되게 앓았다. 끙끙 앓으면서 선잠 속을 서성거렸다. 계속 울리는 팩스의 신호음에 숙면을 취할 수가 없었다.

시차가 다른 곳에서도 계속되는 어머니의 간섭이 성가셔 그는 이불을 뒤집어썼다. 숨을 헐떡거리며 소음이 침입하지 못하도록 이불을 꼭 쥐고 몸을 둥글게 말았다. 어머니가 자신의 내밀한 공간을 쑤시고 들어오는 것 같아 이불깃에 스테이플러를 찍고 청테이프를 붙이고 시멘트를 덧바르는 상상을 했다.

그러곤 꿈을 꿨다. 그는 팩스의 전화기를 들어 어머니에게 화를 내고 있었다. 그간 쌓였던 분노를 폭발시켰다. 왜 잠도 못 자게 하느냐고, 집에는 언제 올 거냐고 따져물었다. 그릇을 내놓으라는 말도 했던 것 같다. 내 그릇! 신안 앞바다에서 캔 보물! 굴껍데기 접시! 어머니는 생글생글 웃으며 아버지와 함께 있다고 했다. 꿈속의 아버지는 누이 집에 있었다. 얼굴은 그가 봤던 사진과 달랐다. 얼굴과 몸 전체에 굴껍데기가 다닥다닥 붙어 몹시 끔찍한 형상이었다.

아침에 일어나 팩스를 확인했다. 돌돌 말린 종이에는 어머니가 공항으로 도착할 시간이 적혀 있었다. 나흘 뒤였다. 필요한 게 있으면 알려달라는 글 밑에 익살스러운 스마일 그림이 그려져 있었다. 갈 때도 느닷없이 짐을 싸더니 돌아올 때도 마찬가지이다. 그는 조급한 마음에 일단 벽에 붙여둔 사진부터 치웠다. 밀린 공과금을 처리하고 집 안을 깨끗이 정리했다. 집 안 구석구석에서 방치했던 물건들이 쏟아져나왔다. 버리고 또 버리고. 그는 하루 종일 집 안을 서성거리며 생각을 쥐어짰다. 어머니에게 남길 편지를 쓰다가 고치고, 쓰다가 지웠다.

그는 바다와 육지의 경계선에 서 있다. 넘느냐, 마느냐. 넘어 가면 다시는 돌아오지 못할 것이고 넘어가지 않는다면, 이런 삶을 계속 견뎌내야 한다. 지루한 삶의 한복판, 겨우 서른이다. 나이 한 살을 먹을 때마다 깨끗한 『수학의 정석』 참고서를 펼치는 기분이었다. 맨 앞장에서부터 다시 시작이다. 외워야 할 공식은 너무 많고 풀어야 할 문제만 산적했을 때 사내는 참고서를 집어던지고 싶었다. 여기 남아 버틴다면 두꺼운 책자의 빽빽한 문제들을 계속 풀어야 한다. 정답은 맨 뒷장에 있지만 문제를 푸는 것이 목적인, 삶이 아닌가.

사내는 물속에서 눈을 뜬다. 그의 눈동자 위로 맑은 물이 일렁인다. 천장의 불빛이 뿌옇게 이지러져 보인다. 바다 깊은 곳에서 올려다봤던 빛과는 아주 다르다. 그런 빛은 그 속에만 있다. 온화하게 흔들리던 에메랄드빛. 햇살은 물속 깊은 곳에서 올려다볼 때 가장 아름답다…… 그는 흐릿한 의식 속에서 그 빛을 발견했었다.

그때는 그만 죽는 줄 알았다. 얼마 동안 의식을 잃었는지 기억은 나지 않는다. 수면으로 오르기에는 너무 기운이 빠져 혼자 버둥거리고 있었다. 그 순간을 떠올리면 두려움과 황홀감이 뒤섞여 가슴이 뻐근해온다. 바닷속은 아름답지만 막막했다. 그 너른 속이 빈방에 혼자 들어 있는 것처럼 좁게만 느껴졌다.

그는 엷은 천조각처럼 가볍게 흔들리며 물살을 따라 점점 아래로 쓸려 가라앉았다. 목덜미는 고무줄을 칭칭 동여맨 것처럼 뻐근했고 이륙하는 비행기에 있을 때처럼 귀가 멍멍했다. 그가 물속에서 기침을 토해낼 때마다 짜디짠 바닷물이 울컥울컥 들어왔다. 커다란 물방울들이 머리 위에서 부산하게 흐트러졌다.

작은 물고기떼가 한군데에 뭉쳐 커다란 크리스털 전등처럼 빛을 냈다. 은빛 비늘을 빛내는 작은 물고기들은 요란하게 버둥거리는 인간을 쳐다보고 있었다. 그가 발버둥을 치자 바닥의 모래가 일제히 일어나 시야가 흐려졌다. 죽어야 한다면 간단하게 익사해버리는 편이 낫다…… 그는 조금씩 버둥거리며 위로 올랐다. 육신은 무거웠고 다가온 죽음을 맞이할 자세였다. 죽든지 살든지, 어서 빨리 고통이 사라지길. 의식이 점차 몽롱해졌다.

한 모금의 산소가 간절했다. 꺽꺽거리는 신음소리가 머리통 깊숙한 곳에서 격렬하게 이어졌다. 위를 올려다보자 아득했다. 멀다. 참으로 멀다. 양수에 들었던 신생아들이 지상의 공기를 처음 들이마실 때 얼마나 고통스러웠을지 알 것 같았다. 아가미로 호흡하는 방법을 알았더라면 그런 두려움은 일지 않았을 것이다. 그토록 바라는 완전한 고요함 속에서 그는 혼자 버둥거리고 있었다.

그때 그는 빛을 봤다. 까무룩 잦아드는 의식 속에서 빛을 발견했다. 바다 안으로 들어온 햇살을 발견했다. 커다랗게 일렁거리는 환한 에메랄드빛이 그의 몸을 온화하게 감쌌다. 말할 수 없는 쾌감이 밀려들었다. 죽음 따위는 아무것도 아니었다. 사내는 환한 빛 속에 들어가 빛 자체가 되었다. 처음부터 빛으로 태어났던 것처럼 당연하게 받아들였다.

자신도 모르게 조금씩 떠오르는 몸을 마냥 내버려두고 있었다. 나른한 안식이 찾아들었다. 문득 자신이 두고 온 세상이 생각났다. 복잡하고 격렬했던 일상이 간소하게 뭉뚱그려지며 그의 몸 밖으로 튀어나왔다. 공깃방울들은 부르르 가볍게 재잘거리며 그의 몸을 떠났다. 마지막 공깃방울이 콧구멍에서 빠져나갔다. 자신에게 작별을 고하듯 천천히 위로 오르는 공깃방울을 사내는 담담하게 올려다봤다. 곧이어 눈을 꾹 감았다. 난생처음 느껴보는 완벽한 안도감이었다.

아이가 옆자리에 앉은 사내를 뚫어져라 본다. 까만 눈동자를 반짝이며 맹렬하게 쳐다본다. 사내는 그 눈길의 의미를 바로 알아챈다. 팔짱을 끼고 어깨를 움츠리며 되도록 아이와 떨어져 앉으려 애쓴다. 이럴 때는 더부룩하게 자란 머리카락이 쓸모가 있다. 그는 머리카락을 빗어내리며 차창으로 조금씩 몸을 돌린다. 아이는 이에 질세라, 목을 쭉 빼고 바싹 다가앉는다. 아이는 사내의 몸에 등짐처럼 붙었다.

버스는 시원하게 뚫린 사차선 대로를 거침없이 달린다. 부두

176

까지는 아직 한참 남았다. 내내 따라붙던 능선이 건물숲을 따돌리자 한껏 크게 솟구쳤다. 구불구불한 잿빛 능선이 하늘가에 있는 것과 없는 것은 참 다르다. 산등성이마다 아직 초록빛이 도착하지 않았지만 스산한 겨울색이 물러간 것만으로도 충분히 위로가 된다.

다시 아이의 눈동자와 마주친다. 집요한 눈길은 지치지도 않고 사내의 목을 샅샅이 훑는다. 목이 긴 셔츠를 입을 걸 그랬다. 풀어버린 목도리를 어디에 뒀는지 모르겠다. 사내는 가릴 것을 찾느라 배낭을 뒤적거린다. 아이도 몸을 숙여 배낭 안을 유심히 들여다본다. 참으로 맹랑한 녀석이다.

어머니는 지금쯤 집에 도착했을 것이다. 공항으로 마중을 나오지 않은 아들 때문에 화가 났을 테고 집에 돌아와 탁자 위에 놓인 편지를 발견할 것이다. 아버지가 사라진 뒤로 어머니가 신세한탄을 하거나 청승을 떠는 일은 없었다. 두꺼운 팔뚝을 자랑하는 씩씩한 여성이다. 남성호르몬이 과다하다고 스스로 걱정을 할 정도였다. 그럼에도 사내의 마음은 편치가 않다. 마음은 두고 몸만 떠나는 거라고, 불길한 생각은 지워버리자고 스스로를 다독인다. 그럼에도 눈에 보이는 모든 것이 가슴 시리게 다가온다.

"스피커, 스피커!"

아이가 그의 목을 손가락으로 가리키며 뒤를 돈다. 뒷좌석의 아이 엄마는 자다가 깬 듯 잠긴 목소리로 야단을 친다.

"까불다가 떨어질라!"

등에 업힌 아기는 침을 질질 흘리면서 낑낑댄다. 아이 엄마는 웅얼거리며 다시 눈을 감는다. 잠든 엄마를 깨우려 아이는 더 크게 고함을 지른다.

"그때 봤던 거야! 스—피—커."

아이 엄마는 고개를 끄덕이며 인상을 쓴다. 강렬한 햇살에 얼굴을 찌푸리다 이내 표정이 풀어진다. 등에 업힌 아기는 침범벅이 된 속싸개를 빨아대며 조그마한 손으로 제 엄마의 입술을 인절미처럼 잡아늘인다. 아이 엄마는 턱을 쳐들고 곤한 잠에 빠져 있다.

사내는 창밖을 내다보며 생각한다. 어머니와 자신과 어린 누이동생, 이렇게 셋이서 털털거리는 버스를 타고 먼 길을 떠난 적이 있다. 어디로 향했는지 확실치 않지만 짭조름한 바다 냄새가 났다. 또릿또릿한 눈을 가진 옆자리의 아이와 달리 그는 멍하니 창밖을 보고 있었다. 자신에게는 금지되었던 바다를 바라보고 있었다. '왜 저걸 나쁘다고 할까. 물 근처에도 못 가게 하는 걸 보면 굉장히 나쁜 건가봐.' 통로 쪽에 앉은 그의 어깨를 짚으며 어머니는 이런 말을 했었다. 사람은 뭐든 될 수 있다고. 뭐든 될 수 있으니까 사람인 거라고. 동화책이나 만화책을 읽어주며 했던 말이 아니었다. 버스 차창으로 따라붙던 바다를 힐끗 내다보며 했던 말이었다.

"스피커! 스피커!"

아이는 다시 생각이 났는지 또 한번 크게 외친다. 아이의 손가락이 성가신 사내는 좌석에서 슬그머니 일어난다. 아직 갈 길이 멀지만 소동을 일으키고 싶지는 않다. 그가 일어서자 푸짐한 체격의 노인이 아이를 창쪽으로 밀어앉히고 자리를 차지한다. 아이는 어리둥절해하며 잠시 창밖을 보다가 새로 눈을 반짝인다. 이번에는 노인의 턱 밑으로 호기심에 찬 눈길을 고정시킨다.

좌석 밑에 놓았던 배낭을 챙기며 사내는 집요했던 관찰자에게 작별의 미소를 보낸다. 나는 스피커를 달고 갈 테니 너는 버스 타고 잘 가라. 이제 아이가 뚫어져라 보는 것은 노인의 턱에 난 사마귀와 그것을 뚫고 나온 꼬부라진 하얀 털이다. 아이의 눈을 새롭게 사로잡은 팥알 같은 사마귀가 그의 눈에도 흥미롭다. 이번에는 아이가 노인의 사마귀에서 어떤 물체와의 유사성을 발견해낼지 진심으로 궁금했다.

버스는 매캐한 엔진 냄새와 그를 정류장에 내려놓고 부리나케 사라져버렸다. 그는 버스가 가는 방향을 따라 걷는다. 무거운 배낭을 짊어지고 울퉁불퉁한 보도블록 위를 무작정 걸어간다. 어디에선가 물비린내가 슬며시 풍긴다. 그의 감각은 멀리 있는 바다를 가깝게 읽어낸다. 물결 스치는 소리가 귓전에 들려온다. 바다는 멀지 않다. 아주 어릴 때부터 지금까지 그와 줄곧 함께 있던 바다였다. 한참을 걷자 땀이 쏟아진다. 쌀쌀한 날씨지만 그에게는 한여름만큼이나 무덥다. 그는 땀을 훔치며 앞서 걷는 학생에게 길을 묻는다.

"여기서 부두까지 얼마나 가야 하나?"

학생은 지나온 버스 정류장을 가리키며 버스 타고 한 시간 이상 가야 한다고 말한다. 그는 학생의 손가락 끝에 머물러 있는 정류장을 돌아본다. 아직 한참이구나, 역시 버스를 타야 한다. 그는 학생에게서 배 시간과 섬까지의 거리 등을 알아낸다. 무거운 배낭 때문에 그는 버스 정류장으로 되돌아간다. 아예 집으로 되돌아가고 싶은 마음도 있다. 두고 온 가족에 대한 근심을 떨쳐낼 수가 없다. 그래도 이만치 왔는데 포기할 수는 없다. 잠깐 동안이라도 그 빛을 다시 볼 것이다. 아주 잠깐이면 된다. 바다에 들어간 다음의 일은 생각하지 않기로 했다.

버스 정류장에 배낭을 내려놓고 바닥에 앉는다. 그의 곁으로 공기중에 흩어져 있는 물비린내가 선뜻 다가온다. 냄새는 점점 또렷해진다. 그는 자신의 감각에 집중하며 물의 방향을 읽어낸다. 눈에 보이지 않는 주단을 깔아놓은 것처럼 맑고 투명한 바닷물의 기운이 어서 오라고, 그를 꼬드기고 있다. 버스가 먼지를 일으키며 정류장으로 달려온다.

그는 천천히 배낭을 짊어지고 궁둥이의 먼지를 턴다. 그의 굼뜬 행동에는 미적지근한 망설임이 묻어 있다. 그러자 목덜미의 아가미들이 한 쌍의 물고기처럼 팔랑거리며 어서 가자고 재촉을 한다. 호들갑을 떨며 앞서 나간다. 사내는 그들에게 끌려 어쩔 수 없이 따라간다. 그가 버스를 향해 걸음을 재촉하자 바짓단 사이로 찬바람이 슬쩍 들어온다. 햇볕은 쨍하고 날은 아직 차다. 바닷물도 아직은 차가울 것이다.

더티 와이프

아이의 목구멍 깊숙이 손가락을 밀어넣는다. 안은 좁고 얕다. 입술 사이로 빗물이 흘러들어갔는지 손가락 끝으로 미끈거리는 물기와 모래 알갱이가 만져진다. 벌어진 입술을 살짝 젖혀본다. 치아 같은 건 없지만 음식 먹이기 놀이는 가능할 것 같다. 목구멍에서 빼낸 손가락에 점액질의 검은 물때가 묻어 있다. 입안에 핀 검은 곰팡이를 손가락으로 두어 번 문지르자 금세 말끔해진다. 깨끗이 씻겨주면 지금보다 훨씬 나아질 것이다. 찬찬히 볼수록 상품가치는 충분하다.

아이의 냉랭한 눈빛과 마주친다. 그런 눈으로 쳐다보지 말란 말이야. 팔꿈치로 툭 치자 둔탁한 소리를 내며 아이가 뒤로 벌렁 나가자빠진다. 더러운 원피스가 활짝 젖혀져 다리 사이로 칼집 같은 자국이 보인다. 아이는 어느새 눈을 감고 있다.

처음부터 내다팔 생각은 없었다. 그렇지만 지금의 내게 돈보다 더 급한 문제는 없다. 이자는 점점 불어나 원금의 세 배가 되었다. 아이는 물 고인 시멘트 바닥에 시체처럼 널브러져 있다. 그 얼굴을 한참이나 들여다본다. 어리지만 요기가 서린 얼굴이다. 내다팔면 얼마나 받을 수 있을까. 밖에서 아우성치는 매미 울음이 쇠를 자르는 전기톱 소리 같다.

고체 덩어리. 이건 그냥 실리콘으로 만든 인형일 뿐이다. 해맑은 얼굴에 젖가슴은 미어터질 것 같고 쭉 빠진 다리 사이로 말랑말랑한 질까지 들어 있다. 세상에서 제일 질기고 악랄한 건 사채업자들이지만 그다음으로 무서운 건 곰팡이가 아닐까. 검은 곰팡이는 아이의 질 속에서 마냥 번지고 있다. 아이의 질은 몸체와는 다른 재질로 부착되어 있다. 부드럽고 말랑한 탄력을 주려고 고무를 섞은 것 같다. 감촉 또한 사람의 그것과 아주 흡사하다. 얼핏 보면 거무스름한 점들이 음모처럼 보이기도 하지만 얼룩을 닦아낼 때마다 이상하게 처연한 느낌이 든다.

예전에도 단골집 창녀가 성병에 걸린 걸 알면서도 발길을 끊지 않았다. 뭐라고 주절거리며 내 걱정을 해주던 그 계집애한테 '나 같은 놈은 몸이 천해서 병도 안 걸려, 옷이나 벗어!' 라고 외치자 은근히 좋아하던 그 표정이라니. 내 딴에는 그런 것이 위로였다.

186

아이의 얼굴에 내 코를 문질러가며 입술을 찾는다. 실리콘 입술에서 정액 냄새가 풍긴다. 내 머리통의 무게를 감당하느라 무표정한 아이의 얼굴이 고무공처럼 찌그러진다. 혀끝을 뾰족하게 내밀어서 눈알을 핥자 생선 가시 같은 속눈썹이 입술을 찌른다. 밑으로 손을 내려 바지 단추를 풀어 지퍼를 내린다. 급할 것도 없는데 성난 놈이 나를 자꾸 재촉한다. 인공 질이란 안은 부드러워도 위치가 고정되어 있기 때문에 자세를 잘 잡아야 한다.

여태 몇번을 했더라. 좁은 질 안을 파고드는 느낌은 매번 새것처럼 생경해서 흥분이 된다. 사정을 하려고 용을 쓸 때면 아이의 풍만한 젖가슴이 따라 흔들리며 아랫배도 움찔거린다. 인체공학적 설비란 바로 이런 거겠지. 연한 분홍빛 젖꼭지는 있는 힘껏 물어뜯어도 말짱하다. 음경을 붙잡고 몸을 움직일 때마다 바닥의 스티로폼에서 찌걱거리는 소리가 난다. 젖은 바닥에 물이 흥건해 스티로폼이 자꾸만 미끄러진다. 이렇게 들썩거리다가도 갑자기 시들해지면 내 몸에서 떼어내 휙 던져버리면 그만이다. 체온이 없으니 죄책감도 없다. 그럼에도, 그럼에도 불구하고 이걸 내다팔 궁리를 하고 있는 나 자신이 싫다. 쓰던 냉장고를 파는 것과는 아주 다른 기분이 든다.

처음에 발견했을 때 떨어져 있던 다리의 연결부는 순간접착제로 감쪽같이 붙여버렸다. 그래도 면밀히 보면 깨어진 틈새가 보이기는 한다. 이런 하자가 있기 때문에 비싼 값을 받지는 못

하겠지. 나는 속옷을 벗어 허벅지까지 흐른 정액을 닦아낸다. 모기에게 피를 빨린 허벅지와 종아리가 군데군데 벌겋게 부어올랐다. 다리를 벅벅 긁어가며 아이의 얼굴과 다리 사이에 묻은 것도 닦아준다. 내 속옷은 금세 누렇게 되어버린다. 매일 닦아줘도 공장지대의 흙먼지가 아이의 몸체를 먼지투성이로 만들어버린다.

시계를 보니 벌써 다섯시가 넘었다. 인형을 들어올려 종이박스 틈에 끼워둔다. 아이는 아무 불만 없이 박스 옆으로 들어간다. 백사십 미터 높이라고 인쇄되어 있는 종이박스 너머로 검은 머리카락이 보일 듯 말 듯하다. 옷을 주워입으며 빈 공장 안을 꼼꼼하게 둘러본다. 점심으로 때운 햄버거의 포장지를 주워 배낭에 넣고 바닥에 흐트러진 신발 자국을 물기로 지운다. 거미줄 투성이인 창문이 단단하게 잠겨 있는지 다시 확인해본다. 어릴 때 고모부 몰래 지하실에서 고양이를 키운 적이 있었다. 고양이들을 보호한답시고 문을 걸어두어 결국은 다 죽였다. 문을 잠글 때면 그때 생각이 난다.

바깥으로 나가는 동안에도 내 시선은 아이가 숨어 있는 종이박스에 붙들린다. 아이가 고개를 내밀고 나를 쳐다보는 것 같다. 발길이 쉽게 안 떨어진다. 습하고 컴컴한 이곳에 혼자 놔두기는 좀 그렇지만 들고 갈 수는 없다. 옮겨놓을 장소도 마땅치 않고 사람들의 이목은 어쩌라고. 벌어진 벽 틈으로 손을 넣어 철문을 안으로 잠근다. 녹이 슨 문짝은 꽤나 뻑뻑하다. 절그럭 소리가 나는 것과 동시에 스톱워치의 버튼을 누른다. 00:00에서 시작한 숫자들이 급하게 바뀌면서 빨리 움직이라고 재촉한다. 달리는 거야 어렵지 않지. 좁은 통로를 따라 뛰면서 나는 자꾸만 뒤를 돌아본다. 인형의 서늘한 피부, 매끌매끌한 감촉이 내 몸에 여전히 달라붙어 있다.

아직 답변은 오지 않았다. 사진은 없냐고 묻는 구입 희망자에게 아이와 가장 비슷하게 생긴 '리얼돌'의 이미지를 퍼다주었다. 아이처럼 단발머리를 하고 다소곳하게 앉아 있는 모습이었다. 일부러 판매가가 붙어 있는 사진으로 골랐다. 그 인형의 가격은 육십만 엔. 우리 돈으로 육백만 원이 넘는 액수이다. 금액은 구입 희망자더러 제시하라고 했다. 메일 확인을 하루도 빠짐없이 하고 있지만 아이에 대한 문의는 그것이 끝이었다. 그렇다고 섭섭하거나 불안하지는 않다. 내가 급하게 달려들면 들수록 값은 떨어지게 마련이다. 시간이 좀 걸리더라도 새로운 입질을 기다릴 것이다.

바닥에 엎드려 다이어리를 넘긴다. 며칠 전 경복이 형의 웃옷에서 발견한 것이다. 형은 이것만 남기고 사라져버렸다. 쪽마다 출처나 용도를 알 수 없는 금액만 잔뜩 적혀 있다. 자잘한 숫자 속에 내가 모르는 전화번호라도 들어 있나 싶어 면밀히 살펴봐도 그런 건 없는 것 같다. 역시 돈 계산뿐이다. 팔십만원 곱하기 오십일이 왜 사천칠십만원이냐, 사천팔십만원이지. 한심하다. 이런 인간을 따라다니다가 덩달아 먹살을 잡히고 사기꾼 소리까지 듣고 말았다. 다이어리 표지 비닐 안에는 꼬깃꼬깃 접은 '개인파산 신청서'가 있다. 나한테 큰돈을 벌게 해주겠다고 수작을 부릴 때부터 파산 상태였겠지. 그러니까 내 통장으로 입출금을 하겠다고 설쳤던 거다.

그 형이 떠넘기고 간 물건들을 인터넷 옥션에 올려놓았지만 구입 희망자가 나서지 않는다. 굴다리 쪽방에 쌓아놓은 자석요가 삼십 개, 가시오가피 원액이 든 상자가 열두 개. 거기다가 주방기구가 든 선물세트가 오십 박스나 된다. 그것들이 내 수중의 돈 전부와 맞바꾼 애물 덩어리들이다. 최저 판매가대로 가격이 결정될까봐 또다른 아이디로 들어가 값을 매겨놓았지만 입찰가격은 변함이 없다. 이번에도 허탕을 치는 건가. 마감시간이 지나면 상점 개설비를 또 내야 한다. 빌어먹을, 시간이 문제라니까.

다이어리 가운데에 접혀 있는 누렇게 바랜 신문을 펼친다. 습기를 먹어 부드러워진 신문지가 술꾼처럼 휘청거린다. 경복이 형은 아무리 바빠도 신문은 꼭 봐야 한다고 했다. 시사와 상식은 기본이야. 가방끈이 짧을수록 세상 돌아가는 걸 미리미리 알아둬야 하부구조들을 관리할 수 있는 거야. 그래서 그런지 경복이 형은 늘 신문을 챙겨들고 동그라미까지 쳐가며 읽었다.

어느 때는 크고 작은 동그라미가 가득해서 신문 지면이 채점을 마친 시험지처럼 정신 사납게 보일 때도 있었다. 수영복 입은 여자의 사진에는 감격스럽다는 듯 여러 개의 동그라미가 겹쳐져 있었다. 그런 흔적들을 보는 것이 깨끗한 새 신문을 읽는 것보다 훨씬 재미있었다. 가끔은 사자성어가 든 한글 기사문 옆에 한문으로 토를 달기도 했는데 언젠가는 사필귀정의 '정'을 바를 정(正)이 아닌 '우물 정(井)'자로 써놓았었다. 제멋대로 '事必歸井'이라. 어떤 일이라도 반드시 우물에 처박히는 것이 인생사라고 하면 올바른 해석이 될까. 그때는 역시 무식한 놈이라고 속으로 비웃었지만 다시 생각해보면 우물 정자 사필귀정이 더 맞는 말 같다.

거뭇거뭇하게 얼룩이 진 벽을 타고 지네처럼 생긴 그리마가 빠르게 지나간다. 놈은 앉아 있는 아이의 등 쪽으로 방향을 돌린다. 놈이 아이의 몸으로 넘어갈까봐 나는 재빨리 아이의 발을 잡아 내 옆으로 끌어온다. 아이는 앉았던 자세 그대로 무릎을 들고 발랑 넘어간다. 눕자마자 눈을 감는다. 걸핏하면 잠만 자. 누이기만 하면 기계적으로 감기는 눈꺼풀이 아쉽지만 그렇게 만들어진 걸 어쩌겠나.

나도 신문을 덮고 스티로폼 위에 벌렁 눕는다. 지하실 안은 지열이 끓어오르는 바깥과 달리 서늘하고 습하다. 어둡고 쾌쾌해도 우리 둘만 지내기에는 더없이 적당한 곳이다. 종이박스마다 껴 있는 납작한 스티로폼은 이불 대용품이다. 바닥의 습기를 완벽하게 차단해주기 때문에 굴다리 쪽방의 퀴퀴한 이불보다 한결 쾌적하다. 약간의 불만이 있다면 아이와 내가 한바탕 일을 치를 때면 아이의 몸과 마찰을 일으키는 스티로폼이 귀에 거슬리는 소리를 낸다는 점이다. 찌걱찌걱, 젖은 고무신 안창에서 울리는 소리 같지만 한편으로는 아이 대신 교성을 내주는 것 같다.

옆에 누운 아이한테서 다락방에서나 맡아지는 퀴퀴한 냄새가 난다. 연두색 원피스는 누런 얼룩과 거무스름한 곰팡이가 번졌다. 예전에 아버지와 내가 덮었던 이불도 이렇게 남루하고 더러웠었다. 누런 얼룩, 검은 곰팡이. 나도 그런 것을 덮고 살았으니까 너도 어쩔 수 없어. 아이는 내 옆에 누워 곤하게 잠들었다. 가느다란 속눈썹에 끈끈한 흙먼지가 묻어 있다. 숨소리도, 미동도 없이 누워 있는 모습이 마치 죽은 것처럼 보인다. 나는 아이를 일으켜세워 눈을 뜨게 만든다.

내 옆으로 그리마 두 마리가 연이어 지나간다. 알고 보면 이곳에도 많은 것들이 숨죽이며 산다. 이 안에서는 아이도 숨이 붙어 있는 생명체에 속한다. 손톱으로 눈알을 밀면 뻑뻑하게나마 눈동자가 조금씩 움직인다. 생기도 없는 플라스틱 눈동자지만 막상 눈이 마주치면 왠지 찜찜하다. 바닥만 보라고 고개를 떨어뜨려놓아도 돌아서 있는 내 등은 아이의 시선을 감지한다. 잠깐 졸다가 나도 모르게 인기척을 느껴 잠에서 깰 때가 있다.

192

눈을 뜨자마자 아이가 움직였던 건 아닌지 위치부터 확인해본
다. 가끔은 안 보는 척하다가 잽싸게 돌아보기도 한다. 몰래 움
직이지 마! 일부러 크게 외친 내 목소리는 지하실 안에서 어색
하게 울렸다. 아이는 내 의심이 무색하게 멍한 눈빛 그대로였다.

아이를 처음 발견했을 때는 엎어져 있는 여자의 시신인 줄만
알았었다. 그때만 해도 돈을 돌려받으려고 산지사방으로 뛰어다
녔었다. 내가 악착같이 달려들자 다단계 판매회사 측에서 자석
요를 공급해준 공장을 알려주었다. 떠맡은 자석요를 어떻게든
반품하려 했으나 지하의 공장은 텅 비어 있었다. 활짝 열린 문
으로 들어가 샅샅이 뒤져보았지만 아무것도 없었다. 개를 키웠
던 통로에는 기둥에 묶인 쇠사슬과 뭉쳐진 개털이 여기저기 떨
어져 있었고 개밥그릇에는 먹다 남은 사료가 빗물에 퉁퉁 불어
있었다. 바로 옆 공장의 외국인 노동자를 붙들고 꼬치꼬치 물어
봤지만 문 닫은 지 오래되었다는 어눌한 답변만 얻어냈다.

이럴 줄 알았다. 내 이럴 줄 알았어. 다단계 회사도 문을 닫게
되었고 손해를 본 사람은 경복이 형과 나뿐이 아니었다. 서로가
서로의 먹살을 잡고 아우성이었다. 모두가 돈을 잃었다면 대체
누가 이득을 본 걸까. 하나밖에 없는 구두의 찢어진 틈으로 물
이 스며들었다. 나는 축축해진 발걸음으로 공장 주변을 정처 없
이 걸었다. 조립식 스틸건물 안에선 끊임없이 뭔가가 만들어지
고 있었고 공터 아래에는 산더미처럼 쌓여 있는 중고 냉장고와

세탁기, 그리고 컴퓨터의 내장 들이 보였다. 세상엔 물건들이 너무 많아. 사람이 저것들을 위해 살고 죽지. 빌어먹을, 아무 공장이나 뛰어들어가 다 집어치우라고 악을 쓰고 싶었다.

언덕의 널빤지 위에 앉아 젖은 양말부터 벗었다. 습한 날씨에 양말이 마를 리는 없지만 축축한 감촉이 싫었다. 양말을 비틀어 짜면서 잡초가 무성한 공터 주변을 무심코 바라보았다. 공터에는 커다란 폐기물들이 함부로 뒹굴고 있었다. 문짝이 떨어진 캐비닛, 뚜껑만 남은 냄비…… 그것들은 나하고 아주 비슷한 처지였다. 목을 쭉 빼고 들여다볼수록 더 많은 쓰레기들이 보였다. 국자나 전화기 따위를 그림 속에 교묘하게 숨겨놓은 '숨은 그림 찾기'를 하는 것 같았다.

그런데 고장난 선풍기와 물에 젖어 축 처진 박스 사이에서 검은 머리카락과 흙 묻은 목덜미가 보였다. 눈을 부릅뜨고 봐도 사람이 분명했다. 저 밑에는 커다란 흙탕물 웅덩인데 왜 저기 누웠지. 살아 있다면 그런 곳에 있을 리가 없었다. 허둥지둥 언덕을 내려가면서 실종된 여자들에 대한 기사를 떠올렸다. 범죄 신고를 하면 포상금을 주지 않을까. 포상금! 놓칠 수 없는 기회라고 생각했다.

조금씩 가까이 가면서 엎어져 있는 여자의 등짝에 묻은 거무스름한 얼룩을 핏자국으로 확신했다. 이런 건 별것도 아니라고 생각하며 숨을 깊이 들이마셨다. 아버지의 시신 수습도 내 손으로 했는데 이까짓 건 아무것도 아니다. 이봐요, 어디 아프세요? 라고 물으며 다가갔다. 하얗고 앳된 얼굴이 흙구덩이에 반쯤 처박혀 있었다. 조심스럽게 다가가 손부터 대보았다. 살이 차가웠다. 그런 차가움이 익숙했기 때문에 대수롭지 않다고 생각했다. 그런데 그것이 사람이 아님을 알게 되자 이상하게 섬뜩했다. 마네킹도 아니고 이게 대체 뭐야. 허겁지겁 뒤를 돌아 걸었다. 봐서는 안 될 것을 본 것 같은 기분이었다. 며칠이 지나도 차갑고 메마른 촉감이 내 손바닥에 오래도록 남았다. 아버지 생각이 났다. 아버지의 몸도 딱딱하고 차가웠었다.

물건을 팔려고 종일토록 뛰어다녔기 때문에 발바닥이 아프다. 유행이 지난 자석요는 차라리 양로원에 기증이나 하라는 충고를 받았다. 나는 아이를 내 발치에 놓고 푹신한 배 위에 발을 올려놓는다. 아이가 또 눈을 감는다. 어째도 좋다는 듯 순종을 한다. 그래도 아이가 눈을 감고 있으면 내 마음이 편치 않다. 팔꿈치를 구부려 엉거주춤하게 반만 일어난 동작으로 고정해놓으면 아이의 눈꺼풀이 반만 떠진다. 감지도 뜨지도 않은 눈이다. 감았던 눈이 저절로 떠질 때가 사람과 가장 비슷하게 보이는 순간이다. 그 모습이 신기해서 몇 번씩이나 일으켜세웠다가 다시 눕히며 스스로 움직이는 눈꺼풀을 보곤 했다.

아이와 처음 마주쳤던 그 눈빛은 지금과 아주 달랐다. 인형의 얼굴은 사람의 그것과 다름없어 보였다. 아이의 발그레한 볼과

턱 밑으로 살짝 처진 살까지, 내가 알고 있는 인형들과는 너무 달랐다. 뭐 이런 게 있나 몸을 들어올리자 인형의 눈이 번쩍 떠지며 내 눈과 마주쳤다. 눈물처럼 보이는 물기가 그득히 담긴 눈길이었다. 영혼의 그림자가 어른거리는 사람의 서글픈 눈빛이었다. 오랫동안 버려진 채로 눈꺼풀 안쪽에 빗물이 고여 눈동자가 슬슬 돌아갔던 거겠지. 그런 거겠지. 그렇게 생각을 해도 내가 봤던 그때의 그 눈이 아이의 본모습이고 지금처럼 생기 없는 표정은 일부러 꾸민 것 같다.

아이를 다시 일으켜앉힌다. 생기 없는 플라스틱 눈동자지만 눈을 감고 있는 것과는 얼마나 다른가. 눕혀놓지만 않는다면 아이는 늙지도, 죽지도 않고 영원토록 눈을 뜨고 세상을 볼 것이다. 그 점이 나와는 다르다. 생각해보면 아이와 내가 다른 점은 또 있다. 아이는 비싼 물건이지만 나는 돈으로 따진다면 몇 푼짜리도 안 되는 인간이다. 장기를 떼다 팔면 얼마 건질까. 가진 게 너무 없었기 때문에 경복이 형의 감언이설에 순간 넘어간 거였다. 이삿짐 나르는 일을 하면서 저축은 했지만 일할 때마다 먹어야 했던 자장면이 지겨웠고 집집마다 경쟁하듯 쌓아놓은 살림살이들을 나르는 건 더 지긋지긋했었다. 그 일에 비하면 다단계 일은 즐거움도 있었다. 굴다리 쪽방에 얹혀살지언정 비싼 밥을 먹고 자동차를 굴리면서 부자가 된 것처럼 굴자 정말 내 인생이 바뀐 것 같았다. 아이를 사람으로 생각하면 사람이 되듯

196

당장 일확천금을 가진 것처럼 생각하자 세상이 말랑말랑해진 것 같았다. 그래서 돈을 벌면 얻게 될 호사를 앞당겨 누려보기도 했다.

경복이 형이 했던 것처럼 나도 사람을 끌어들여볼까. 그런데 덫을 놓으려면 더 많은 돈이 필요하다. 아무리 멍청한 놈이라도 돈을 내놓을 때는 상대의 재무구조를 파악하려 들기 때문이다. 사채를 쓰다가 결국 신장을 팔아먹었다는 누군가의 경험담이 머릿속을 떠나지 않는다. 인형을 좋은 값에 잘 팔아치운다면 이런 조바심과는 작별할 수 있을 것이다. 원래 가격의 절반 값만 받아도 삼백만원. 다리의 이음새만 눈속임하면 아무도 모를 것이다. 이건 희소가치가 높은 밀수품이니까 치장만 잘하면 한참 더 올려 받을 수도 있다. 이런 귀한 물건을 왜 걸핏하면 집어던지고 구박을 했을까. 이리로 와봐, 더울 때는 너를 안고 있으면 시원해져. 아이를 소중하게 끌어안는다. 흙먼지에 찌든 옷냄새까지 달게 느껴진다.

오늘도 나는 달린다. 스톱워치를 꺼내 버튼을 누르고 공장지대를 향해 냅다 달리기 시작한다. 감색 스톱워치는 경복이 형이 사준 물건이다. '하부구조'를 끌어들일 때 매회 이 분마다 상대의 의견을 묻도록 시간 연습을 하라고 했다. 사실 스톱워치로 스피치 시간을 조절할 필요도 없었다. 구구하게 떠드는 것보다 쉽게 돈 버는 방법을 알려주겠다고 한 다음 비싼 음식을 사주면서 내가 지닌 비싼 물건들을 조금만 보여주면 사람들은 슬금슬금 눈치를 보다가 결국에는 달라붙었다. 내 용모나 화술은 중요한 게 아니었다. 다단계 네트워크는 머릿수대로 판매 마진이 떨어지는 사람장사라서 무작정 사람을 끌어오고 물건부터 인수받았다. 끌어온 사람 수만큼 물건을 넘겨받고, 끌어오고, 넘겨받고, 끌어오고, 넘겨받고…… 그런데 지금의 내겐 쓸모없는 물건들만 남았다. 다들 도망가버렸다. 돈도 도망가버렸고 내 인생도 내게서 멀리멀리 떠나버렸다.

그래도 이 중국제 스톱워치만은 잘 쓰고 있다. 버튼만 누르면 시간을 새롭게 시작하는 기능 때문인지 언제나 새것처럼 쌩쌩하다. 하루중 얼마만큼의 시간이 내게서 왔다가 떠나가는지 알고 싶을 때면 나는 스톱워치를 누른다. 날품팔이로 시급을 받을 때도 쓸모가 있지만 때로는 화장실 변기에 앉으면서 버튼을 누르기도 한다. 스물아홉 살의 7월 20일, 깨어난 지 열 시간. 방금까지 나는 달렸고 다음주에는 빚이 더 불어날 것이다. 다음주까지는 일흔네 시간 사십 초, 삼십구 초, 삼십팔 초 남았다. 시간은 점점 부족해진다. 오늘도 해야 할 일이 많다. 날이 어두워지기 전에 지하실에 가서 아이의 사진부터 찍을 예정이다. "판매하실 인형의 상태를 확인해야 합니다. 몸의 구석구석을 빠짐없이 찍어 보내주세요." 구입 희망자의 주문은 그런 것이었다. 재질이 라텍스인지 실리콘인지를 확인해달라고 했고 제조사의 품질보

증서까지 요구했다.

공장지대가 보이자 어깨 힘이 스르르 풀린다. 양쪽 어깨에 메고 있던 자석요 가방을 내려놓고 스톱워치를 멈춘다. 한 시간 사십구 초. 숨을 몰아쉬며 양손으로 무릎을 잡는다. 자석요 가방만 아니라면 붕붕 날았을 것이다. 오늘은 욕심을 부려 네 개나들고 나왔다. 이것들을 지하실로 전부 옮기고 나면 굴다리 쪽방은 처분해야겠다. 경복이 형이 쓰던 월세방이 내게는 너무 버겁다. 공장 터의 비어 있는 지하실을 잠시만, 아주 잠시만 빌려 쓸것이다. 바짓주머니에서 가시오가피 한 포를 꺼내 입에 문다.

가시오가피 원액이 영 점 삼 퍼센트밖에 들어 있지 않은 정체불명의 이 음료는 들큼한 화장품 냄새가 난다. 유통기한이 지난것이라 그런지 여러 개를 한꺼번에 먹으면 구역질이 치민다. 제값을 받았더라면 가시오가피 한 박스가 휴대전화기 한 대 값이다. 매일 다섯 포 이상을 먹어치우고 있지만 가시오가피 박스는여전히 방 한구석에 벽돌처럼 켜켜이 쌓여 있다. 비닐포를 구겨서 잡초 더미 사이로 내던진다. 잡초들은 내가 버린 쓰레기들을친절하게 잘 숨겨주는 편이다. 선홍색의 노을에 젖은 공터가 오늘따라 입체적으로 보인다.

쓰레기 가득한 이 공터는 공장의 지하실로 가는 길목이 된다. 바로 저기에서 아이를 처음 발견했었다. 저기 저 고개가 돌아간선풍기 밑에서. 고장난 선풍기는 여전히 더러운 몰골로 공터에서 뒹굴고 있다. 오늘은 노을이 좋다. 하늘에 퍼진 불그스름한 빛을 여기 이 언덕에서 보면 세상이 온화해진 듯한 기분이 든다. 나는 아이와 함께 앉았었던 자리를 찾아 자석요가 든 가방을 내려놓는다.

아이를 지하실에 옮겨놓기 전에는 언제나 이 공터로 아이를 보러 왔었다. 떨어진 다리를 수선해주고 뭉친 머리카락은 보기 좋게 잘라주기도 했다. 무릎 위에 양팔을 걸친 자세로 아이를 앉히고 나도 바로 옆에 같은 자세로 앉아 있었다. 우리는 그렇게 나란히 앉아 묵묵히 노을을 즐겼다. 위로는 진홍빛 하늘이었고 언덕 아래에는 재활용품 센터에 무지막지하게 쌓여 있는 냉장고와 텔레비전 따위가 보였다. 행방불명이 된 내 돈을 찾으려고 늘 시간에 쫓겼지만 잠깐이라도 짬이 나면 이곳으로 오곤 했다. 원피스 뒤에 묻은 커다란 얼룩이 버려진 아이의 다친 마음처럼 보여서 조금이라도 같이 있어주고 싶었다.

가끔씩 지나가는 트럭의 운전수들도 우리를 힐끔 보고는 지나쳐갔다. 바람이 살살 일면 초록 이파리들이 흔들리고 아이의 검은 머리카락도 슬며시 나부꼈다. 선풍기는 고개를 외로 꼬고 우리를 바라보고 있었다. 아이와 나는 몇 시간이고 그 자리에 그대로 앉아 있었다. 참으로 마음이 편했다. 누군가가 옆에 있지만 아무도 없는 것처럼 서로를 상관하지 않아도 되는 그런 편안함이 좋았다. 아이에게 질이 있다는 걸 몰랐던 그때가 지금보다

200

훨씬 좋았다. 리얼돌 마니아들이 그렇게 많다는 걸 몰랐던 때가 좋았다. 아이가 비싼 물건이라는 사실을 알게 된 지금은 그때의 편한 마음이 사라져버린 것이다.

왜 이런 인형이 만들어졌는지, 누가 이 인형을 버렸는지 알고 싶었다. 그래서 인터넷으로 검색을 해봤다. 실리콘 인형은 음란물에 대한 수입금지 조항을 어긴 밀수품이었다. 회원수가 이백 명이 넘는 리얼돌 사이트에는 일본과 미국에서 만들어진 인형의 사진들이 넘쳐나고 있었다. 수컷들이 열광하는 판타지를 고루 갖춘 모습이었다. 순종하는 얼굴과 매끈하게 쭉 빠진 팔다리. 모두가 어리거나 청순한 얼굴을 가진 글래머들로 음모가 달린 인형까지 있었다. 그들은 실리콘 인형을 '더티 와이프'라고 부르고 있었다. 마누라 대신 데리고 자는 물건이니까. 값이 좀 비싸지만 진짜 마누라 유지비용보다는 훨씬 싼 거라며 리얼돌 마니아들은 인형의 성적 기능을 노골적으로 칭송했다.

아이의 팬티에 인쇄된 일본 글자가 제조사의 이름임을 그곳을 통해 알게 되었다. 아이를 닮은 인형의 사진 밑에 "제가 갖고 있는 리얼돌과 비슷하게 생겼군요"라는 글을 달자 하루 사이에 열 개가 넘는 댓글이 달렸다. "어떻게 구하신 겁니까? 부럽군요. 혹시 싫증이 나셨다면 제가 구입할 용의가 있어요. 사진을 올려주세요." 생각보다 폭발적인 반응이었다. 구입을 희망하는 자와 메일을 몇 번 주고받다보니 나도 모르게 휘말려버렸다. 처음부터 아이를 내다팔 생각은 없었는데도 말이다.

이틀에 한 번꼴로 카드회사의 전화를 받는다. 독촉받는 게 지겨워서 결제 가능한 날짜를 아무렇게나 대버렸다. 그 날짜마저 어기면 차압이 들어온다는 말에 나는 속으로 실실 웃었다. 내게도 차압을 당할 재산이 있던가. 내가 가진 건 내 부모가 나란히 묻혀 있는 묘지뿐이다. 내가 들어갈 자리는 어디냐고 물었다가 어른들에게 혼이 났던 그 묘터만이 유일하게 내가 소속된 공간이란 말이다. 그리고 보면 사람에게도 유통기한이 있는 셈이다. 정해진 기한이 언제인지 몰라 별생각 없이 살아가고 있지만 결국은 같은 곳을 가게 될 것이다.

스톱워치에 새겨진 시간은 일곱시 십분. 우물거릴 때가 아니다. 자석요를 양쪽 옆구리에 끼고 언덕 아래를 구르듯이 내려간다. 지금쯤 아이가 벽 틈에 서서 지루한 시간을 보내고 있을 것이다. 아니, 아이 때문에 서두를 필요는 없다. 그애의 시간은 언제나 멈춰 있다. 시간의 가름은 그들이 아닌, 우리에게나 필요한 것이다. 아무것도 안 하고 시간을 보내면 세상에서 누락된다. 누군가가 나를 돼지꼬리표를 붙여 삭제해버릴 것 같다. 잡초 더미를 밟고 미끄러지자 가방 속의 전깃줄이 뒤엉키는 소리가 난다. 쓸모도 없는 자석요는 쓸모가 없기 때문인지 참으로 무겁다.

다시 스톱워치의 버튼을 누른다. 맨 뒷자리의 숫자부터 빠르게 바뀐다. 계속해서 더해지는 숫자들을 볼 때마다 마음이 조급해진다. 내게 남은 유통기한은 얼마나 되나. 대체 얼마나 버티고 겪어야 사필귀정의 우물 속으로 돌아가게 될 것인가. 평지에 들어서면 달리기를 시작해야겠다. 걷는 것만으로는 조급해진 마음을 달랠 수가 없다. 걸음을 빨리하자 습기를 머금은 바람이 내 이마에 가볍게 부딪쳐온다.

사내의 자동차는 뿌연 흙먼지를 일으키며 사라졌다. 사내의 말쑥한 감색 정장이나 금딱지 손목시계 따위가 잔영으로 남았지만 실제로 내 손에 남겨진 건 수표가 든 두툼한 봉투였다. 나는 수표를 세보지도 않고 뒷주머니에 쑤셔넣었다. 이 돈으로 카드빚을 청산하고 내 돈을 돌려받을 방법을 차분히 연구해야겠다. 돈이 생기면 하고 싶은 일이 많았다. 그 동안 내가 하고 싶어했던 일들을 하나하나 떠올려본다. 공돈을 쓰다보면 지금 이 순간의 더러운 기분은 다 잊어버리게 될 것이다. 리얼돌 사이트에서 만난 사내와의 거래는 그것으로 끝이었다. 생각보다 간단한 일이었다.

사내의 차가 남기고 간 바큇자국을 따라 걷다가 공터의 수풀 속으로 들어간다. 스톱워치의 버튼을 누른다. 사내가 사라진 지 이제 겨우 삼 분이 지났다. 얼마나 많은 시간이 지나야 이 일을 잊게 될까. 나는 아이와 나란히 앉았던 바로 그 자리에 가 털썩 눕는다. 등허리가 축축해지면서 몸이 썰렁해진다. 속도 출출하다. 배낭 안에는 대여섯 포의 가시오가피 원액이 있지만 그건 냄새도 맡기 싫다. 그저 멍하니 위를 본다.

아침에 반짝 내렸던 여우비가 자취를 감추자 하늘이 전에 없이 맑다. 하늘에는 새끼손가락만한 비행기가 천천히 날아간다. 구름의 움직임에 비하면 비행기는 너무 느리다. 요 며칠 내린 비로 무섭게 자란 잡초들이 물방울을 매달고 한쪽으로 쓰러져 있다. 그 틈으로 그 동안 감춰졌던 쓰레기들이 드러난다. 어느 지점에 무슨 쓰레기가 들어 있는지 보지 않아도 훤히 안다. 해바라기처럼 머리를 떨어뜨리고 있는 선풍기가 바로 옆에 있고 벌겋게 녹이 슨 구이용 불판 옆에는 플라스틱 서랍장이 있다. 세상에는 생명이 있는 것과 사람이 만든 물질들이 공존한다. 언젠가는 물질들이 이 세상을 다 차지하겠지.

물기 묻은 팔뚝에 한 줄기 바람이 스치자 익숙했던 감촉이 되살아난다. 메마르고 서늘한 감촉이다. 언젠가는 잊어버리겠지만 지금은 아이의 모습과 감촉이 생생하다. 한 번도 웃지 않았던, 그 냉랭했던 표정이 자꾸만 생각이 난다. 내일이면 남의 것이 되니까 딱 한 번만 하려고 했다. 그런데 한 번으로 그쳐지지 않았다. 나도 모르게 또 하고 또 달려들어 정액을 쥐어짜고 있었다. 내일부터는 아이가 다른 놈 밑에 깔리게 된다는 생각이 내 머릿속을 떠나지 않았다.

몸이 더럽다고 퇴짜를 맞을까봐 방수포에 고여 있는 빗물로 아이를 씻기고 누런 흙물이 줄줄 떨어지는 머리카락을 감겨주었다. 아이를 씻기면서 이런 즐거움을 왜 미루었는지 후회했다. 나는 뻣뻣한 몸을 씻기는 일에 능숙했다. 어려서부터 아버지의 머리를 감겨주고 뜨거운 수건으로 손발을 닦아주곤 했으니까. 누워 지내는 사람의 특징은 손가락과 손가락 사이에 섬유질의 가느다란 먼지가 낀다는 점이다. 아이의 손가락 사이에도 먼지가 끼어 있었다. 먼지를 씻겨낸 실리콘의 표면은 매끈한 윤이 돌았다. 기름진 윤기가 아니라 마치 얼음이 잘강거리는 유리잔에 낀 서리처럼 불투명하고 말간 윤기가 아이의 몸 전체에서 흐르고 있었다.

몸체의 양쪽 측면에 실처럼 가느다란 선을 손가락으로 만져보았다. 대량생산의 증거물인 금형 자국이었다. 아이도 수많은 인형 중의 하나일 뿐이라는 생각이 새삼 내게 용기를 주었다. 새로 사온 원피스로 갈아입히고 머리카락을 세심하게 빗겨주었다. 구입자는 "교복을 입히면 끝내줄 것 같아요"라고 말했지만 교복은 너무 비쌌다. 나는 아이를 하나의 제품으로 완성시키려고 포장을 하면서도 신중을 기했다. 오른쪽 다리 연결부의 접착제 흔적은 칼로 긁어내 깨끗하게 마무리했다. 몇 번을 확인해도 감쪽같았다.

지하실의 박스들은 폭이 좁거나 길이가 짧아 아이의 몸을 접지 않으면 넣을 수가 없었다. 머리카락이 헝클어지지 않도록 조심스럽게 아이를 박스 안에 넣었다. 우리가 함께 보냈던 여름도 한데 집어넣었다. 쪼그려앉혔는데도 워낙 박스가 작아 덮개 위로 아이의 검은 머리가 튀어나왔다. 우악스럽게 눌러 박스를 봉하려다가 열어보니 아이의 목이 완전히 뒤로 젖혀져 이마가 박스 안쪽에 닿아 있었다. 섬뜩했다. 끄집어내서 다시 몸을 접어봤지만 요가 수행자들의 불편한 자세 이상은 나오지 않았다. 다리 사이에 목을 집어넣고 삼단으로 접어야 했는데 그렇게 할 때마다 내 목이 뻣뻣해지는 것 같았다. 하는 수 없이 잠시만 참으라고 아이를 달랬다. 잠깐이야, 아주 잠깐만 박스에서 참고 있으면 새로운 네 주인이 곧 너를 꺼내줄 거야.

그런데 약속시간에 맞춰 도착한 사내는 박스를 열어본 다음, 바로 트렁크에 넣어버렸다. 지나치게 사무적인 동작이었다. 그러면서 사내는 "이런 밀수품 인형이 또 있어?"라고 물었다. 사내가 준 봉투를 주머니에 넣어야 할지, 어째야 할지를 몰라 주춤거렸다. 그러자 사내는 "앞으로도 이런 인형을 팔 마음이 있으면 연락해, 우린 많으면 많을수록 좋아." 돈이 그렇게 많나? 인형의 얼굴이나 몸매보다는 목구멍과 질의 상태가 더 중요하다던 사내의 메일 내용이 떠올랐다. 순간 마음에 짚이는 게 있었다. 영업용으로 쓸 겁니까? 라고 물었더니 사내는 파란 담배연기만 공중으로 뿜어대다가 명함을 꺼내줬다. "한번 찾아와. 네 마누라가 그리우면 찾아오라고. 대신 공짜는 아냐." 사내가 준

명함에는 회원제 클럽이라는 글자 밑에 화려한 영문 상호가 금박으로 새겨져 있었다. "성매매 단속 특별법인지 지랄인지 때문에 대놓고 아가씨 장사는 못 하거든. 그나마 실리콘 애들한테 반응들이 좋은 편이야." 사내는 가게에 놀러 와서 자신을 찾으면 서비스를 잘해주겠다고 했다.

사내에게 거래를 그만두자고 말하고 싶었다. 이 돈 가지고 꺼져버려! 라고 소리치고 싶었다. 그러나 나는 비굴한 웃음을 지으며 가게로 놀러가겠다는 약속까지 했다. 사내가 사라지고 나자 명함을 구겨서 던졌다. 방금 겪었던 거래 자체를 뭉개버리고 싶었다. 하필이면 그런 곳에 아이를 팔아먹다니. 차라리 사내에게 아무것도 묻지 말 것을 그랬다. 사내의 몸에서 풍기던 화장품 냄새가 내 코끝을 맴돈다. 유통기한이 지난 가시오가피 냄새와 비슷하다.

그 동안 내가 무슨 짓을 했는지 도통 모르겠다. 지하실에서 아이와 보낸 지난날들과 방금 전에 아이를 팔아치운 일조차 비현실적으로 느껴질 뿐이다. 처음부터 아무도 없었고 또 이렇게 혼자 남았다. 뒷주머니의 두둑한 이물감이 자랑스럽지는 않지만 수치스럽지도 않다. 이 돈은 한시라도 빨리 없애버려야겠다.

공터를 빠져나오면서 아이가 있었던 자리를 버릇처럼 뒤져본다. 현장검증을 하는 것처럼 말이다. 버려진 쓰레기들은 대개가 종이박스나 플라스틱 물건 들이다. 또다른 인형을 기대하며 열심히 헤집어대는 나를 부서진 청소기가 일그러진 얼굴로 올려다 본다. 반쪽만 남은 청소기에 비해 선풍기는 멀쩡한 편이다. 재활 용품 센터가 바로 앞인데 이것들은 왜 여기에 있나. 언덕 아래 에는 가전제품들이 트럭 가득히 실려 있다. 전부가 폐기물인 줄 알았는데 고물상 아저씨는 그것들을 다른 후진국에 수출한다고 말했다. 재활용이 뭔지도 모르냐는 핀잔을 주면서 말이다.

햇살을 받은 가전제품들이 스스로를 뽐내듯 무리지어 하얗게 빛난다. 사람은 한 명도 보이지 않는다. 다들 어디로 갔나, 이것 들만 내버려두고. 지하실 내 아지트에도 자석요와 주방세트 들 이 나를 기다릴 것이다. 이리저리 수선을 떨어도 돈이 될 수 없 는 내 물건들. 쓸모는 없으면서 철없이 공간만 많이 차지하는 그것들 때문에 나도 언젠가는 제대로 된 공간을 사야 한다. 모 두가 달팽이처럼 물건을 싸짊어지고 살아가는 건 그것들이 우리 를 미혹하기 때문이다. 내가 팔아버린 그 아이처럼…… 문득 아 이가 생각난다. 날렵하게 빠진 허리께의 금형 자국이나 토실토 실한 하얀 뺨이 떠오른다. 자꾸만 생각이 난다. 나는 내던져버린 사내의 명함을 찾아 버려진 종잇조각들을 뒤진다. 젖은 잡초 사 이도 샅샅이 헤집어본다. 아무리 찾아도 없다. 아니, 아니 지금 은 이럴 때가 아니다. 좀더 맑은 판단력이 들 때까지 아무것도 시도하지 않는 것이 옳다.

이런 내 꼴을 선풍기가 이해할 수 없다는 듯 고개를 외로 꼬

고 쳐다본다. 선풍기 너도 재활용품 센터로 가보지그래. 너는 고
칠 수가 없다는 거야? 선풍기를 들어올린다. 모가지 부분의 플
라스틱이 부서져 있지만 전선은 손상된 것이 없다. 갈아치울 부
품이야 뻔할 것이다. 이 정도라면 나도 고칠 수 있겠다. 그래,
같이 가자. 너라도 데려가야겠다. 나는 물기가 뚝뚝 떨어지는 선
풍기를 잘 닦아 배낭에 집어넣는다. 동그란 날개 부분은 들어가
지 않아 내놓고 몸통만 집어넣는다. 배낭을 등에 지고 천천히
지하실로 향한다. 선풍기는 등에 업힌 아이처럼 고개를 덜렁거
리며 적막한 공터를 내다본다.

너의 콩조각

사람의 몸속은 아름다운 장기로 가득하다. 이 모든 것은 치밀한 설계로 만든 부드러운 조형물 같다.

병원 벽에 붙은 인체해부도를 그냥 지나치지 못한다. 이번엔 안 볼 거야, 다짐을 해도 붉은 빛깔의 이 그림은 어김없이 나를 불러세운다. 창자는 구불구불 뒤엉켰고 위장은 우아한 곡선을 자랑한다. 볼록한 심장은 하트 모양과는 거리가 멀다. 좌심방 좌심실, 우심방 우심실, 과학시간에 외웠던 따분한 명칭들이 떠오른다.

사람의 기억은 심장에 새겨진다고 했다. 아니다, 모든 장기의 세포마다 기억은 다 들어 있다. 자잘한 설명문 위의 동그란 신장이 내 눈길을 기다린다. 콩팥은 인체해부도의 주인공이다. 요즈음 내 삶의 주인공이다. 처음에는 그저 이것만 찾아보았다. 붉거나 파란 혈관이 매달린 동그란 신장. 나는 오늘도 이놈만 한참을 들여다본다. 섬세한 핏줄이 부챗살처럼 퍼진 강낭콩 반쪽이다. 저렇게 연결이 되는 거구나. 그래, 전선 같은 혈관을 이어서 이식을 한 거였어. 그애의 콩팥은 다른 몸으로 들어갔다. 어쨌든 이놈은 남았다. 다 사라진 건 아니다.

뱃속의 장기들은 빛도 없는 어둠 속에서 조금씩 움직일 것이다. 쉼 없이 활동을 해야 사람이 산다. 집중해서 볼수록 그림 속 장기들이 꿈틀거리는 것 같다. 조용조용 느릿느릿. 이건 육체가 지닌 심연이다. 매끈한 피부 속에 갇힌 진실. 야구 글러브처럼 생긴 자궁은 언제 봐도 아름답다. 허파의 점점이 무늬는 화강암처럼 근사하다. 우리 모두는 이것을 지니고 산다.

이렇게 아름다운 것들이 내 안에 있으니 얼마나 다행인가.

참고서를 넘기는 아저씨의 손을 본다. 길고 마른 손가락이다. 고무골무를 낀 검지가 넘어가는 페이지를 차지게 붙잡는다. 아저씨는 복사기 유리판에 책을 엎으려다 말고 내게 묻는다.

"이건 저번에 복사한 것 같은데?"

나는 서둘러 가방을 뒤지기 시작한다. 지난주에 아무렇게나 쑤셔박은 복사물 뭉치가 두툼하게 손에 잡힌다. 집에 가면 바로 내팽개치는 종이 더미. 내 책상 밑엔 이런 복사물이 점점 쌓여

간다.

"원래는 이건데요, 두 장씩 해주세요."

나는 이마를 손바닥으로 한 번 친 다음 사회 교과서를 건네준다. 아저씨의 고무골무가 내 손바닥을 스친다. 약간 축축하다. 숙제 검사를 하는 선생처럼 아저씨는 페이지를 들추며 다시 꼼꼼하게 살핀다. 어디부터 어디까지 하라고? 체크를 해줘야지. 나는 책을 돌려받으며 내 이마를 한 번 더 친다.

복사기에서 나는 기계음은 기차 소리와 비슷하다. 치그작, 치그작. 일요일 오후의 엷은 햇살이 사무실 바닥에 네모난 그림을 그렸다. 오늘따라 수족관에는 불이 꺼졌다. 물고기들이 다 죽었나? 네모난 플라스틱 통이 어두워서 안이 잘 보이지 않는다. 의자를 끌어다 아저씨 뒤편에 앉는다. 뒤에 앉아야 아저씨를 편히 볼 수 있다. 춥다. 플라스틱 의자의 냉기가 몸으로 스며든다. 배고프니까 더 추운 건가. 텅 빈 뱃속에서 천둥 같은 소리가 깊게 울린다. 난로를 쬐는 심정으로 환한 네모 안에 다리만 밀어넣는다. 잔소름이 돋은 허벅지가 훤히 드러난다. 자꾸만 길어지는 장딴지를 보면 한숨이 나온다. 치마를 잡아내리자 옆구리의 안전핀이 툭 풀린다. 몰래 지퍼를 올리고 허릿단의 안전핀을 단단히 봉한다. 성장을 멈추게 하는 약은 없을까. 조심스레 숨을 내쉬자 차가운 금속이 살을 옥죈다. 이젠 안전핀을 두 개로 늘려야겠다.

아저씨의 좁은 등을 본다. 인체해부도로 본 장기의 위치를 생각한다. 초록색 체크무늬 남방이 내가 보고 싶은 그것을 가리고 있다. 옷 속에는 피부, 저 피부 속에는 콩팥이 들어 있다. 낯선 환경에 들어간 그것에게 나는 안부를 묻는다. '잘 적응하고 있는 거야? 널 괴롭히는 놈은 없어?' 아저씨는 고무골무를 낀 손가락으로 페이지를 넘겨 복사기 유리판에 책을 엎는다. 덮개를 내려닫고 버튼을 누른 다음 다시 덮개를 연다. 리드미컬한 동작을 따라 기계음은 아슬아슬하게 연결이 된다. 덮개 밑에서 새어나오는 빛이 아저씨의 허리띠를 슬쩍 핥고 지나간다.

좁은 공간은 복사기 가동되는 소리뿐이다. 눈을 감고 소리에만 집중하면 기차를 탄 것 같다. 오늘은 기차를 타고 집에 갈까. 여기서 영등포역까지 버스 두 번, 내린 뒤에도 두 번 더 버스를 갈아타야 하니까 아무래도 번거롭다. 기차 시간을 맞추는 일도 간단치가 않다. 그래도 시외버스보다는 낫다.

비좁은 시외버스를 타고 컴컴한 국도를 지날 때면 왜 그리 서러운지 모르겠다. 다른 승객들이 코를 골며 자는 동안 나만 눈을 말똥거리며 내가 탄 버스가 낭떠러지로 추락하거나 마주 오는 트럭과 꽝 부딪치기를 간절히 바라곤 했다. 참으로 지루한 시간이다. 그러다가 잠이 들면 꿈은 늘 어지러웠다.

밖은 훤한데 가게 안은 침침하다. 바닥의 네모난 햇살이 흔적도 없이 사라져버렸다. 팔뚝에 돋은 자잘한 소름을 문지른다. 문지르는 손바닥이 더 차갑다.

"추우면 난로 켜줄까? 중앙난방식이라 휴일에는 불을 안 때주거든."

아저씨의 다정한 말투에 마음은 녹지만 입술이 얼어붙는다. 기어들어가는 목소리로 춥지 않다고 대답한다. 아저씨와 눈이 마주치면 나도 모르게 긴장이 된다. 처음부터 그랬다. 처음 이곳에 왔을 때부터 지금까지.

탁자 위에서 휴대전화 벨소리가 울린다. 종이 밑에 깔린 전화기를 찾아주면서 액정화면에 든 아저씨의 가족사진을 힐끗 본다. 다들 눈이 크다. 역시 그럴 줄 알았다. 아저씨는 전화기를 열자마자 어떻게 됐어요? 라며 묻기부터 한다. 아저씨의 표정이 급작스레 밝아진다. 좋은 일이 생긴 모양이다.

처음 이 가게를 찾았을 때 아저씨의 얼굴을 보자마자 웃음부터 나왔다. 우동가락처럼 굵은 아저씨의 쌍꺼풀 때문이었다. 성진이가 마침내 소원을 풀었다는 생각을 했다. '내 눈 때문에 엄마랑 누나가 쌍꺼풀 수술한 거 들키겠다고 난리야. 정말 그렇게 보여?' 그런 말을 하며 성진이는 일부러 눈을 크게 부릅뜨곤 했다. 성진이의 눈은 얇은 연필로 선만 슬쩍 그려놓은 것처럼 작았다. 그런 눈으로도 보이기는 하냐고 묻자 뵈는 게 없어야 더 빨리 달리는 거라고 했다.

성진이는 발을 땅에 붙이고 있어도 언제나 달릴 궁리만 했다. 오토바이가 화근이었다. 성진이 삼촌이 오토바이를 두고 군대에

간 다음부터 속도에 빠져들었다. 가만히 서 있어도 자신을 둘러싼 공기가 바람처럼 갈라지는 걸 느낀다고 했다. 눈 딱 감고 덤벼야 진정한 속도를 누리게 된다고 했다. 그 말 그대로, 정말로 뵈는 게 없어서 가로등을 들이받았을까. 헬멧이 조각날 정도라면 대체 얼마나 아팠던 것일까.

아저씨는 전화기를 어깨에 대고 책을 넘긴다. 고맙다는 말을 하며 큰 소리로 웃는다. 굵은 눈가에 더 굵은 주름이 잡힌다. 보기 좋은 웃음이다. 복사기가 내보낸 종이가 두께를 갖고 쌓여간다. 이젠 복사할 내용도 얼마 남지 않았다. 바닥을 드러내는 통장의 잔고처럼 소모되는 속도가 너무 빠르다.

오늘은 아무거나 물어봐야 한다. 자꾸 허탕치면 안 된다. 아저씨는 성진이의 존재를 알아야 한다. 자기 몸에 든 것이 원래는 누구의 것인지 궁금하지도 않을까. 저기요, 나는 떨리는 손으로 아저씨의 등을 친다. 고물 텔레비전을 두들기거나, 마요네즈 병을 거꾸로 들고 병 바닥을 두들길 때처럼 탁탁 친다.

"아저씨 휴대전화에 든 사진, 가족이죠? 난 이건데. 이게 누군지 알아보겠어요?"

아저씨는 고개를 숙여 화면을 봐준다. 작년 봄, 롯데리아에서 찍은 성진이 얼굴. 내가 갖고 있는 것 중에서 그나마 제일 크고 또렷하게 나온 사진이다.

"얘가 우리 가게에 왔었나?"

"왜요? 어디서 본 것 같아요? 아는 얼굴이죠? 생각이 나세요?"

"아니, 네가 알아보겠냐고 하니 그러지. 지금 처음 본 것 같은데. 네 동생이냐?"

오늘도 실패. 차라리 녹음된 목소리를 들려줄까. 저번에는 요미우리 자이언츠의 이승엽에 대해 물었다. 오토바이에 대한 아저씨의 상식을 진단해보기도 했다. 성과는 없었다. 한숨이 나온다. 아는 사람 하나 없는 낯선 이곳에서 나 혼자, 구겨진 파지처럼 이게 뭔가.

아저씨는 복사된 종이들을 탁자 위로 옮겨준다. 스테이플러를 찍는 건 내 몫이다. 나는 종이를 세워 들쑥날쑥한 페이지를 보기 좋게 간추린다. 복사기가 뱉어낸 종이는 따스하다. 뜨듯한 종이를 만지자 누군가와 맞잡았던 손의 온기가 떠오른다. 내 손바닥을 꼭꼭 눌러주던 손가락, 커플링 대신이라며 머리끈을 손가락에 감아줄 때 느꼈던 그 손의 따스함.

"내 친군데요. 지금은 없어요. 딴 세상으로 가버렸어요."

아저씨는 저런, 하며 몸을 돌린다. 어쩌다? 아저씨의 커다란 눈동자가 조금씩 작아지는 게 보인다. 너무 지독한 소릴 한 건가.

"남은 부분도 있으니까 완전히 사라진 건 아니지만. 어쨌든 얘를 만날 수가 없네요."

"그럼 어디서 잘 살겠지. 살다보면 다 만나게 되는 거야." 복사기에서 바로 꺼낸 종이는 더 따스하다. 숨이 붙은 것처럼 온기가 느껴진다. 종이를 뺨에 댄다. 날카로운 모서리로 볼을 콕콕 찔러본다. 살다보면 만나게 된다고? '만난다'는 말을 혀끝에 올리자 몸 전체가 서늘해진다. 뱃속 어두운 곳에서 방울 소리 같은 것이 투명하게 울린다. 만난다, 만나지 못한다, 만날 수가 없다…… 유리잔에 담긴 얼음물처럼 잘강잘강 울리고 있다. 마치 온몸이 얼음물로 가득 찬 것 같다. 곱은 손을 마주대고 비빈다. 3월의 공기는 냉정하고 쌀쌀맞아 사람을 외롭게 만든다. 숨을 한껏 들이마신 다음 치마의 안전핀을 야무지게 다시 채운다. 그래 봤자 추운 건 여전하다. 종이도 금세 식었다. 다들 차가워진다. 따스한 것들은 모두 어디로 갔나. 눈물이 굴러떨어질 것 같아 스테이플러를 꽝꽝 박으며 외친다.

"맞아요, 맞아. 어디서 잘 살고 있을 거예요."

종이에 박힌 철심은 죄 찌그러지고 반쯤은 들떴다. 깨끗한 일자 모양은 하나도 없다. 스테이플러 심이 엑스자가 되도록 그 위에 겹쳐 찍고 또 찍는다. 낱낱이 부스러진 나를 누군가가 이렇게 고정시켜주면 좋겠다.

팔을 최대한 깊이 집어넣는다. 팔이 고무줄처럼 늘어나기를 바라며 발끝에 힘을 줘서 점프를 한다. 까슬까슬한 헝겊과 커다란 단추가 만져진다. 이건 아닌 것 같다. 이번엔 손에 잡히는 대로 끄집어낸다. 손전등 불빛에 돌돌 말린 청바지와 샌들 한 짝이 드러난다. 하나같이 시큼한 냄새가 난다. 재활용품 수거함을 샅샅이 뒤진다. 까치발을 해도 수거함 입구가 워낙 높고 좁아 안이 보이질 않는다. 손가락이 다시 까슬까슬한 옷감에 가 닿는다. 이번엔 매끄러운 비닐과 끈적끈적한 물기. 그 밑에는 바닥이다. 이 통에는 없다. 꺼냈던 옷과 신발 들을 도로 쑤셔넣는다.

컴컴한 종점 차고지로 환한 불을 밝힌 버스가 천천히 들어온다. 종점에서 내리는 승객 중에 아는 얼굴은 없다. 쓰레기봉투를 다시 뒤져볼까. 동글동글하게 쌓여 있는 봉투 더미들이 나를 비웃는 것 같다. 손전등을 껐다가 다시 켠다. 엄마가 내 치마를 여기 버리지 않았다면 맞은편 시장 골목을 뒤져야 한다.

종점에서 내린 사람들 틈에 섞여 길 건너편으로 달린다. 배가 고파 다리가 후들거린다. 엄마 말대로 낡고 작아져 못 입을 옷이긴 하지만 일요일에는 그걸 입어야 한다. 서울에 있는 복사집에 갈 때는 다른 옷을 입을 수 없다.

내가 그 청치마와 노란 셔츠를 처음으로 입고 나간 날, 성진이는 휘파람을 휘익 불었다. 그렇게 입으니까 끝내준다며 난리를 쳤었다. 다른 애들은 몰랐다. 성진이가 그 옷을 손수 골라줬다는 사실을. 얼어죽을 것 같았지만 성진이의 장례식에도 그 옷을 고집했던 이유를 아는 애들은 없다. 그 옷은 찾아올 길을 몰라 헤매고 있는 성진이의 기억에 친절한 표지판이 될 것이다.

시장으로 가는 지름길에 들어선다. 주택가 주변을 찬찬히 살핀다. 외지거나 한적한 장소에는 의류 수거함이 있게 마련이다. 어느 집에서 피아노 연습하는 소리가 흘러나온다. 예전에 배웠던 곡이라 내 손가락이 따라 움직인다. 스타카토, 저 대목은 스타카토인데 저렇게 미지근하게 치다니. 음정도 자꾸 틀린다. 네 소절만 반복되는 서툰 피아노 소리에 기분이 한결 나아진다. 침침한 골목이 저 소리 덕분에 조금은 밝아진 것 같다.

소리에 맞춰 발을 까딱거리며 걷는다. 발이 부은 것처럼 뻑뻑하다. 운동화에 갇힌 발가락들을 차례대로 움직여본다. 이백오십 사이즈 운동화가 그새 작아졌다. 몰래몰래 밥을 버리고 악착같이 허기를 참아내고 있지만 성장은 멈추지 않는다. 저주받은 몸이다. 성진이 사진을 보고 네 동생이냐고 물었던 복사집 아저씨의 말이 떠오른다. 이렇게 변하다가는 작년의 나를 잃어버릴 것 같다. 성진이가 마지막으로 봤던 내 모습 그대로 돌아갈 순 없을까.

세탁소 옆 돌계단에 앉아 꽉 끼는 운동화를 벗는다. 휴대전화로 시간을 본다. 벌써 여덟시. 버릇처럼 음성메시지의 버튼을 누른다. 오늘은 등교하면서 딱 한 번 들었을 뿐이다. "야, 너 요새 삐쳤냐? 내가 문자 보낸 거 왜 씹어? 하여간 기말고사 끝나는 날 거기로 나와. 안 나오면 후회한다. 중요한 말 해줄게. 졸라

중요한 일이거든. 너 긴장해! 텐션 플리즈." 성진이의 음성은 일
년이라는 시간을 간단하게 접어버린다.

뻐기는 말투가 분명하지만 '텐션 플리즈' 라는 발음에만 녹이
묻은 듯 목소리가 갈라진다. 수백 번을 들어도 목소리만으로는
그 중요한 일이 뭔지 알 수가 없다. 쾌활하면서도 약간은 지친
어조를 들을 때마다 내 속이 타들어간다.

그때 나갔어야 했다. 가벼운 말다툼을 크게 확대했던 내가 나
빴다. 한 번쯤은 전화를 해줬어야 했다. 그날 성진이는 나를 얼
마나 기다렸을까. 내게 얼마나 화가 났을까.

"음성메시지를 들으시려면 일 번을 누르시고" 기계음을 다 들
을 것도 없이 바로 일 번을 누른다. 흘러나오는 목소리에 집중
을 한다. 주변은 시끄럽고 자동차 소리도 들린다. '졸라 중요한
일'은 대체 뭘까.

너무나 답답해서 친구와 '분신사바'까지 해봤다. 책상에 종이
를 펼치고 양 끝에 예, 아니오, 라고 적었다.

"분신사바, 분신사바…… 오잇데 구다사이! 우리 앞에 나타
난 너는 이성진이냐?"

친구는 영매라도 된 것 같은 근엄한 얼굴로 허공에 대고 호령
했다.

"말해봐, 이천승씨 막내아들 93년생 이성진이 아니라면 사라
져버리고 맞는다면 예라고 대답하라."

친구와 내가 마주 잡은 볼펜이 '예'라고 쓴 종이 위로 서슴없이 움직였다. 친구는 성진이의 혼령이 도착했다며 겁에 질린 표정을 지었다. 나는 텅 빈 교실을 샅샅이 훑어보았다. 오징어를 좋아하냐고 물어봐, 오징어 말이야. 내가 채근을 했다. 이번에도 볼펜은 긍정의 대답 쪽으로 움직였다. 우리는 깜짝 놀라 침을 삼켰다.

"너는 어떻게 죽었지? 트럭을 피하려다가 가로등을 들이받았지?"

역시 그렇다는 대답.

"분신사바, 분신사바, 오잇데 구다사이! 수영이에게 얘기하려던 '졸라 중요한 일'이 뭔지 말하라! 사랑한다는 말?"

친구의 얼굴에 장난기가 감돌았다. 볼펜을 잡은 손끝에서 '예'라고 쓴 종이 쪽으로 억지로 미는 힘이 느껴졌다.

내가 슬며시 미소를 짓자 친구는 더 신이 났다. 엉뚱한 질문을 던지고 스스로 답을 구했다. 모든 것이 의도였다. 친구의 손 힘에 의해 볼펜이 움직일 때마다 속았다는 기분 대신 은근한 재미가 느껴졌다. 헤어나지 못하는 구덩이에 처박힌 나를 더는 두고 볼 수 없었던 모양이다. 우리는 서른 가지도 넘는 질문을 허공에 던지고 볼펜으로 대답을 구했다. 대만족이었다. 분신사바는 성진이 귀신과의 만남이 아닌 내 친구와의 우정 어린 소통이었다.

다시 음성을 듣는다. 이건 중독이다. 한번 듣기 시작하면 계속 듣게 된다. '텐션 플리즈' 부분에 이르면 생각이 많아진다. 우물거리면서 뭔가를 입에 물고 있는 것 같은 어조. 목소리를 남길 때 오징어 다리를 씹고 있었나?

성진이는 불에 굽지 않은, 날 오징어다리를 내내 물고 다녔다. 유독 갸름해서 고왔던 턱선을 남자답게 만들려고 틈만 나면 마른오징어를 씹어댔다. 다른 애들은 성진이가 내뿜는 오징어 냄새가 지독하다고 성화였지만 나는 아무렇지도 않았다. 날것의 비린내가 숨결에서 훅 끼칠 때면 나도 모르게 오금이 저렸다.

가끔은 그애의 입술에서 오징어다리에 붙어 있던 동그란 빨판이 눈곱만한 크기로 붙어 있는 것을 발견하기도 했다. 그 모양이 너무나 귀여워 살짝 떼어내 간직하고 싶을 정도였다. 성진이가 내 뒤를 말없이 따르며 어두운 논둑길을 바래다줄 때도 나는 은근한 오징어 비린내를 즐겼다. 달빛은 밝았고 개구리 소리만 사방에서 들렸다. 아무 근심 걱정이 없던 그때, 우리의 시선은 앞으로만 향해 있었고 되돌리고 싶은 건 하나도 없었다.

휴대폰의 폴더를 닫고 성진이가 말하려 했던 '졸라 중요한 일'이 무엇인지 생각해본다. 성진이가 죽기 전에 내게 보냈던 눈길이나 말 들을 곰곰이 떠올려본다. 그 당시 성진이는 새 오토바이를 구입할 거라고 큰소리를 쳤었다. 혹시 그걸 자랑하고 싶었나? 당시의 다이어리를 봐도 특별한 기록은 없다.

그날, 병원에 있는 사촌언니에게서 전화를 받은 이후로 다이 어리에는 손도 대지 않았다. 지금까지 깨끗하게 비었다. 그날 아 침의 다급했던 음성은 지금도 생생하다.

"너무 놀라지 말고 내가 하는 말, 잘 들어. 지금 네 남자친구 여기 와 있어. 어젯밤에 실려왔는데…… 아냐, 병원에 오지 마. 지금은 안 돼. 대신 마음의 준비는 하고 있어라."

그런 전화를 받고서 나는 무슨 정신으로 계란을 세 개나 구워 밥 한 그릇을 다 먹었을까. 그후로도 그랬다. 뭐가 어떻게 돌아 가는지도 모르고 그저 꾸역꾸역 밥그릇을 비웠다. 나는 식충인 가보다. 지금도 늘 배가 고프다. 몸이 자라는 것이 싫어 허기를 참아내고 식욕이 떨어지는 생각만 하지만 결국에는 먹는다. 성 진이 말대로 나는 늘 긴장하며 살아야 한다. 아저씨의 주소를 알아낼 때는 너무 긴장해서 따로 마음의 준비를 해야 했다.

모조리 기억에 대한 얘기였다. 장기를 기증받은 사람들에 대 한 이야기는 세상에 널렸다. 주고 떠난 사람들보다는 받고 남은 사람들의 이야기가 더 많았다. 장기를 기증받은 사람은 기증자 의 기억과 음식 취향까지 물려받는다는 믿기 어려운 사실을 알 게 되었다. 플레이어를 작동하면 재생되는 비디오테이프처럼 장 기 안에는 기억이 보존된다고 했다.

우리는 그에 관련된 드라마와 영화를 샅샅이 뒤져봤다. '넌 어쩌면 좋니? 이제 복사집 아저씨가 너를 사랑하게 될 거야. 그 아저씨가 가정을 버리지 않으면 넌 첩이 되는 거라고!' 그런 드라마를 너무 찾아 본 탓일까. 친구들은 끝도 없이 얘기를 부풀렸다.

우리는 성진이의 콩팥을 받은 그 남자를 만나기만 하면 모든 것이 해결될 거라 믿었다. 성진이가 내게 말하려던 '졸라 중요한 일'을 그 남자에게서 듣게 될 줄 알았다. 가끔은 아저씨에게 내 사연을 솔직하게 말해버리고 싶을 때가 있다. 그렇지만 내 얘기를 듣고 아저씨가 영향을 받을까봐 무섭다. 내가 원하는 대로 아저씨가 무어라 말을 해준다 해도 과연 그 말이 성진이의 기억인지 아저씨의 생각인지 믿을 수 없다. 나는 성진이만의 순수한 기억이 돌아오기를 원한다.

신발을 꺾어신고 시장 골목으로 향한다. 시장 안의 크고 작은 간판이 흐릿하게 번져 보인다. 기름진 냄새를 맡자 억눌렀던 허기가 미친 듯이 솟구친다. 가게마다 셔터를 내리는 소리에 내 뱃속에서 나는 허기진 소리가 뒤섞인다. 의류 수거함은 보이지 않는다.

내가 어디로 가고 있는지 나도 모르겠다. 앞으로는 어떻게 해야 하는지도 모르겠다. 그날, 그 이후부터 나는 늘 이런 상태다. 여기까지 와서 멈출 수는 없다. 나도 성진이를 닮아간다. 일단 가속이 붙으면 멈출 수가 없다.

작은 열대어가 느긋하게 헤엄친다. 플라스틱 수초 사이로 몸을 숨겼다가 다시 위로 솟구쳐오른다. 물방울도 끊임없이 보글보글 수면 위로 오른다. 열대어가 전보다 많아진 것 같다. 둘, 넷, 여섯, 여덟, 저기 인조석 뒤에 또하나. 물고기의 볼록한 뱃속은 투명하다. 둥글고 조그만 장기가 그 속에서 할딱거린다.

얼굴을 대고 가까이 본다. 실금 같은 가시 안에 아주 작은 것이 들어 있다. 마치 비닐백에 든 물건처럼 솔직하고 명백하게 내보이고 있다. 사람의 피부도 저렇게 투명하다면 속에 든 장기가 훤히 보일 텐데. 자세히 보려고 할 때마다 물고기는 약을 올리듯 수초 속으로 사라져버린다.

"그거 맘에 들면 가져가."

아저씨는 집에도 수족관이 하나 더 있으니 가져가도 좋다고 한다. 저걸 들고 어떻게 그 먼 길을. 아저씨는 내가 어디 사는지 상상도 못 할 거다. 물고기는 뭘 먹느냐고 묻자, 아저씨는 수족관 옆의 둥근 플라스틱 통을 가리킨다.

나는 종이처럼 얇은 사료를 물 위에 뿌려준다. 열대어들은 수직으로 떠올라 가벼운 먹이다툼을 한다. 입을 옴찔거리는 놈을 자세히 본다. 먹이를 소화하는 뱃속을 보고 싶다. 바깥에서 들어온 것을 안에서 어떻게 처리하는가를 알고 싶다. 그런데 볼 수가 없다. 열대어는 먹이 때문에 빠르게 움직인다.

복사기에 종이를 채워넣은 아저씨는 빨간색 버튼을 엄지로 꾹 누른다. 치그작, 치그작. 복사기 기차는 달리기 시작하고 종이는 차분하게 빠져나온다. 방금까지 비어 있던 백지가 새로운 얼굴을 얻었다. 책을 가져오지 않아 지난주의 복사물을 다시 복사한다. 원본이 필요 없는 간단한 증식이다. 하나는 금세 여럿이 되고 그 여러 개는 다시 무섭게 늘어나 기하급수적으로 번식을 한다. 복사기 옆으로 빠르게 튀어나오는 종이들을 보며 나는 원본 없는 세상을 상상한다. 복사물이 넘쳐나는 세상. 나는 원본일까, 복사본일까.

"제일 진하게 뽑았는데도 글씨가 흐릿하네. 괜찮겠어?"

아저씨는 걱정스런 얼굴로 종이를 보여준다. 아무래도 상관없다. 내가 지불하는 돈은 복사를 마친 종이 값이 아니다. 나머지 쪽수를 헤아리며 아저씨가 말한다.

"저기 탁자에 있는 색상지 가져갈래? 기획서 꾸밀 때 표지로 쓰던 건데, 많이 남았다."

"그래도 돼요? 나중에 필요할지도 모르잖아요."

"이 가게 문 닫을 거야. 하루빨리 물건을 줄여야 돼."

복사집이 없어진다고? 가슴에서 쿵, 소리가 난다.

"왜요? 언제부터 그만두는데요?"

"예전에 다녔던 회사에서 연락이 왔어. 다시 나오라는데."

자랑을 하는 것 같은 표정이다. 그만둔 지 사 년이나 지났는데도 자신을 필요로 하는 회사가 있다는 건 행운이라는 소리를 한다. 내 귀에는 그런 얘기가 들어오지 않는다. 이제야 말문을 열었는데, 이제 좀 익숙해졌는데.

나는 플라스틱 의자에 멍하니 앉아 석 달 동안 부지런히 드나들었던 공간을 둘러본다. 문득 허릿살이 따끔, 아프다. 벌어진 안전핀이 살에 박혔다. 아픔은 허리에서 가슴으로 전이된다. 이 치마를 찾느라 들인 수고도 별것 아닌 게 되어버렸다.

"그럼 가게는 오늘로 끝인가요?"

"아니, 한 달 정도는 기다리려고. 인수할 사람을 수소문하고 있는데 아무도 안 나서면 하는 수 없지만."

출근이 뭐 그리 대단한 일인지 나는 모르겠다. 다만 한 달이라는 기한을 깊이 새겨듣는다. 남은 한 달 동안, 네 번의 일요일에는 아저씨를 볼 수 있다. 당장 끝난 건 아니라는 말이다. 그래도 허전하다. 허망하다. 속이 텅 빈 것같이 허기가 느껴진다. 아저씨는 판촉용 볼펜 꾸러미와 펀치 등을 꺼내준다. 나는 별생각 없이 받아든다.

아저씨의 허리께에 시선이 간다. 성진이의 콩팥이 들어 있는 옆구리. 콩이나 팥처럼 생겨서 콩팥이라 한다지만 달리 보면 꼭지 떨어진 땡감 반쪽 같기도 했다. 진한 분홍색에 빨갛고 파란 핏줄이 달려 있던 그것. 과학실 게시판이나 병원 복도에서 봤던 인체해부도가 절로 떠오른다. 나는 아저씨 속에 든 강낭콩 쪼가리에게 안부를 묻는다. 이젠 적응을 했지? 아저씨의 안색을 보면 네가 잘하고 있다는 걸 알게 돼. 그 안에서는 네가 제일 어리 겠네. 그런데 나는 앞으로 뭘 해야 하지?

깡충한 치맛단을 내리느라 몸을 숙이자 웃옷 단추가 공처럼 튕겨나간다. 이제는 웃옷까지 속을 썩인다. 바닥에 쪼그려앉아 더듬더듬 단추를 찾는다. 단추는 스포츠신문 더미 위에서 반짝인다. 그런데 내가 발견한 것은 단추만이 아니다. 먹다 남은 오징어다리가 그 옆에 꼬부라져 있다.

오징어, 생각도 못 했던 오징어! 질경질경 오징어다리를 씹던 성진이의 입매가 떠오른다. 나도 모르게 웃음이 실실 나온다. 으쓱으쓱 춤이라도 추고 싶다. 이건 단순한 우연이 아니다. 나는 아저씨에게 바짝 마른 오징어다리를 들이대며 질문을 퍼붓는다. 이거 아저씨가 씹다 버린 거죠? 매일 드세요? 언제부터 좋아했어요? 한 일 년 전부터 좋아하게 된 건가요?

"잘 모르겠네. 오징어. 세균이 많은 건 조심해야 하는 입장이라. 이거 싫어하는 사람도 있나?"

참으로 답답하다. 단 한 번이라도 내가 원하는 답을 해주면 얼마나 좋을까.

"그래도 자꾸 드시고 싶고, 씹고 싶고 그러죠?"

아저씨는 빙그레 웃으며 묻는다. 왜 그런 게 궁금한데? 커다란 쌍꺼풀이 주저앉은 선 굵은 웃음이다.

"지난번에 보여드린 사진 속의 남자애가 오징어를 무진장 좋아했거든요."

"그게 나랑 무슨 상관이냐?"

"왜 상관이 없어요?"

대뜸 소리부터 지르고 보니 너무 멀리 갔다. 이건 위험수위에 가깝다. 되돌릴 말이 생각나지 않는다. 차라리 솔직해지자. 그애가 어떻게 해서 아저씨 몸속에 들어갔는지를 말해야겠다. 생각해보면 참으로 긴 얘기다. 막상 보따리를 펼치려니 성진이 목소리가 떠오른다. '텐션 플리즈!' 그래, 그래. 긴장하고 있어. 아직은 시간이 있다. 남은 한 달 동안에 오징어다리 같은 새로운 증거물이 등장하면 어쩌나. 여기까지 왔는데 포기를 해야 하나.

나의 망설임 때문에 복사 작업은 잠시 중단되었다. 나는 흐릿한 글자를 보며 원본 없는 증식을 생각한다. 두 개로 이은 안전핀처럼 연결되고 또 연결되는 것. 늘어나고 또 늘어나 한껏 부풀어오르는 것. 그런 것들을 생각하며 딱딱한 오징어의 빨판을 손끝으로 튕긴다.

아저씨는 가만히 나를 쳐다본다. 물음표가 가득 담긴 얼굴, 함부로 둘러대면 안 될 것 같은 진지한 표정이다. 무슨 얘기부터 꺼내야 하나. 아, 상관이 있다는 설명을 해야 한다. 운명의 안전핀이 두 사람을 얽어맨 사연부터 말해야 한다. 그런 얘기를 들으며 아저씨는 어떤 반응을 보일까. 아마도 성진이의 사진을 다시 보려 할 것이다.

병원 복도에서 사촌언니를 기다린다. 인체해부도가 붙어 있는 벽에 기대서서 오가는 사람들을 본다. 환자복을 입은 사람들이 서성거리며 지나간다. 손등에 링거를 꽂은 아이가 열린 창문 아래 서 있다. 밖에는 벚꽃이 흐드러졌다. 눈부신 햇살을 받아 나무가 온통 하얗다. 바람에 흩날리는 하얀 꽃잎이 아이의 까만 머리카락에 내려앉는다. 부축을 받은 남자가 내 옆으로 천천히, 아주 천천히 걷는다. 앞으로 한 발짝 내디딜 때마다 고통스러운 주름이 얼굴에 잡힌다. 병실 복도에는 아픈 사람들이 참으로 많다.

아저씨도 많이 아팠다고 한다. 삼 년 넘게 투병을 하면서 많은 것을 잃었다고 한다. 그날, 아저씨와 나는 길고 긴 얘기를 나눴다. 이제는 청치마를 입지 않지만 안전핀이 세 개로 늘어났다는 생각이 든다. 아저씨와 나, 그리고 성진이. 아저씨 복부에 세로로 길게 새겨진 수술 자국을 봤다. 콩팥이 든 자리도 직접 만졌다. 내 손으로 직접 성진이를 느껴보고 싶었다.

동그란 강낭콩 모양은 늘 머릿속에 있다. 귀엽고 동그란 아주 작은 아이. 그애는 여윈 몸속에서 잘 살고 있다. 그렇지만 성진이는 언제까지나 성진이다. 아저씨는 앞으로도 내내 면역억제제를 먹어야 한다. 그 몸으로 들어간 성진이의 것을 완벽하게 소유할 수 없다는 뜻이다.

아저씨에게 성진이 목소리를 들려줬던 그 순간을 늘 생각한다. 그 시간도 내 몸에 새겨졌을까. 성진이의 것이었던 콩팥에는 요즈음의 내가 새로 겹쳐질 것이다. 그전의 나와 요즈음의 나. 그리고 우리들의 이야기. 작동시킬 방법을 모르는 플레이어이기는 해도 순간순간 입력이 되고 있을 것이다.

창가의 아이가 바닥에 떨어진 꽃잎을 줍는다. 얇은 이파리를 손바닥에 놓고 가만가만 들여다본다. 나도 창가로 간다. 아이와 나란히 서서 밖을 본다. 저 너머는 아주 딴판이다. 한 무리의 연분홍색이 화사한 빛을 뿜낸다. 딱 이맘때만 볼 수 있는 귀한 장관. 저런 걸 잘 봐둬야 한다. 언젠가 내가 남의 몸속에 들어간다면 저 흐드러진 꽃무리는 꼭 기억하고 싶다. 이왕이면 아름다웠던 것만 남겨주고 싶다. 꽃잎이 바람결에 하늘하늘 떨어진다. 나는 환한 바깥을 한참 동안 내다본다. 눈을 떴다 감았다 하며 꽃의 영상을 내 속에 깊숙이 새긴다.

소금과 불멸

복도훈(문학평론가)

실패임을 알고도 하는 무모한 게임

시쳇말로 껌 좀 씹는다는, "스모키 아이라인"(14쪽)을 해서 제법 어른 흉내를 내려고 하지만 겨우 "학원 골목에서 '삥'이나 뜯는 날라리들"(11쪽)인 너구리 소녀들, 속칭 고딩 여자애 둘을 피자 두 판으로 꼬드겨 벤치에 앉혀놓고 언니뻘 되는 '직딩' 주인공인 '나'는 바람난 애인에게 복수하는 방법 이것저것을 열심히 묻고 있다. 이 "실연 클리닉 상담원"(12쪽)들에게 피자 두 판까지 사줬는데, 복수의 방법들을 막상 듣고 나니 피자 값마저 괜히 아깝게 보인다. 친구들과 낚시 간다고 해놓고서는 여자 후배와 밀월여행을 다녀와놓고선 천연덕스럽게 거짓말을 해대는 애인 상열에 대한 '나'의 복수의 정신은 그 어느 때보다 찬란하게 불타오르지만, 방법을 막상 택하자니 과연 감당할 수 있을지 도무지 자신이 들지 않는다. 소녀들이 기선제압용으로 면도날을 쓰라고 권해주자 "면도날은 난감하다"(9쪽)고 생각하고, "머리 핀, 빗, 하이힐 굽, 헤어스프레이, 핸드백에 짱돌 넣고 내리"치 거나 "두툼한 오버나이트 생리대를 입에 쑤셔넣으면"(같은 쪽) 어떠냐고 묻자 현실성이 없다 걱정하고, '버럭 성질부리기' '송 곳처럼 야리기' '물컵이나 발길질로 기선제압을 하는 방법' 등 (14쪽) 실연 클리닉 상담원들의 갖가지 특강을 아무리 들어도 모든 게 실현 불가능할 것 같아 마음이 영 편치 않다. 그래서 고 작 택한 목표가 "머리끄덩이"(16쪽) 잡아채기 정도라니! 역시 복 수는 실천이 아니라, 상상의 실천이 아닌가. 왜 이리도 불타오르 는 복수심을 한사코 실현하려고 드는지, 또 그런 화자는 도대체 어떤 사람이냐고 묻는다면, 소설의 이 한마디면 족하겠다. "남 자 보는 눈만은 발바닥 밑에 붙"어 "늘 바닥으로 기는 지렁이 같 은 놈들만 눈에 들어왔"으니, 그 동안 "사력을 다해 헌신하고 헌 신짝"으로 버림받아왔던 '나'다.(13쪽) 그래서 '나'는 다짐한다. 또 이럴 수는 없다. 이번에는 반드시 복수하고야 만다. "오입질 에 미친 놈들에게는" "범국가적인 응징 프로젝트"로 응수해야 한다.(25쪽) '나'는 마이크 타이슨의 브로마이드를 보면서 권투 연습을 하고 복수의 당일에는 골프장갑도 준비한다. "무조건 갈 아마셔버릴 테다."(16쪽) 「목표는 머리끄덩이」라는 단편 얘기다. 이 소설의 주인공에게 복수에 사무친 원한의 분출과 실제의 복

수 행위는 통쾌한 느낌마저 준다. 맹랑하게 살아 있는 화자의 입
담도 그러하거니와, 보도를 울리는 높은 하이힐 굽 소리마냥 짧
게 끊어지며 감칠맛 내는 현재형의 속도감 있는 문장들이 디테
일들을 몰고가는 매력적인 이 소설의 분위기는 앞으로 독자들이
명지현의 소설들에서 느낄 만한 강한 인상 중 하나일 것이다.

얼핏 보면 『이로니, 이디시』에 실린 작품 중 가장 이질적으로
보이는 단편이 「목표는 머리끄덩이」이다. 이후에 이 글이 해야
할 이야기의 핵심 대부분이 이 소설에 있다고 말하기에는 지나
친 감이 있다. 그럼에도 먼저, 이런 구절들을 읽어보자. 복수의
여러 방법에 대해 '나'가 계속 소심해하며 고개를 젓자, 너구리
소녀 중 하나가 시범을 보인다. 알전구의 유리를 씹었던 것이다.
괜찮으냐는 '나'의 소심한 질문에 그 아이가 혀를 내민다. 그런
데, 이 묘사를 보라. "혀에도 사람처럼 표정이 있다는 걸 처음
알았다. 건강하고 쾌활한 선홍빛의 혀가 방정맞게 꿈틀거렸다."
(12쪽) 이런 모티브나 묘사가 바로 명지현 소설의 출발점이라고
해도 좋다. 신체는 유기체가 아니며, 신체의 각 기관은 그 자체
로 하나의 독자적인 생명체라는 것. 그러기에 혀에 표정이 있다
고 말할 수 있는 것이다.

둘째, 삶과 죽음의 문제다. 신체의 기관이 독자적인 생명체라
면, 개체가 죽어도 신체는 흔적으로 여전히 살아 있다. 인연과
흔적이 여기서 중요해진다. 명지현 소설집 전체를 관통해서 삶

과 죽음에 대한 문제는 심도 있게 추적되지만, 그 연원에 대한 질문을 하기란 결코 쉽지 않다. 다만, 「목표는 머리끄덩이」에서 언젠가 '나'가 상열의 고향집에 초대되어 갔다가 돌아오는 길에 시어머니가 될 수도 있었을 상열의 어머니가 꼭 쥐여준 지폐 일곱 장에서 "온기"(22쪽)를 느끼며 어머니를 그리워하는 대목들에서 작가 명지현이 생각하는 삶과 죽음에 대한 생각들이 잠깐 비춰지긴 한다. 그러나 그 상처의 연원은 깊숙이 감춰져 있다. 해설이 작품을 추적해가면서 소급해 작가에 대한 정신분석을 하는 자리는 아닌 만큼, 삶과 죽음의 보이지 않는 원초적 장면에 대한 이 소설집 특유의 풍부한 변주로 그 탐구를 대신해야 하리라.

셋째, 실패할 줄 알면서도 무모하게 도전하는 복수의 정신이다. 그러나 명지현이 소설로 행하는 복수는 무겁지 않으며, 그 안에 든 분한의 정념은 오히려 경쾌하기조차 해서 이를 도대체 복수나 원한이라고 불러야 좋을지 모를 정도다. 소설에는 그와 관련되어 불의를 보면 참지 못하는 '나'가 겪은 에피소드가 여럿 등장한다. 아버지의 속옷으로 만든 낡은 걸레처럼 비록 사소하더라도 그걸 훔치는 도둑도 도둑이라고 생각하는 '나'의 신념, 유전무죄의 세상살이를 깨닫게 해 준 어머니의 사망사건, 피해자가 무마하고 만 사내(社內) 성희롱사건에 대한 분노, 소설 마지막에 묘사되는 시위 군중에 대한 '나'의 연대감. 바람피운 애인에 대한 '나'의 복수는 지금까지 살아오며 앞서 차곡차곡

쌓아놓았던 원한의 총체적인 살풀이인 것. 글쓰기는 이 복수의 정점에서 시작된다. 그러나 글쓰기＝복수는 실패의 기획이다. 왜냐하면 글쓰기로 행하는 복수는 실제의 복수를 지연시키는 상상 행위이기 때문이다. 그러나 상상이기에 복수는 또한 글쓰기를 지속시킨다. 그런데 글쓰기가 실패라는 것을 뻔히 알면서도 도전하는 작가의 소설적 경주(競走)는,『이로니, 이디시』를 완주하고 나면, 어느새, 성공마저 두려워해야 하는 지경에 다다랐다는 느낌을 준다. 잠깐, 여기서 너무 멀리 나아가지는 말자.

  명지현의 첫 소설집『이로니, 이디시』에는 명쾌하고 속도감 있게 진행되는 여덟 편의 흥미로운 이야기가 실려 있다.『이로니, 이디시』를 관통하고 있는 굵직한 주제를 하나 고르라면 그것은 불멸이며, 불멸이라는 주제는 이식과 몸의 변신을 통한 삶의 연장이라는 개별적인 제재에 대한 탐구로, 그리고 글쓰기와 예술은 그것을 실현하는 상상적 방법으로 제시되어 있다. 소설은 무엇보다도 삶의 다면적인 구체성들에 대한 얘기다. 그것은 명지현의 소설에서 인간, 신체 등에 대한 섬세한 탐구로 이어지는데, 이 탐구가 좀 별나고 특이해서 이전 한국소설에서는 그 범례를 찾기가 그리 쉽지는 않다. 하나씩, 차례대로 이 글은 신체, 불멸, 예술이라는 키워드로 명지현의 소설에 접근해보겠다. 그것은 이론적 어휘로 신체라는 개별성, 불멸이라는 보편성, 예술이라는 특이성으로 바꿔 불러도 좋다. 신체라는 개별성에 대한 탐구로부터 불멸이라는 보편성을 길어올리는 일, 그것이 예술, 또는 글쓰기라는 특이성의 임무가 아닐까. 지난해 보이는 이 프로젝트는 과연 성공할 수 있을까. 「목표는 머리끄덩이」의 유쾌한 복수극이 그러하듯, 실패할 줄 알면서도 무모하게 도전하는 그것이 바로 글쓰기의 정신이다. "나도 오늘 지러 나왔다. 처음부터 패자였고 무엇을 해도 이길 수는 없다."(29쪽) 그러니 명지현은 실패를 두려워하면서 성공을 바라는 일을 그만두려 한다. 이 작가가 정말 고민해야 할 일이 하나 있다면, 오직, 성공을 결코 두려워하지 말라는 금언이다. 성공하지 못한 것이 실패가 아니다. 유일한 실패는 성공하지 못한 결과가 아니라, 성공을 두려워한 결과이다.

진화의 독특한 사례들

우선 신체들, 그러니까 개별성에 대해 살펴보자. 『이로니, 이디시』에는 표준적인 관점에서 볼 때, 특이한 신체들 또는 사람들이 무수히 등장한다. 중년이 넘어 동성(同性)에게서 진정한 사랑을 발견하게 된 삼촌, 옆구리가 붙어 태어났지만 몸은 하나인 쌍둥이 자매들, 아가미와 지느러미가 몸에서 돋아나는 사내,

도예가의 눈에 들어가 유충을 키우는 곤충 등 어떤 경우 현실에서는 존재하지 않을 것 같은 이들, 또는 개체들에 대한 작가의 묘사는 놀라울 정도로 생생해 그(것)들이 실제로 정말 존재했는지 찾고 싶을 정도다. 한마디로, 명지현 소설의 주인공들은 '표준사이즈'에서 한참이나 일탈된, 유전적으로 계통이 불분명한, 진화의 표준적 도식과 형성을 거부하는 족속들이다. 삶의 표준사이즈가 과연 있겠냐만, 표준사이즈의 각도에서 보면 『이로니, 이디시』의 주인공 모두를 "기형"(「표준사이즈」, 151쪽)이라 불러도 좋다. 그러나 표준적인 진화의 도식에서 탈락한 이 예외적인 개체들을 통해서만 삶과 죽음을 둘러싼 해묵은 진실과 수수께끼가 풀린다고 작가는 설득력 있게 역설한다. 그리하여 명지현의 소설은 "육체가 지닌 심연"(「너의 콩 조각」, 214쪽)을 들여다보는 내시경이 된다. 몇몇 사례를 뽑아 열거해보자.

예를 들어, 표제작인 「이로니, 이디시」에 등장하는 두 자매는 옆구리가 붙은 채 몸은 하나지만 머리는 둘, 팔과 다리는 네 개인 쌍둥이 자매다.[1] 현실과 환상의 경계가 모호한 단편 「손톱

---

[1] 옆구리가 붙은 쌍둥이자매의 거동을 보라. "둘이 불쑥 일어나 동시에 움직일 때면 내 속에서 소리없는 비명이 터져나오곤 했다. 괴물이다. 괴물. 물론 둘이 붙어 편한 것도 없지는 않다. 오순도순 서로의 머리를 감기고 서로의 얼굴에 분을 발라주며 거울로 살피지도 않는다. 자신의 얼굴을 상대의 얼굴로 판단하는 것이다. 잠자리는 고통 그 자체라 보통사람들처럼 몸을 뒤챌 수가 없다. 그래서 노상 등이 결려 끙끙거린다. 여름이면 맞붙은 옆구리에 땀띠가 돋아 근질근질한지 서로가 벅벅 긁어

밑 여린 지느러미」의 남자는 목덜미에서는 아가미가 생겨나고, 손톱 밑에서는 지느러미가 자라나는 물고기 인간이다.[2] 이쯤 되면 도무지 믿거나 말거나이겠지만, 「충천」에서 그릇도예가인 선생의 눈에는 충천(蟲天)이라는, 꽁무니에서 빛을 내는 벌레가 들어앉는다. 작중인물들의 기묘한 동거, 공생관계도 흥미롭다. 「표준사이즈」에서 중년남자들인 양복점 사장과 '나'의 삼촌은 서로에게 정성과 질투를 아끼지 않는 애인 사이이다. 특히 사장이 삼촌에게 맞춤양복을 해주기 위해 삼촌 몸의 치수를 재는 장면은 소설집 전체를 통틀어 가장 에로틱하게 읽히는 장면일 것이다.[3] 「더티 와이프」에서 '나'는 이른바 '더티 와이프'라고 불

대다가 짜증을 내기 일쑤다. 그럴 때면 내가 근처 한의원에 가서 통사정을 한다. 물론 의원들이 해줄 노릇은 한계가 있다. 침을 맞고 뜸을 뜨고 한약을 먹어도 붙은 몸을 떼어낼 수는 없다."(「이로니, 이디시」, 45쪽)

2) 그중에서 남자의 턱 밑에서 자라나는 아가미에 대한 소설의 묘사는 이렇다. "창문 옆 조그만 거울로 우람하게 부푼 목덜미가 보인다. 이렇게 밝은 곳에서 보면 모든 것이 적나라하게 드러난다. 언뜻 보면 크게 덴 자국 같다. 요새는 열이 나거나 많이 아프지는 않다. 곪았던 자리에 딱지가 떨어지면서 확실한 형체의 아가미가 되어버렸다. 초승달처럼 길게 빗겨진 모양이다. 굵고 가는 주름이 움푹 팬 홈을 덮고 있다. 그 틈으로 손가락을 넣으면 야들야들한 주름이 만겨진다. 아직까지는 깊이 벌어지지 않아 완전한 아가미의 기능을 하지 못한다. 그럼에도 언젠가는, 그 언젠가는 제 역할을 하게 될 것이다."(「손톱 밑 여린 지느러미」, 157~158쪽)

3) "조용히 고개를 끄덕이는 사장의 손은 어깨에 머물러 있다. 어깨는 매우 중요한 지점이다. 어깨의 경사 각도에 따라 스타일의 전체 균형이 잡힌다. 사장은 손바닥의 촉감으로 삼촌의 몸에서 수많은 정보를 수집한다. 좌우가 어긋나게 솟은 어깨와 그만큼의 차이, 어깨선부터 상박까지 이어지는 돌기부분 등이 사장의 손바닥에 입력되고 있다. 칼처럼 빳빳하게 세운 손은 순식간에 삼촌의 몸을 알몸으로 만들고,

리는 리얼돌과 섹스를 하며 말을 건네는데, 그 행위가 진지하고 간절하게 묘사되어 리얼돌에게서 무언의 슬픈 표정마저 느껴진다. 한편, 「너의 콩 조각」에서 고등학생인 '나'는 친구 '성진'이 교통사고로 죽어가면서 남긴 콩팥을 이식한 채 살아가는 복사집 아저씨의 일거수일투족에서 성진의 흔적을 찾아 모으려 한다. 성진은 죽었지만, 아저씨의 목소리와 몸짓에서 여전히 살아 있다. 소설의 주인공들이 이런 존재들이라면, 이들이 살아가는 세상은 또 어떤 곳인가.

「그 속에 든 맛」은 이런 물음에 대한 간접적인 응답으로 보인다. 이 소설에서 사람은 단지 음식을 먹고 사는 것이 아니라, 죽은 것을 먹고 사는 존재다. 세상은 소설에서 음식재료를 납품하는 도매상처럼 인육소스로 만들어진 음식을 즐기기 위해 사람들이 몰려드는 곳이다. 미식가들이 탐내는 소스는 사산(死産)된 태아로 만든 젓갈인데, 사람들이 먹으려 몰려들지만 그 정체를 도무지 모르는 태아로 만든 이 젓갈은 단적으로 인육식(人肉食)의 세상에 대한 객관적 상관물이다. "세상은 커다란 식재료창고"(87쪽)인 것이다.

살을 가르고, 뼈를 발라내는 것처럼 날카롭게 움직인다. 두 사람을 둘러싼 공기의 결까지 차분하게 개켜지는 것 같다."(「표준사이즈」, 141쪽) 사장이 옷을 입은 삼촌 몸의 치수를 재는 동작에 대한 특히 마지막 두 구절의 섬세한 묘사에서 사장은 이미 삼촌의 옷을 벗기고 있다고 해도 좋다.

다소 무미건조한 어투가 허락된다면, 명지현의 소설에서 신체
는 사물들과 독립된 개체가 아니라, 끊임없이 다른 사물들과의
관계 속에서 소멸되고 생성되는 관계의 산물로 제시된다고 하겠
다. 그렇기 때문에 나의 신체는 소멸하는 것이 아니라, 늘 무언
가를 타자의 육체에 이식시키거나 흔적을 남기는 방식으로 타자
에게 이체된다. 이것을 삶과 죽음의 문제로 치환하면 이렇게 요
약된다. '삶 속에 죽음이 있으며, 죽음 속에 삶이 있다.' 이 말은
누가 말해도 아무래도 좋은, 보통 경험적인 증거물이 결여된 허
황된 관념론으로 빠지기 십상이다. 그러나 명지현의 소설에서
'삶 속의 죽음, 죽음 속의 삶'은 독특한 관계의 유물론으로 재탄
생한다. 물론 이런 생각이 특별히 명지현의 것만은 아니리라. 삶
과 죽음이 있는 것이 아니라 끊임없는 변형의 순환만 존재한다
는 생각, 넓게 말해 불멸에 대한 관념은 나비 유충에 대한 아리
스토텔레스의 관찰에서 시작, 라이프니츠의 단자(monad)를 거
쳐 리처드 도킨스의 '밈(meme)'에 이르는 굵직한 진화론적 계
보를 갖고 있다. 여기서 그러한 계보를 상세히 검토할 능력과
지면은 없지만, 짧게 언급하는 것이 허락된다면, 이렇게 말할 수
있겠다. 예를 들어, 아리스토텔레스가 『동물의 역사』에서 당혹
스럽게 관찰한 나비 유충은 마치 시체(nekydallos)처럼 보인다.
그렇다면 때가 되어 시체의 껍질을 벗어버리고 날개를 펴는 나
비의 정체란, 도대체 시체가 아니면 무엇일까. 이렇게 나비의 부

활이라는 독특한 사례에서 영혼(psyché)은 존재하며, 개체는 어떤 방식으로든 불멸한다는 윤회(metempsychosis)를 확신하게 된 아리스토텔레스 사후 천오백 여년이 지나면 라이프니츠가 아리스토텔레스의 '나비'에 주석의 핀을 꽂는다. '생성은 펼침이고 성장이며, 죽음은 접힘이고 축소일 뿐이다.' 라이프니츠에 따르면 엄밀한 의미에서 삶과 죽음은 없으며, 더 정확히는 삶과 죽음 사이의 단절은 더이상 없게 된다. 다만 끊임없이 변형(metamorphosis)중인 삶의 순환적 주기만 존재할 뿐이다.(이에 대해서는 미란 보조비치, 「곤충들의 짧은 역사」, 『암흑지점』, 이성민 옮김, 도서출판b, 2004 참조) 도킨스의 '밈'은 이런 주석에 대한 가장 급진적인 메타 주석으로 보인다. 그에 따르면, 이른바 '이기적 유전자'는 선조로부터 전승된 언어와 문화, 관습을 축적한 유전자 정보를 내장하고 있다. 인간의 신체는 다만 유전자가 그 정보를 베끼고 모방하는, 이미 무수한 언어와 문화와 관습의 필적이 흔적으로 새겨진 양피지에 불과하니, 신체가 소멸한다고 애석해할 필요가 없다는 것이다. 명지현의 소설이 이러한 진화론에 대한 논리를 넘어서 독특한 언어로 관계의 유물론을 탐구하고 있음은 분명하다.

이러한 전제에서 읽어보면 「이로니, 이디시」는 여러모로 독특하고 흥미로운 소설이 아닐 수 없다. 「이로니, 이디시」는 옆구리가 붙은 채 태어나 "소매가 네 개로 붙은" "특별한"(39쪽) 옷을 입고 살아야만 했던 두 자매가 일제시대에서 동란을 거치면서 겪는 삶과 죽음이라는 실존적 부침을 하녀인 '나'의 목소리로 독자들에게 들려주는 한편으로, 글쓰기 또는 이야기에 대한 작가 나름의 정의를 우회적으로 들려주는 소설이다. 때는 대중잡지인 『별건곤』, 심훈의 『상록수』에도 등장한 바 있는 실존인물로 거인인 김부귀(金富貴)가 장안에서 화제가 되었던 때인 일제 말기, 1930년대 후반 무렵이다. 기형으로 태어나 어릴 적 버려진 이동희, 이덕신 두 자매는 그녀들을 독일에 있는 한 집의 양녀들로 데려갈 선교사를 기다리지만, 유럽과 아시아에 일촉즉발의 전운이 감도는 등 상황이 여의치 않아 시간은 마냥 지체된다. 그러나 두 자매는 개의치 않는다. 옛 이야기책을 즐겨 읽거나 각색하면서 긴 장마 같은 나날을 자매들과 함께 보내던 '나'는 그러나, 아버지의 급작스러운 병환으로 고향으로 돌아가게 되고, 그것으로 세 사람의 인연은 중단되고 만다. 동란 후에 점을 치는 어머니를 통해 자매들의 행방을 궁금해하던 '나'는 우연히 홀로 남은 아씨를 만난다. 그러나 단장(短杖)을 짚고 다니며 글을 쓰는 작가라는 소문이 들리는 그 여인은 '나'를 모른 체한다. 다른 아씨는 어떻게 되었을까. 죽었을까, 살았을까. 다른 존재로 분리되어 어디선가 숨어 살아가는 것일까. 혹은 내가 만난 아씨의 영혼 일부로 들어가게 되었을까. 아니, 도대체 "내가 만난 아씨는 이로니일까, 이디시일까."(67쪽) 그럼 두 자매는 왜

248

몸이 나눠졌던 것일까. 그것은 이 소설의 시대적 배경이 내선일
체를 강조하던 일제시대라는 것과 상관이 있겠다. 동란 후, 길거
리에서 '나'가 본, 양팔을 잃고 구걸하는 상이군인 등에 대한 에
피소드에서 '나'에게 해방과 동란 후의 조국이란 무엇보다도 절
단된 신체의 이미지였다. 거창하게 망국 운운하지 않더라도 해
방 전 두 자매가 오시마 부부로부터 선물 받은 인형에 내선일체
(內鮮一體)라는 문구가 새겨져 있었다는 점도 눈여겨봐야 할 대
목이다. 어이없고 또 우습게도 일본인 부부가 선물한 이 인형은
실제로 옆구리가 붙은 두 자매의 몸과 다르게 몸통 하나에 머리
가 둘 붙어 있었던 것. 「이로니, 이디시」를 통해 작가는 속삭인
다. 하나는 이미 하나가 아니다. 내선일체가 결코 하나가 아니듯
이, 나는 이미 내가 아니다. 옆구리가 붙은 두 아씨는 하나이면
서 이미 하나가 아닌 존재다. 나는 너이며, 하나는 둘이다. 동족
상잔의 전쟁이 끝나고 만난, 글을 쓴다던 아씨는 이미 한 명이
아닌 둘일지 모른다. 그래서 점을 치는 어머니의 목소리는 「이
로니, 이디시」를 끝내는 결어(結語)처럼 들린다. "귀신이 옆구리
에 딱 붙은 걸 그 여자도 알 거다. 죽은 걸 붙이고 다니니 걸음
새가 그 모양이지. 글이란 게 다 귀신 목소리 아니냐. 귀신이 옆
에서 술술 불러주는 대로 글을 쓰고 있을 거라."(66~67쪽) 참으
로 소름이 돋는 대목이다.

소설의 제목인 '이로니', '이디시'는 그럼 무슨 뜻인가. 소설

은 이렇게 말한다. "이름은 약속이고 신호이고 가면이며, 농담이고, 은유면서, 거울이지. 그리고 존재의 이로니야. 이로니."(48쪽) 그럼 이디시는 무엇인가. 작은아씨 '이디시'가 말한다. "너도 글을 적어봐. 속상하다고 아궁이 앞에서 눈물 짤짤 흘리지 말고 속 시원하게 종이에 써보라고. (……) 어찌 보면 세상에 있는 모든 책은 다 이디시란다. 분해서 써내려간 것이지. 속을 풀어내는 굿 같은 거란다."(55~56쪽) 그러니 두 개의 이름처럼 그들의 존재는 이로니, 곧 아이러니(irony)이며, 그들의 목소리는 이디시(yiddish), 곧 분한을 써내려간 언어이자 혼효(混淆)의 목소리가 된다. 옆구리가 붙은 채 태어나 한 몸인 존재, 그들은 하나일까, 둘일까. 참으로 아이러니하다. 그들이 내는 목소리는 하나의 몸에서 나온 한 목소리인가, 두 개의 목소리인가. 자매는 겉으로는 유쾌해 보였지만, 속으론 얼마나 원한이 많은 존재였을까. 명지현에게 소설이란 바로 그러한 이로니의 만물상이며, 분한을 풀면서 글을 써내려가는 귀신의 목소리, 이디시의 언어이리라.

Omnia mutantur, nihil interit……

……모든 것은 변하고 아무것도 죽지 않는다는 라틴어로, 『변신』의 시인 오비디우스의 말이라고 한다. 이 장에서는 변형과

250

변신을 통한 불멸을 다룰 것이다. 먼저, 명지현의 소설에서 작중 인물들은 바야흐로 다른 존재로 변신중이거나 신체의 기관을 이식하는 과정 중에 있다고 말해보자. 「손톱 밑 여린 지느러미」의 물고기 남자는 아버지가 죽은 바다로 결국 되돌아갈 것이며, 「너의 콩 조각」에서 성진의 현존에 집착하는 '나'는 성장과 발달을 부인하고 영원히 미성년에 머무르려고 할지도 모른다. 이것을 진화를 거스르는 퇴행이라고 말해도 좋을까. 물론 퇴행의 위험성이 전혀 없는 것은 아니다.

　「손톱 밑 여린 지느러미」에서 남자의 느닷없는 '물고기 되기'는 우악스러운 남근적 어머니에 대한 반작용의 측면이 다소 강해 보인다. 그것으로 인해 죽음에 무작정 이끌리는 남자의 행동은 때로는 작위적으로 보일 수 있겠다. 「너의 콩 조각」에서 성진이 죽기 전의, "작년의 나를 잃어버릴 것"(222쪽) 같아 두려운 '나'의 행동은 어떻게 보면 청치마의 안전핀이 하나에서 세 개로 늘어나는 등 "멈추지 않는"(같은 쪽) 자연스러운 성장통에 대한 외고집의 거부로 읽힌다. 「더티 와이프」에서 동업자의 사기로 파산을 당하고 신용불량 상태여서 "유통기한"(202쪽)이 얼마 남지 않게 된 '나'가 섹스인형을 뜻하는 '더티 와이프'에 몰두하는 행위는 화자가 처해 있는 극한의 상황을 더욱 악화시킬 뿐이다. 자신에게 닥친 두려움과 고통을 정면으로 감내하기보다는 적당한 대체물로 위로받고자 하는 행위. 이해는 충분히 가지만,

여기서, 한 발 더 나아가는 적잖은 소설적 긴장(tension)이 필요한 것은 아닐까 싶다. 작가도 여러 차례 다짐한다. "텐션 플리즈"라고.(「너의 콩 조각」, 223, 225, 232쪽) 그래서 작가는 고통을 응시하는 대신 회피하고 그것에 대한 대체물에 집착하는 행위가 궁극적으로 실패할 것임을 몇 가지 단서로 암시한다. 가령 「더티 와이프」에서 '더티 와이프'인 리얼돌은 '나'가 마음대로 다룰 수 있는 환상적인 자위기구이지만, 아무리 감쪽같이 순간접착제로 붙여버려도 "깨어진 틈새"(187쪽)가 자꾸 신경 쓰이는 한낱 교환 가능한 상품일 뿐이다. 성진의 콩팥을 이식받은 복사가게 아저씨는 당분간은 면역억제제를 복용해야 하는, 결국 성진과는 다른 타인일 뿐임이 거듭 확인된다. 주인공들의 행위가 안쓰럽게 보이지만, 완벽한 환상을 주는 기구도 접착제가 필요하며, 성공한 장기이식조차 약품을 필요로 한다는 진실은 매섭다. 그렇다. 주인공들이 의존하기 쉬운 기성품이란, 제아무리 완벽해 보이더라도, 언제나 결함투성이일 뿐이다.

그래도 이쯤에서 한번 바꿔 물어볼 필요가 있겠다. 도대체 진화란 무엇일까. 표준적인 진화론에서 진화는 발달(development)의 관념을 전제하고 있다. 진화의 과정에서 발생하는 자연도태란 먹이를 얻거나 환경에 적응하는 데 실패한 개체와 종들의 멸종이나 축소로 이해된다. 그러나 명지현의 소설에서 진화는 다소 다른 방향을 취한다. 발달이나 퇴행을 전제하지 않는 이 새로운 진화는 "시간을 통해 연장된 변태, 꾸밈과 장식보다 잡아 늘려진 변형"에 가까우며, "자아가 변형에 의해 제거되지 않고 치환되는" 장면에 특히 민감하다.(질리언 비어, 『다윈의 플롯』, 남경태 옮김, 휴머니스트, 2008, 244쪽) 거기에는 궁극적으로 퇴행과 발달, 성장도 없으며, 다만 끊임없는 변신과 변이, 생성만 있다. 그렇기 때문에 명지현 소설의 주인공들은 변신을 꾀하는 한편으로 경계나 기슭에 자주 머무르려 한다. 「손톱 밑 여린 지느러미」의 한 구절을 빌면 "경계를 넘느냐, 마느냐"(167쪽)가 소설집 『이로니, 이디시』에 걸려 있는 중대한 내기의 판돈이다. 여기서 독자들은 명지현의 소설에 출몰하는 질료들의 화학작용에 특히 민감할 필요가 있다. 우선 소설의 주인공들은 빛에 섬세하게 반응한다. "눈을 감아도 빛은 여전하다. 감은 눈 안쪽으로 맑게 스며드는 빛을 떠올린다. 그 안에서 봤던 빛. 온화하게 흔들리던 환한 에메랄드빛…… 햇살은 물속 깊은 곳에서 올려다볼 때 가장 아름답다. 태양이 지상의 소유물만이 아님을 그때 알았다. 잊고 싶은데 자꾸만 그 빛이 생각난다."(「손톱 밑 여린 지느러미」, 158쪽) 나중에 살펴보겠지만, 「충천」 역시 빛의 황홀경에 대한 찬가이다. 명지현 소설의 어떤 작중인물들은 특별히 빛에 민감하지만, 방금 인용한 문장에서 보듯이, 그 예민한 반응은 시각보다는 청각이나 촉각 등의 도움을 더욱 많이 받고 있다.

명지현의 소설에서 신체의 이식과 변형만큼이나 사물들의 이식과 변화도 활발하게 진행된다. 그것은 질료의 화학적 결합이라는 유물론적 공정(工程)을 밟는다. 명지현 소설 특유의 결정(結晶)과 용해의 상상력은 여기서 돋보인다. 『이로니, 이디시』에 실린 몇 편의 단편들은 공기, 흙, 물, 불 등의 원소들의 화학적 합성을 순간순간 잘 보여주고 있다. 특히, 「그 속에 든 맛」의 소금 이미지는 빛의 원초적인 이미지와 함께 명지현의 소설에서 대단히 상징적인 의미를 띠고 있다. 「그 속에 든 맛」에서 음식재료를 납품하는 도매상 주변으로 몰려드는 식도락가들의 속물적인 욕망에 부응하기 위해 사장은 불철주야로 인육요리에 매달려 있다. 한편 전직 종업원인 '나'는 폐전(廢田)되어 골프장으로 곧 바뀔 염전에 매달리는 아버지를 걱정하고 있다. 이 소설에서 흥미로운 것은 인육요리에 온정신과 자금을 쏟아부으면 부을수록 사장의 안색과 몸은 더욱더 나빠진다는 진실이다. 그런 와중에서 '나'는 우연히 재료창고의 소금포대를 옮기다가 갈색 항아리를 발견하고 윗부분이 소금으로 채워진 항아리 깊숙한 곳에서 "인형의 것처럼 아주 작은 손가락"(94쪽)이 있는 사산된 태아를 발견하고 두려움에 떨게 된다. "인육을 절여 만든 육젓", "낙태한 아기들로 만든 걸쭉한 국물"(97쪽)이 담긴 참기름 병을 나에게 건네면서 사장은 "이걸 가지고 있는 것만으로도 병이 더 깊어질 것 같다고"(같은 쪽) 말한다. 소설의 마지막 대목에서 '나'는 염전 옆에 흙구덩이를 파고 인육 육젓이 담긴 참기름 병을 묻어주는 의식을 치른다. 태어나기도 전에 죽은, 한 번도 태어난 적이 없는 아기들의 장례식을 치러주는 '나'의 행위에서, 죽음은 염전에서 땀을 흘리며 노동하는 아버지가 일궈낸 소금에서 피는 소금꽃의 이미지와 오버랩되면서 부활, 또는 물질적인 불멸을 획득하기에 이른다. "차아악, 철썩, 눈부신 소금파도가 무겁게 일렁인다. 결정지를 훑어갈수록 바닥은 점점 창백해진다. 소금 파도를 차분히 개켜 올리듯, 모서리에서 모서리로 밀어낸다. 하염없이 밀고 또 밀고. 끝도 없는 고무래질에 소금이 조금씩 모인다. 소금꽃이 활짝 폈다. 고무래를 세우자 소금파도가 사르르 소리를 내며 하얀 것을 듬뿍 내놓는다. 인심도 좋다. 거저 내주기 아깝지도 않나. 소금 땀이 이마에서 주르르 흘러내린다. 나는 인중에 맺힌 땀방울을 혀끝으로 핥는다."(98쪽)

방금 읽은 문장과 관련해서 가스통 바슐라르는 일찌감치 소금에 대해 "물질의 야누스 신", 더 나아가 "물질의 중심"이라고 일컬은 바 있다.(가스통 바슐라르, 『대지와 의지의 몽상』, 민희식 옮김, 삼성출판사, 1990, 389~390쪽) 소금은 왜 야누스 신일까. 우선 소금은 용해와 결정이라는 이중의 화학적 결합이자 이완작용의 산물이다. 다른 말로, 소금의 용해와 결정은 각각 죽음과 삶에 대응한다. 또한 소금은 경계의 부산물이다. 소금은 대지와 물의 경계에서 생성하고 작용한다. 그것은 끊임없이 이식하며, 생성중이다. 마지막으로, 소금은 부패를 막아주는 '생명의 싹'이기도 하다. 이 모든 요소가 결합된 소금은 명지현의 소설에서 마침내 불멸을 실현하는 이미지의 수정체가 된다.

"제발 징그러운 그릇 좀 만들어봐라"

그럼 명지현이 생각하는 소설쓰기, 나아가 예술이란 무엇일까라는 특별한 물음을 경주의 마지막 트랙을 돌면서 물어야겠다. 『이로니, 이디시』에 실린 단편에는 글쓰기를 연상시키는 비유가 종종 등장한다. 예컨대 「표준사이즈」의 화자이자 재단사인 '나'에게 바느질하는 시간은 "파괴와 창조가 나란히 이루어지는 시간"(152쪽)이다. 기성양복이 아니라 사람의 몸에 맞는 맞춤양복을 제작하기 위해 바늘로 옷감에 바느질하는 행위는 '텍스트는 직물 짜기'라는 문학적 비유를 연상시킨다. "한 몸이 되어도 각자 다른 꿈을 꾸겠지. 갈라서고 싶지는 않을까. 이다음 언젠가 실오라기를 뜯어내고 남은 실밥마저 일일이 뽑아낸다 해도 바늘구멍이 남아 서툴렀던 과거를 증명하리니, 한번 맺은 인연이란 자국을 남기게 마련이다. 자국이야말로 인연의 본질이 아닌가. 헝겊의 끄트머리를 넘어선 바늘은 지친 몸으로 헛길을 달린다. 다 되었네. 박음질한 헝겊에 딸려나온 실을 찰칵 자른다. 가위 소리, 참으로 명징하다."(130쪽)

뭐니뭐니해도 「충천」은 지금까지 말해왔던 명지현 소설의 여러 중요한 문제의식을 가장 밀도 있는 화법과 문체, 구성으로 승화시킨 작품이 아닐까 싶다. 외형상 예술가소설의 구도를 갖추고 있는 「충천」은 한편으로는 물, 불, 공기, 흙이라는 질료와 그것의 형상화에 관한 소설이며, 다른 한편으로는 이식과 동거를 통한 삶의 연장을 이야기하는 소설이기도 하다. 이 소설에서는 숙주와 기식자, 주체와 대상의 관계도 근본적으로 역전된다. 아니, 대상인 기식자로 인해 숙주인 주체는 비로소 기식자인 대상과 동거하면서 아예 대상이 된다고나 할까. 대상은 통제 불능이며, 주체는 다만 그것을 좇을 수 있을 뿐이다. 이렇게 말해도 좋다. 이 소설에서 주어는 술어를 무작정 따라가야만 한다고. 말리려고 해도 듣지 않으려 하는 것을 넘어, 하고 싶지 않아도 어느새 그것을 하고 있는 지경이다. 말하자면 「충천」에서 작동하는 것은 고민덩어리의 욕망(desire)이 아니라, 고집불통의 충동(drive)의 문법이다. 욕망은 보통 이렇게 말하곤 한다. '이것을 하는 것은 금지되어 있다. 하지만 그럼에도 불구하고 나는 그것을 할 것이다.' 충동은 별로 말이 없지만, 굳이 말로 바꾸면 이럴 것이다. '나는 이것을 하고 싶지 않다. 그럼에도 불구하고 나는 그것을 하고 있다.' (레나타 살레클, 『사랑과 증오의 도착들』, 이성민 옮김, 도서출판b, 2003, 84쪽) 그릇도예에 대한 선생의 열정은 도무지 한계를 모르게 된다. 유일하게 걱정스러운 것은 충천이 내뿜는 빛의 "찰나"(120쪽)를 그릇에 담으려는 선생의 열정과 집념을 지켜보면서 뭔가에 홀린 것 같은 선생의 무모한 계획이 정말 성공할지도 모르며, 또 성공하면 또 어쩌나 전전긍긍하는, 제자인 '나'만의 두려움뿐이다.

소설은 이런 얘기다. 언젠가부터 제자들이 한둘 빠져나가고 화자 '나'만 남아 모시고 있는 그릇도예가인 선생의 눈에 반딧불이보다 작지만 빛을 내며 흙을 좋아하는 충천이라는 벌레가 들어가 앉아 유충까지 낳는다. 처음에는 선생도 충천을 빼내려고 한 모양이다. 병원에 갔더니, 의사는 신기하다며 소염제 정도만 처방하지만, 그것으로 끝나지 않는다. 작품전을 앞두고 선생이 충천의 벌레집을 캐러 산으로 쏘다니면서부터 제자들도 한둘 떠나기 시작하고 이젠 그릇마저 팔리지 않게 된 즈음이었다. 당연히 벌레문양을 새기기 시작하자 그릇은 인기가 없어지고 팔리지 않을 터. 하나 남은 제자에게마저 "제발 징그러운 그릇 좀 만들어봐라"(119쪽)라고 고집스레 말할 정도니, 선생과 제자를 둘러싸고 그릇 만드는 공방 돌아가는 정황이 충분히 짐작되고도 남는다. 소설은 충천이 처음 선생의 눈 속에 들어간 정황을 이렇게 신비롭게 묘사한다. "벌레집을 뜯어내다가 알이 얼굴에 튀었다고 한다. 젤리처럼 뭉글뭉글한 점액이 눈꺼풀에 스며들었을 것이다. 그날 선생은 종일토록 눈을 비벼댔다. 아무래도 눈병에 옮은 것 같다며 자꾸만 눈을 비벼댔다. 유충은 그렇게 자리를 잡았다. 따스하고 촉촉한 눈동자를 제 요람으로 차지해 버린 것이다."(107쪽) 그리하여 선생은 "곤충의 숙주"(105쪽)가 된다. 그것으로 끝나지 않고 선생은 이런 주문(呪文)을 거듭 반복하면서 아예 황토반죽을 붙여 충천더러 먹으라고 한다. "어서 나와라, 내 눈알 먹지 말고 흙을 먹어라."(101, 108, 124쪽……) 그리하여 선생과 충천의 기묘한 동거와 인연이 시작되었던 것이다. 소설이 한창 진행되는 와중에 스승과 제자는 충천의 무리가 발광(發光)하며 하늘로 날아오르는 장면을 목격하는데, 섬세한 묘사가 압권이다. 길어도 인용할 가치가 있는 아름다운 문장이다.

빛무리는 점점 커지고 점점 두꺼워졌다. 수천 개의 크리스털, 수천 개의 찬란한 빛이 눈앞에 가득했다. 눈이 부셔 시력을 잃을 것만 같았다. 머리 위를 맴돌던 빛은 점차 하나로 모여들었다. 벌레가 많아질수록 유황 냄새가 코를 찔렀다. 성냥불을 끄고 난 다음처럼 매캐한 단내가 사방으로 퍼졌다. 벌레들은 대열을 따라 뱅글뱅글 돌며 조금씩 위로 올랐다. 선생의 얼굴이 불이 켜진 듯 환했다. 주변을 돌다 떨어지는 놈도 있었다.

충천은 귀가 아프도록 날갯짓 소리를 냈다. 웅웅대는 소리의 한복판에 내가 있었다. 빛의 회오리, 번뜩이는 회오리. 한참을 그렇게 있었다. 선생은 보이지 않았다. 손을 휘저어 빛을 털어냈다.

갑자기 놈들이 내게 덤볐다. 눈을 뜰 수 없었다. 살갗이 따끔따끔해 몸을 웅크렸다. 선생이 고함을 쳤다. 뭐라고 하는지 벌레 소리 때문에 잘 들리지 않았다. 비명을 지르며 눈을 감아도 빛은 계속 어룽댔다. 벌레들은 일제히 내게 불침을 놓았다. 겁이 덜컥 났다. 성난 짐승 같다. 아니, 이게 더 무섭다. 선생이 우악스럽게 나를 일으켜세웠다. 땀내 나는 점퍼에 싸인 나는 선생의 손을 잡고 소경처럼 끌려나갔다.(「충천」, 118~119쪽)

휘황찬란한 빛이 소리와 결합하면서 일순간 만들어내는 크리스털 이미지, 이렇게 빛이 울리는 먹먹한 순간이야말로 명지현의 소설이 포착한 두렵고도 아름다운 예술의 세계가 아닐까. 거기에 불멸이 있고, 불멸의 순간을 붙잡는 예술이 있다. 겁이 나고 무서운 순간이다. 아름다움은 아직은 우리가 가까스로 견디는 무서움의 시작이라고, 릴케는 「두이노의 비가(悲歌)」 제1가에서 읊었다. 이 휘황찬란한 찰나를 영원으로 결빙한 세계를 듣고 엿본 작가의 작품을 곁눈질하면서 이 글은 다만 멀리, 멀리 도망가고만 싶어진다. 물론 스승이 남긴 이 말 한마디는 내내 작가와 독자 모두의 귓전에 웅웅 맴돌 것이겠지만. '제발 징그러운 그릇 좀 만들어봐라.'

작가의 말

다리가 짧아서인지 팔도 짧다. 남들보다 낮게 보는 것에 큰 불만은 없지만 내가 끌어안을 세상의 부피도 그 길이에 한정될 것 같아 초조했다. 더러 미안했다. 내 짐을 대신 들어줄 사람이 있을까.

궁리 끝에, 끌어안는 대신 등에 짊어지기로 했다. 내 등에 올라탄 세상의 무게 때문에 다리가 덜덜 떨렸다. 콧노래를 부르며 평탄하게 가다가도 가파른 길을 만나면 털썩 주저앉았고, 내리막길에서는 다다다 뛰어 내려가고, 신나게 미끄러지기도 하고. 내 등짝이 만주벌판만큼 넓어지고 있어! 괜히 뻐기다가 곤두박질. 가면 갈수록, 가야할 길만 나와 한걸음 내디딜 때마다 뒤로 조금씩 흘리며 내 등에 진 무게를 덜어냈다. 발자국처럼 바닥에 슬슬 떨어뜨린 것들은 새를 부르는 빵부스러기이거나, '헬프 미'라고 적힌 종잇조각이거나 그럭저럭 써내려간 내 원고들이다.

담담한 척하고 있어도 내 몸에서 나온 것이라 신경이 쓰인다. 조금씩 흘려버린 내 작품. 어허, 그게 책이 되었다니.

2009년 6월
명지현

| 수록작품 발표지면 |

목표는 머리끄덩이 ······ 테마소설집 『피크』, 현대문학, 2008

이로니, 이디시 ······ 『한국문학』 2008 가을

그 속에 든 맛 ······ 『문학동네』 2007 가을

충천(蟲天) ······ 『현대문학』 2006 12월

표준 사이즈 ······ 『작가와 사회』 2008 여름

손톱 밑 여린 지느러미 ······ 『내일을 여는 작가』 2008 여름

더티와이프 ······ 『현대문학』 2006 6월호

너의 콩조각 ······ 『좋은소설』 2007 창간호

문학동네 소설집

이로니, 이디시

ⓒ 명지현 2009

초판인쇄 | 2009년 8월 19일
초판발행 | 2009년 8월 26일

지은이 명지현
펴낸이 강병선
책임편집 조연주 최유미 이경록
마케팅 장으뜸 정민호 한민아 김정민 정소영
제작 안정숙 서동관 김애진

펴낸곳 (주)문학동네
출판등록 1993년 10월 22일 제406-2003-000045호
주소 413-756 경기도 파주시 교하읍 문발리 파주출판도시 513-8
전자우편 editor@munhak.com | 전화번호 031)955-8888 | 팩스 031)955-8855

ISBN 978-89-546-0870-1 03810

www.munhak.com